Dagar... få leva

en roman om ett brott

LARS HOLMBERG

Dagar… få leva

en roman om ett brott

Av författaren har tidigare romaner utgivits:

Hilly Ulrika, en filares dotter… annat förlag 2012
Kråkan, mellan minne och verklighet 2019
Hilly Ulrika, en filares dotter… 2020 andra upplagan
SPÅR 1 en kriminalroman 2020
Operation Mona en kriminalroman 2021

© Lars Holmberg 2022
Foto omslagets framsida: F. Löte
Text omslagets baksida: F. Löte
Förlag: BoD – Books on Demand, Stockholm Sverige
Tryck: BoD – Books on Demand, Norderstedt Tyskland
Andra upplagan
ISBN 978-91-8007-779-8

Boken tillägnad min kära hustru Anita

1

Augustimånen hängde som en kräftlykta i den regntunga molnbasen. Dropparna som föll, var små och spridda.

Svanstrand satt kvar i bilen efter att han passerat de blåvita banden som var uppspända kring en större del av Stationsvägen. Ordningen från Huddingepolisen hade svarat för avspärrningarna enligt konstens alla regler, noterade han.

Kanske var det ett spaningsmord i upprinnelse. Omständigheterna talade för att döden inte hade inträtt på ett naturligt vis för den avlidne. Det var deras utgångspunkt.

Sigurd läste igenom de första rapporterna från den möjliga brottsplatsen på sin mobilplatta innan han klev ur bilen och tog sig vidare in i fastigheten. Ytterligare två ifrån ordningen vid Huddingepolisen, höll porten under kontroll och hade nickat igenkännande när Sigurd kom.

Hissen upp, som hade en unken bouquet av urin, förde honom till våning åtta som hissen förkunnade med en mekanisk röst, *våning åtta*. Svanstrand hade läst sig till att kvarlevorna fanns på åtta trappor, näst högst upp i fastigheten.

Kroppen tillhörde troligtvis en äldre person som en gång hade lystrat till namnet, Gertrude Katarina Karlsson - Sörensen. Utanför dörren till lägenheten stod ytterligare två ifrån Huddingepolisen. De bar andningsskydd. Coronaviruset visade sitt fula tryne, men i avtagande.

Eftersom det stod en ambulans nere på Stationsvägen, förstod han att det fanns ambulanspersonal i lägenheten och antagligen även en läkare. Sigurd fick syn på Fredriksson som kom honom till mötes inifrån lägenheten och han fick snabbt en information om det aktuella läget. Bostaden var en trea på 84 kvadrat med badrum och separat gästtoalett. Ett stort kök, två sovrum samt ett normalstort vardagsrum. Allt prydligt vårdat, helt och rent.

Teknikerna jobbade i badrummet där man funnit den avlidne. Man hade inte kunnat se någon typ av våld mot kroppen i det här inledningsskedet. Svanstrand hade tagit några kliv in i hallen, förbi någon kullvält pinnstol och över en dammsugare, en långborste, en trearmad ljusstake samt en prydnadskudde med fransar. Han tog sig en titt in i badrummet för att skaffa sig en sammanfattning och totalbild av det som troligtvis skulle bli hans påföljande dagars arbete, kanske veckors knog.

Det var en kvinna som låg mellan tvättmaskinen och sittbadkaret. Hon låg platt på mage med ena benet i en lite konstig vinkel, men troligen var de inte brutet. Hon hade antagligen halkat på klinkergolvet, slagit skallen i golvet och fått benet under sig. Teknikerna som jobbade där inne såg ut som rymdmänniskor, var en tanke som snabbt flög genom hans huvud. Dom hade andningsskydd samt de vanliga ljusblå skyddskläderna av engångstyp för att inte sprida egna dna.

8

Svanstrand hade viss svårighet att identifiera sina kollegor rent visuellt, i deras skyddsutrustning.

Den döde var klädd i ett vitt nattlinne med små prickar i olika nyanser av lila.

Där fanns någon form av en sinnrik torkställning med flera torklinor uppspända. Konstruktionen var monterad mellan väggarna och det fanns, som sagts, fler tvättlinor dragna. Det kändes som varje sak hade sin plats i detta hem förutom då i hallen där det rådde ett visst kaos. Någon med hans egen petimätära noggrannhet och läggning hade tydligen varit lägenhetsinnehavaren. Här uppstod hans nästa tanke. Det kom tankar lika tätt som ribborna i ett klassiskt falurött spjälstaket. Vad hade de här att göra? Allt såg ut, för blotta ögat, som en typisk olyckshändelse. Den omkomne hade helt enkelt halkat och slagit huvudet i klinkergolvet på ett olyckligt vis. Man vet ju att enligt statistiken så är hemmet den farligaste platsen att vistas på. Trösklar, mattor, köksknivar och varma spisplattor, hör till de vanligaste farorna. Under år 2019 skadade sig ungefär 350 000 svenskar så illa i bostaden att de tvingades uppsöka akut sjukvård. Här ser det ut som om vi nu kan utöka den statistiken, eller i varje fall vidimera den. Han fortsatte ut till köket där man statistiskt sett tillbringade en stor del av den vakna delen av livet. Där åts frukost, lunch och middag. Här fanns ingen disk, om den nu inte stod i diskmaskinen förstås tänkte han vidare.

Svanstrand kunde inte låta bli, utan öppnade luckan till diskmaskinen och såg att där stod en del för maskinen att ta hand om. Allt ordentligt avsköljt dock. Lika ordningsamt som i övriga lägenheten. En titt in i sovrummet, gav vid handen att det var uppbäddat men att ingen legat i sängen. Ett smalt vädringsfönster stod aningen öppet och reglat. Det var tyst i huset, alla sov troligen utom några få som säkert observerat att det rörde sig en hel del polisbilar runt deras port där nere på gatan.

– Och dörrknackning, undrade Svanstrand?

Han hade riktat sin fråga till sin vapendragare och ständige följeslagare Fredriksson, medan han såg sig om på väggar och värdefulla tavlor som hängde där. Han antecknade i sitt minne att där såg kostsamt ut. En påkostad lägenhet helt klart med dessa dyrbara konstverk på väggarna enligt hans begränsade kunskap i ämnet. Så vände han sig, med sin frågande min igen mot Sivert.

– Huddingepolisen ska just börja med knackandet sa han, medan han gäspade. Kan vi de här nu, undrade han vidare?

– Jo visst, du kan åka hem och knyta dig några timmar. Hälsa Frida! Jag tänker också dra mig hemåt. Om det nu går, tänkte han.

I inledningsskedet handlade det om att samla ihop allt man visste om personen samt eventuella ledtrådar efter teknikernas dammsugning av potentiella spår. Kollegerna vid inre span, plöjde igenom alla de kanaler polisen förfogade över och rätade ut de frågetecken som möjligen hopat sig.

Det får bli som vanligt under senare del av den gryende morgonen då första mötet inleder. Man visste egentligen inte om det var ett brott som var begånget, eller om det helt enkelt var till hundra procent, en olyckshändelse. Men något sa honom att det inte var en vanlig olycka i hemmet. Det var något som inte stämde, något han inte kunde sätta fingret på just för tillfället. Behöver kanske sova på saken. Kroppen skulle köras till Solna och rättsmedicin.

När Svanstrand tog sig mot lägenhetsdörren för att åka hem igen, flyttade han undan dammsugaren som låg framför dörren. Allt var i pedantisk ordning, men röran i hallen förbluffade honom. Han ställde upp stolen som legat där och rullade ihop den tvättlina som satt knuten runt stolen. Möjligen har man haft stolen för att byta en glödlampa i hallbelysningen. Det ska vara tre glödlampor i takkronan som hängde rakt ovanför honom, men det var bara två som spred något ljus så det var aningen dunkelt i hallen. Kanske därför stolen stod, eller låg där den låg.

Han tog hissen med den unkna pissiga odören, ner. Märkligt hur ett så pass relativt nytt hus förorenats så fort.

Sigurd konstaterade att i den tidiga morgonväkten hade precis bilen, en silverfärgad Mercedes av skåpmodell, parkerats utanför fastigheten. Bisättarna skulle transportera kvarlevorna efter den avlidna, till Emma Winston på rättsläkarstationen i Solna. Morgontidigt folk från massmedia hade samlats utanför avspärrningen och SVT hade ett filmteam på plats där man såg något förhoppningsfulla ut när de fick se kriminalkommissarien komma ut genom porten.

Han tittade trött på mediafolket medan han satte sig i baksätet på den civila tjänstebilen som skulle föra honom hem igen.

– Dessa gamar, sa han lakoniskt. Dessa gamar, Jönsson!

– Ja, sa dagens chaufför, så kan man kalla dem. Men jag antar de bara gör sitt jobb, precis som vi försöker göra vårt. Vem som har det jävligast, vågar jag mig inte på att gissa, chefen. Den enes död, den andres bröd... som det väl heter i ordspråket. Någon tjänar på att det går illa för någon annan. Eller varför inte, daggen faller både på lort och lilja. Tror det finns fler ordspråk med samma förkunnelse.

– Var har du plockat upp det där, Jönsson?

Jönsson var aspirant och hade suttit i bilen och väntat att Svanstrand skulle återvända för hemfärd. Det var en aspirant ifrån Småland, med yvigt rödlätt skägg. Han var smal som en piassavakvast och inte mycket längre. Om han skulle ut på ordningen, var de kanske dags att börja äta upp sig. Han körde ett pass varje dag i deras gym på Kungsholmen, men de var inget som synbarligen gett något som helst resultat. Han hade varit en överdängare i de teoretiska proven vid intagningen, men hade haft de lite jobbigare med de fysiska proven även om han klarat dessa också.

Jönsson kan gå hur långt som helst inom kåren tänkte Svanstrand, beroende då på hans intellektuella ådra.

– Äh jag plitar lite med ord, poesi och dikter. Det var då jag snubblade över dessa ordspråk. Jag snickrar på ett poem, eller vad man ska kalla det som börjar, *Dagar... få leva.*

– Bra, sa Sigurd. Men vi tar nog paus där. Jag förstår mig inte på den sortens poesi eller poem eller vad du nu sa de var. Låter som Shakespeare, om du ursäktar. Det är lite för kryptiskt för mina öron, aspirant Jönsson. Dagar... få leva. Vad menar du då?

– Jamen, dagar går... det gäller bara att få dem leva. Inte bara låta dem rinna undan mellan bleka fingrar. Låt dem blomma i din tid, lyriskt. Från psalmens första vers, *Bred dina vida vingar.*

 – *Dagar... få leva*! Jag har hittat sentensen själv! Det är som sober musik, chefen!

Svanstrand suckade!

– Du är inte påtänd av något, undrade han med glimten i ögat, gräs eller?

– Ta farbror Melker på Saltkråkan, sa Jönsson utan att kommentera vad Svanstrand hade undrat, när han citerar Thomas Thorild den svenske författaren, poeten och filosofen, som var den som myntade "denna dagen – ett liv" redan på 1700 talet. Som sedan Melker travesterar i Saltkråkan. Den maximen kan man fundera över, än idag.

Jönsson svängde runt längst ner på Urvädersgränd och parkerade framför kriminalkommissarie Svanstrands port och boning. God natt, eller ska vi säga god morgon, chefen?

– Vi syns, sa Svanstrand och gjorde tummen upp.

Han klev ur bilen och styrde raskt stegen mot porten.

2

Det blev en något försenad morgonbön, men bara med fyr-
tiofem minuter, så de fick gå och räknas in i den allmänna
tidsspillan, det så kallade svinnet.

Som vanligt panorerade Svanstrand med blicken över sin spa-
ningsstyrka. Han räknande in fjorton själar.

– Är de här vad vi har tillgång till sa han lite dämpat, vänd
mot sin närmaste man, kriminalinspektör Fredriksson och
nickade mot den församlade styrkan?

– Ja, de är vad vi har att röra oss med just nu, ja. Men under
dagen kommer det anslutas lika många till beroende på vad vi
hittat rent tekniskt. Blir vår analys att det vi har på bordet är
ett brott, så kommer vi vara tjugoåtta stycken med möjlighet
att öka till morgondagens möte.

Svanstrand nickade gillande.

– Okej, sa Svanstrand med aningen höjd röst. Vi ska dra, eller
rättare sagt Fredriksson ska dra, vad vi så här långt vet och var
vi står. Kör Sivert, sa han och pekade på sin vapendragare.

– Ja, då är läget följande, började han...

14

Sivert drog ett horisontellt streck på whiteboardtavlan och skrev in 02:12 i början av strecket.

... alltså, klockan 02:12 fick Huddingepolisen ett tips om att det möjligen fanns någon död person i en lägenhet på Stationsvägen 2B våningsplan åtta, i Stuvsta. Huddinge polisdistrikt, således. Den avlidne var en kvinna i 75 årsåldern som låg mellan tvättmaskinen och sittbadkaret i sin bostad. Anmälaren lär ha varit någon från hemtjänsten, vi kollar upp detta för tillfället. Hon hade legat platt på mage med ena benet i en lite konstig vinkel, men troligtvis var inget brutet. Som det ser ut vid första anblicken, hade hon antagligen halkat på klinkergolvet och fått benet under sig och slagit huvudet i golvet. Bostadsinnehavaren är en Gertrude Katarina Karlsson – Sörensen som vi anar är identisk med den vi fann på badrumsgolvet. De är inte riktigt klart än med identifieringen, men inget talar för att det kan vara någon annan än offret. Hon skulle i så fall varit 76 år.

Ogift och inte haft några barn. Hennes tidigare make omkom i en drunkningsolycka i sjön Orlången i Huddinge kommun för fem år sedan då han varit 82 år gammal. Olyckan är outredd då inget hade talat för annat än en vanlig drunkningsolycka. Händelsen hade inträffat då han och en gammal vän skulle meta abborre ifrån en liten eka. Man avskrev olyckan då mannen haft en relativt hög promillehalt i blodet. Där slutade alltså utredningen om olyckan. Efterklok som man är lite till mans, kanske man skulle tittat lite mer på omständigheterna vid denna olycka. Två gamla gubbar sätter sig i en liten rank eka för att meta abborre? Varför då, kan man undra? I unga år hade han och en kompanjon, som för övrigt varit med i ekan

15

för att meta abborre och var den som larmat om drunkningsolyckan, gjort stora pengar inom industrin med lättklädda galanta damer. Man hade ägt ett par kända vattenhål i stan för törstande herrar i majoritet. Företaget hade gått utmärkt med stor omsättning på sina exklusiva strippkrogar där utländska artister som uppträdde och gästade vår huvudstad över en helg, var de givna besökarna och kunde skriva av som representation. Dessa nattklubbar med fjärilar, saluförde precis allt i branschen även utanför dess hank och stör. Sedan blev det ju stopp för liknande verksamheter när myndigheterna fått korn på deras rörelser eftersom man bland annat befarade koppleri i stor omfattning. Detta var vad man kom fram till i den stora prostitutionsutredningen.

Någon nära anhörig hade man ännu inte funnit i inledningsfasen, utöver då denne make, Jens B. Sörensen, men han var ju å andra sidan redan off to date, så att säga. Det är även oklart om hon har någon anhörig i livet över huvud taget. Inre span, jobbar på den biten. Hon var alltså ensamstående sedan fem år tillbaka då hennes man tatt sitt sista bad, som Thörnqvist sjöng en gång. Outredd olycka beroende på, som sagts, inget hade talat för något annat än en vanlig drunkningsolycka där en större mängd alkohol var inblandad som ju brukar vara förenligt med drunkningsolyckor av denna karaktär.

– Om ni inte har något emot det, så tar vi en femton minuters bensträckare. Vi har precis fått lite nya uppgifter som vi kan ta då, efter bensträckaren. Väl mött igen alltså om femton minuter, sa Svanstrand.

Det blev snabbt kö vid kaffeautomaten och precis hann alla tillbaka innan tidsfristen på femton snabba.

16

– Ja, tiden går fort när man har roligt, sa Svanstrand.

När han såg att alla vara tillbaka med kaffemuggar framför sig inom den stipulerade tiden, log han. Då kan vi köra igen tänkte han och nickade åt sin vapendragare att fortsätta.

– Inre span har nu i andra svepet, funnit en brorson till vår avdagatagade. Men någon bror, fanns inte längre i livet. Han hade försvunnit vid katastrofen 2004 när tsunamin drog fram över Phuket i södra Thailand och lämnade som vi alla minns, död och tragedi efter sig i de enorma skoningslösa flodvågorna. Men det fanns alltså en brorson som vi nu hittat. Och när vi väl hittade honom, fanns han med på många ställen. Inte minst i våra egna register.

Ja, varför finns han hos oss då, kan man undra? Enkelt naturligtvis för oss med vårt dagliga värv. Han har problem med droger. Han är allt som oftast intagen för en kortare avgiftning. Detta är hans egen tragedi förutom förlusten av en far. Hans missbruk hade börjat vid tiden för hans faders frånfälle. Till en början med starköl, i fel kretsar. Det var för att söva och döva smärtan av förlusten. Mattan hade plötsligt och obarmhärtigt bara ryckts undan för hans fötter där han stod ung och vilsen. Han hade bara varit 14 år när tsunamin hade satt djupa sår och spår i mänskligheten. Det var dagar… få att leva, som återstod. Hans faster hade haft en beskyddande hand över honom till en början eftersom hon hade det gott ställt och försåg honom säkert med fickpengar i den större sorten av valörer.

Inre span hade som sagt hittat honom på underliga vägar. Så det fanns alltså en anhörig ändå, om än på avstånd och vingliga vägar.

17

– Men, han borde väl haft en morsa, menade Anton Franke?

Anton var en duktig kriminalinspektör Svanstrand haft mycket nytta av vid deras tidigare utredningar. Men han sa vad han tyckte, oftast innan tanken var med. Och icke förty, hur han uttrycker sig, kanske han gick över gränsen ibland men ändamålet helgade medlen. Anton var omtyckt av alla.

– Det vanligt förekommande för ett barn, är mycket riktigt att den har en mor, Anton. Helt riktigt, men du menade troligen, nu levande eller någon han kunnat få stöd av?

– Shoot, boss!

– Hans mor flyttade till Spanien när han var liten. Hon finns fortfarande i Spanien. Från början i Barcelona, sedan närmare bestämt, Palma de Mallorca, det vet vi nu.

– Okej, det var hans farsa som stod för uppfostran i hemmets lugna vrå ända till dess han semestrade i Thailand med känt resultat. Sedan höll hans faster en vakande hand över gossen.

Svanstrand nickade!

– Och morsan hans, bor alltså på Mallis, om jag tolkat detta rätt?

– Du har tolkat de helt rätt Anton, fyllde Sivert i.

– Är hon underrättad om händelsen med sin svägerska?

– Det är för nytt ännu, men hon kommer sökas under dagen för att underrättas om vi kommer fram till att det är ett mord vi har på agendan.

– Då har jag bara en fråga till för tillfället. Den där killen som slutade bada lite plötsligt i Orlången hade väl en polare, en tidigare kompanjon inom porrträsket? Hur befinner sig och är läget kring den personen idag? Han är väl kanske runt en 85 pannor idag kan jag tänka mig, om han lever? Tysk, eller?

– Ja Anton, inre span jobbar på den biten också.

– Bra, då sitter jag nöjd för tillfället.

– Nej stopp! Var är Tessan?

3

– Oj, det tog tid innan den frågan kom upp, sa Svanstrand
och log. De märks att ni jobbar på grova brott och inte på
span. Men på span hos Annica Nielsen, jobbar Tessan Löv-
gren – Kneck numera.

Tessan har läst in en kurs i ledarskap parallellt med en kurs i
juridik och hon hade så att säga fått blodad tand när hon job-
bade ett tag tillsammans med span och meddelade mig sitt
önskemål att få flytta över till dom när hon var klar med nöd-
vändiga studier. Så nu har hon ett streck till på axelklaffen
som berättar att hon är kriminalinspektör med befälsgrad.

– Då är vi en gubbe kort nu då, undrade Anton?

– Gubbe, sa Sigurd och såg glad ut?

– Ja, om Tessan dragit, har väl en vakans uppstått hos oss.
Eller är det någon missuppfattning, från min sida eller?

– Märks Anton att du inte jobbar på span. Hade du gjort de så
hade du upptäckt vår nye medarbetare. Hon sitter några stolar
till vänster om dig, Gugge Larsson, kriminalinspektör och
kommer ifrån span och Annica Nielsens styrkor.

Gugge har bara bytt plats med Tessan. På schackspråk, så har vi bara utfört en kort rockad.

– Jaha...

Anton såg lite fundersam ut och lutade sig aningen fram för att kunna se sin nye medarbetare. Nickade och log och fick ett bländande leende tillbaka.

– Och Gugge är dopnamnet, undrade han fortfarande i sin framåtlutande ställning?

– Vad gissar du, replikerade hon blixtsnabbt?

– Inte min bag att gissa, svarade Anton på sitt vanliga artiga vis.

– Gunvor, sa Gugge. Gunvor Larsson, men har alltid kallats Gugge sedan småskolan.

– Syrra med kollegan, Gunvald Larsson?

– Vem är det?

– Ordning i klassen sa Sigurd. Bra Gugge, nu fick vi lära känna varandra en aning och se hur klimatet i gruppen gror. Du kommer ta Tessans plats och får nöjet att jobba med Janne Klinga, ungtuppen i vår grupp.

Tessan hade ju haft en större ambition än att vara nöjd med den position hon hade som kriminalinspektör och som Fredriksson harvat som, under långliga tider. Nää, hennes första mål var att bli minst som Svanstrand, kriminalkommissarie. Nu hade hon bara tagit första klivet upp på stegen. Hon hade svårt att bara sitta still och titta på som när ett batteri laddas. Annica Nielsen hade varit nöjd med att få över Tessan Lövgren – Kneck till sin span-rotel och hon skulle få jobba vidare med Jonna Edelman som varit inlånad av Svanstrand vid ett tidigare jobb i fallet Operation Mona.

Jonna och Tessan hade ju arbetat tillsammans under spanings-arbetet på Mjesec Jovanovic i Operation Mona, så de kände ju varandra sedan tidigare och hade fattat tycke. På den vägen är det alltså. Svanstrand hade därmed fått en ny kraft i Tessans ställe. Kommer bli hur bra som helst. Helt okej med lite rö-relse i möbleringen, en ny spelare på mittfältet, funderade Svanstrand men han saknade naturligtvis Tessans glada jag och pigga inlägg på deras möten.

– Jag behöver säkert inte tala om för er vad som står på da-gens agenda för var och en av er. Ni kör vidare på det ni håller på med. Men vid morgondagens möte vill jag veta vad den förlorade brorsonen heter, säger och vad han haft för sig vid den aktuella tiden då vårt offer plötsligt intog sin sista vila. Jag vill också veta allt om hennes framlidne mans kompanjon, om han nu finns i livet. Vem denne i så fall är, med namn och allt runt detta. Något som är oklart?

– Och vilken kväll är det dans, undrade Anton oskyldigt?

– Om vi håller oss till ämnet ett tag till, så väntar jag på ett utlåtande från vår högt ärade Emma Winston, vilket kommer ta någon dag ytterligare, har jag förstått. Och då menar jag Emma på rättsmedicin ute i Solna, som säkert alla förstår.

– Men Gugge är ny hos oss, Sigge!

– Har du hört talas om Emma Winston vår rättsläkare ute på rättsmedicin i Solna, undrade han vänd mot Gugge?

– Noop!

– Men då vet du nu vem hon är?

Gugge hade nöjt sig med att nicka när hon mötte blicken ifrån Sigge.

– En stilla undran…

22

Har vi alla samma känsla för vad detta handlar om, undrade han och såg sig om sin vana trogen. Är det någon här som tror att det är en vanlig olyckshändelse?

Alla runt bordet, undantagslöst, hade skakat på sina huvuden vilket stärkte Sigurd enormt i sin egen tro.

– Bra sa han. Då jobbar vi på den linjen till dess någon annan berättar om motsatsen. Det kommer därför bli särdeles intressant vad Emma kommer att berätta för oss om den möjliga delikt vi i så fall får vidimerad.

Svanstrand skannade av sina brottsutredare och fann att ingen viftade för att påkalla sin uppmärksamhet... därmed ansåg han mötet avslutat.

– Okej, då rundar vi av här. Utgå!

Själv reste han sig samtidigt och föste ihop sina papper. Han sökte ögonkontakt med sin vapendragare Fredriksson. De brukade alltid ha en liten överläggning och sammanfattning efter varje möte. Som vanligt var det på hans rum, över en mugg av det evinnerliga kaffepimplandet. Han nickade därför åt Sivert i riktning mot sitt kontor.

Väl inne på kontoret tände han den röda upptaget lampan vid sin dörr, och så sjönk de ner i varsin fåtölj vid soffgruppen ute vid fönstren.

En maskin från Bromma flygfält lyfte upp över takåsarna längre bort i kvarteret och Sivert undrade om det möjligen var Visby som var målet. De kunde ju egentligen lika gärna vara, Ängelholm, Göteborg, Umeå, Jönköping...

– Den där, sa han plötsligt till Sigurd och pekade med kaffemuggen mot den lyftande maskinen, är en ATR-72 en tvåmotorig turbopropp.

23

– Sigge vände blicken när maskin precis försvunnit ur synfältet och undrade, ATR 72?

– Ja, det är en Fransk/Italiensk kärra. Men dessa maskiner har blivit poppis bland flygbolagen för de är tydligen miljövänliga och perfekta för inrikesflyget. Inte vet jag, men det är vad jag hört.

– Hur många intressen har du, undrade Sigge och skrattade? Inte nog med alla fruntimmer du blir betuttad i, nu är det även flygplan också. Jag glömde även säga, för att inte tala om ditt matintresse?

– Äh, något ska man väl engagera sig i. Jag är ju svårt förtjust i kvinnlig fägring, tror det hänger i sedan Södra BB. Jag tycker flygplan är intressanta och gillar det kulinariska som handlar om mat, samt icke förty, drycker inom den gastronomiska sfären.

– Låter som du är en livsnjutare av stora mått?

– Ja men de vet du ju sedan tidigare.

– Tja, man kanske ska göra vad man kan för att må väl och nå sina mål.

– Men jag anar att du har något på hjärtat som trycker lite extra eftersom vi fortfarande sitter här. Ja, inte är det för en massa kallprat, Sigge?

– Nej, kanske är de inte de. Hur ska jag säga…

4

Kriminalinspektörerna Janne Klinga och Gugge Larsson, drog iväg till Maria beroendecentrum på Södermalm för att hoppas få träffa brorsonen, han med sina drogproblem. Genom inre span, hade man hittat honom intagen på Maria för att avgiftas några dagar.

– Visste vi vad gossen heter? Ja, den där brorsonen, undrade Janne när han lotsade fram dem genom den täta trafiken på Hornsgatan?

– Ja, sa Gugge lite dröjande medan hon kolla i rapporten hon höll i handen som de tidigare fått utskriven innan de körde iväg. Han heter Stefan Claes Göran Karlsson, nittio, noll sju, tjugosex. Han är alltså trettioett år!

– Okej!

– Har vi lite flax, finns han kvar på Maria.

– Då håller vi tummarna. Varför är det så jävla många bilar, undrade han samtidigt som han svängde höger in på Torkel Knutssonsgatan fram mot Wollmar Yxkullsgatan?

Janne hade kort stubin när det gällde biltätheten i stan.

Han förstod egentligen dubbelparkeringarna för att olika butiker med dagligvaror skulle få lasta av, men han var frustrerad av att sitta i dessa förbannade köer. Bara gilla läget, mindes han ett mantra ifrån en kriminalprofessor han trumpetande bittida och sent.

Utanför Maria beroendecentrum, kunde de däremot mot alla odds, lätt få en parkering.

– Du får gärna sköta snacket, sa Janne och log mot sin nya kollega.

– Okej, sa Gugge. Om det nu finns någon att snacka med?

– Jo, de tror jag nog de gör.

Passeringen vid incheckningsdisken, gick såklart galant. Det var mer en regel med poliser på Maria än avsaknaden av dem. Och visst, han fanns kvar och de fick en lotsning fram till hans rum.

Spillran reste sig ifrån sin säng när de kom in i hans rum, för en spillra var de som nu stod framför dem med ett förvånat drag i ansiktet.

– Vad har jag nu gjort, hade han sagt när han såg på poliserna i deras typiska kläder?

– Gugge presenterade dem för honom och undrade vilket av hans namn han kallades för.

– Stefan, hade Stefan sagt.

– Kan jag alltså kalla dig för Stefan?

Stefan hade nöjt sig med att nicka.

– Vad vill ni mig, sa han och försökte fokusera dem med blicken?

– Jo, sa Gugge. Du hade ju en faster som hette Gertrud, eller är det fel?

– Nej det är rätt. Pappas syster, förklarade han. Dom var syskon, pappa och faster Gertrud.

– Jaha ja, på så sätt sa Gugge. Då är det så här, Stefan. Din faster har hittats avliden i sitt hem och det är vår skyldighet att underrätta dig om detta.

Stefan hade först sett oförstående ut, sedan hade han knäppt sina händer och sänkt huvudet som i en minnesstund. Så hade han börjat... *Fader vår som är i himmelen. Helgat varde ditt namn. Tillkomme ditt...*

– Ursäkta, men vi skulle bara vilja ställa några frågor, avbröt Janne som tydligen hade tänt sin korta stubin igen.

Stefan hade tystnat i sin bön och sakta höjt huvudet. Vridit det åt vänster och tittade medlidsamt på Janne ett kort ögonblick innan han åter sänkte huvudet för att fortsätta... *tillkomme ditt rike. Ske din vilja, såsom i himmelen så ock på jorden. Vårt dagliga bröd giv oss idag, och förlåt oss våra skulder, såsom ock vi förlåta dem oss skyldiga äro och inled oss icke i frestelse utan fräls oss ifrån ondo. Ty riket är ditt och makten och härligheten i evighet. Amen.*
Sakta rätade han åter sitt huvud mot poliserna som nu stått och väntat på honom i hans minnesstund och bön.

– Ni ville fråga mig något, sa han och tittade på Gugge som var den som inlett deras samtal? Jag vill bara först poängtera att man inte avbryter någon i hennes bön. Kom det ihåg!

– Jo exakt, naturligtvis. Vi ber om ursäkt för de, sa hon och gav Janne onda ögat. Vi undrar bara vad du gjorde under måndagen och tisdagen den 16 och 17 augusti?

– De har jag inte en aning om. Vilken fråga!

– Så du minns inte?

– Nej inte en aning.

27

– Låt mig då fråga så här istället, när träffade du din faster senast?

– De minns jag inte heller.

– Var det i år, eller förra året, eller…

– Nej det var i år hon skulle bjuda på kräftor. Det minns jag. Kräftor var de länge sedan jag åt. Sedan fick jag lite stålar som vanligt. Fickpengar kallade hon det för.

– Var det ofta hon gav dig fickpengar?

– Ja, de gjorde hon. Sånt kommer man ihåg. Har du nån aning om hur mycket deg en becknare vill ha för lite affe?

– Jo, jag har en viss kunskap om det, ja.

– Ett ynka gram bellar runt 250 spänn. Hur länge tror du ett gram räcker? Just de, fundera på det du. Då fattar du kanske att det var guld värt när hon gav mig lite stålar då och då. Hon höll mig liksom flytande.

– Hade din faster gott om pengar, tror du?

– Ha ha, om hon hade gott om pengar? Hon hade klöver som gräs. Ha ha! Hur mycket som helst, liksom. Så man hälsade på så fort man kom åt, vet du. Och så var hon en fining för sin ålder. Glad och pigg och ett härligt snack. Hon var en sån där söderbrud. Hon kunde tugga södersnack om någon. Och du, hon hade saker och ting på de rätta ställena, om du förstår vad jag syftar på.

– Men du minns inte alltså vad du gjorde i måndags och tisdags?

– Kan dom inte berätta det här, på Maria? Jag har ju varit hög som Katarinahissen en längre tid. Nästan så man kolade av. Jag hade en polare, han kolade av för han var för hög. Jag tror han var högre än en sådan där 4G mast, därför näbbade han.

– Stefan, om vi behöver fråga dig igen om någonting, var kan vi nå dig då? Du har väl någon bostad? Kanske telefon till och med?

– Fråga dom här på Maria, det vet dom bättre än jag.

– Du vet inte var du bor, men du vet var din faster bodde?

– Absolut! Det var ju där stålarna fanns. Man kunde lukta sig till var klövern fanns om man glömde bort. Och så var hon snäll, hon gnällde aldrig på mig för mitt missbruk, inte på de sättet.

– Tack ska du ha för idag, sa Gugge. Sköt om dig nu.

Snacka om att vara social, tänkte Janne om Gugges snack med Stefan. Moderligt, liksom.

5

På återvägen när de styrt ut mot Ringvägen för återfärd och för att skriva ut förhörsprotokoll om de nu ansåg det fanns något värt att skriva ner. Men, ett protokoll skulle det naturligtvis bli, de var ett måste, om än bara kort och koncist.

– Rent spontant Janne. Vad säger du?

– Rent spontant, tycker jag han borde få den vård han behöver, men tror det är utopiskt att få honom på rätt köl och att han kommer vända drogerna ryggen. Men han känns ju helt klart hur ren som helst vad gäller inblandning i hans fasters frånfälle, eller?

– Håller med dig. Vilket liv han lever egentligen? Ständigt på jakt efter något att droga ner sig med. Tidigare har han ju haft sin faster som så att säga sponsor. Hur får han pengar nu?

Han får väl göra som alla andra pundare, sa Janne. Göra små inbrott här och där. Sno en cykel och kursa till någon hälare för ett par tjugor. Sorgligt!

– Snyggt parkerat, sa Gugge när Janne hade lotsat in deras tjänstebil i garaget där det dagen till ära var trångt om utrymmet eftersom man höll på med någon avloppsledning och Väg & Vatten hade sina fordon inkörda i garaget.

– Äh, de hade du gjort precis lika bra. Nu åker vi upp och tar en fika tycker jag.

– Sagt och fikat Janne, log Gugge inbjudande.

Fan hon är ju skitsnygg när hon ler sådär. Det här kan ju arta sig till något bra, tänkte han. Äger en god portion av humor med glimten i ögat. Oj, vilka ögon… man kan drunkna!

Under fikarasten, plitade de ner förhöret medan det var färskt i minnet så de kunde öka ut underlaget i deras utredning.

– Sa han något om när han skulle släppas ut igen, undrade Janne?

– Nej, han gjorde inte de. Men vi fick ju en adress av kliniken där han brukar finnas. Det är någon form av härbärge sa dom. Men han är inte folkbokförd någon annanstans.

– Okej. Han hade ingen aning om var han befann sig vid den aktuella tidpunkten då vi tror - skriver tror - för vi har inte fått något preliminärt datum då hon avlidit. Hon kan ju ha legat där hon nu låg i flera dagar, eller så kanske bara någon dag.

– Kommer inte hon i Solna berätta det för oss, Janne?

– Du menar Emma Winston?

– Ja just de, så hette hon. Hon kommer väl med sin rapport och den kanske rätar ut en del frågor vi funderat på helt i onödan. Hon måste ju vara en viktig kugge.

– Helt klart. Det är från hennes rapporter vi normalt jobbar. Men nu verkar det dra ut på tiden. Vi stod ju också ganska länge med en fot i varje läger. Ond bråd död eller helt enkelt en vanlig olyckshändelse.

31

Janne och Gugge var inte ensamma om att passa på att ta en kopp fika i deras kaffestuga. Där satt både chefen och hans närmaste, kriminalinspektör Sivert Fredriksson.

När de fick syn på Janne och Gugge, tog de sina kaffemuggar och flyttade över till dem.

– Nå, hur går de, undrade Svanstrand?

– Du menar med brorsonen, han som hade drogproblem?

– Ja, det var närmst den biten jag funderar över, sa han. Ni skulle väl prata med honom idag vad jag förstått?

– Jo, vi plitar ihop ett protokoll ifrån dagens möte med systersonen som förövrigt heter Stefan Claes Göran Karlsson.

– Bra, vad har ni fått ihop?

– Det har du strax i din mejlbox, chefen.

– Jag förstår, men kan ni inte dra de i stora drag, en liten förhandsinformation, bara?

– Jamen visst. Brorsonen heter alltså Stefan Claes Göran Karlsson, 90-07-26. Han är sålunda trettioett år!

Han har ingen som helst aning om vad han hade för sig den 16 – 17 augusti innevarande år. Han hänvisade det mesta till personalen på Maria beroendecentrum. Han sover på något kommunalt härbärge dit han har sin adress också.

– Finns det sådana?

– Inte vet jag. Men det var vad man berättade för oss. Han brukade besöka sin faster relativt ofta för hon såg till att hålla honom med fickpengar. Hon lär ha gott om den varan, enligt Stefan, vilket är hans tilltalsnamn. I övrigt mindes han ingenting om någonting men han var en överdängare av bönen Fader vår, som är den mest centrala bönen inom kristendomen och den läste han rakt av utan att staka sig.

De var glasklart!

– Varför läste han den där bönen då?

– Det vet vi inte, men han började direkt med den bönen när vi meddelade sorgebeskedet. Jag tror han kan ha läst bönen för sin faster i hennes hädanfärd, sa Gugge.

Så fort jag berättat för honom att hans faster nu inte längre fanns ibland oss, föll han in i någon trance med knäppta händer och började läsa denna bön. Vi försökte avbryta, men då verkade han förbittrad och bara stirrade på oss en kort stund innan han fortsatte i bönen.

Sedan fick vi veta av honom att en människa i bön, skändar man inte genom att avbryta sinnesfriden. Kom det ihåg, sa han mycket myndigt och sakralt, häda icke!

– Han verkar som två olika personligheter, föll Janne in. När det passar, är han knivskarp, medan han nästa sekund inte minns någonting och fattar ännu mindre.

– Låter som om vi får tala med denne gosse igen, menade Svanstrand. Men, det kör ni vidare med när vi vet lite mer. Hur som helst, bra jobbat.

6

När Svanstrand och vapendragaren Fredriksson tagit sig till-baka till huvudkontoret, det vill säga Svanstrands tjänsterum, såg Sivert att det kommit ett mejl ifrån Emma Winston.

– Vi har fått mejl, sa han och tittade upp på Sigge.

– Se där ja, något matnyttigt, undrade han?

– Ja, jag vet inte ännu men det är ifrån Emma, så det kanske finns något bra där eftersom hon skrivit, knappast bara för att önska oss trevlig helg, eller vad tror du?

– Låt mig få ett sammandrag när du läst mejlet så slipper jag logga in på min maskin just nu.

Under tiden Sivert läste vad Emma Winston skrivit i sin första rapport från obduktionen, en slags förhandsinformat-ion, fyllde Sigge i en del data på deras uppgjorda tidsaxel. Tidsaxlar är egentligen ofrånkomliga vid spaningsmord och även annorstädes. Här klämmer man in olika hållpunkter i tid och vid vilka positioner och lägen tiden avser. Man får lätt en total överblick vid en noggrann tidsaxel. Har man sedan rele-vanta bilder att lägga in, höjer man nivån lite ytterligare.

Sådant, snabbar helt klart upp på jakten. De är ett nödvändigt jobb anser jag men som måste vara väl underbyggt.

Naturligtvis får inga fel smyga sig in på tidsaxeln som kan ställa till en ordentlig oreda med inkongruenta data.

Analysgruppens personal hade redan upprättat en tidsaxel över händelserna och de inkomna tidsuppgifter som fanns att tillgå. Men Sigge ville plita på sin egen axel innan han tog del av analysgruppens.

Nu väntade han spänt på vad Emma hade skrivit när hans trogne vapendragare höjde huvudet efter sin genomläsning.

– Hur låter det Sivert, undrade han?

– Ja det är lite comme si comme ça Sigge.

– Du tror inte du kan utveckla dig lite där?

– Det är tydligen lite knepigt med den hädangångna Gertrude Katarina Karlsson – Sörensen. Emma vill därför inte säga idag vad som orsakat den avlidnes hädanfärd. Och inte heller spekulera i något om tillvägagångssättet, eller som hon skriver, dess modus operandi för att förkorta de liv, kvinnan förde. Det var ju därför vi såg det som en typisk olyckshändelse i hemmet. Minns vi sa något om de, Sigge.

– Ja de var ju de jag sa och tänkte ifrån början. "Vad har vi här att göra"? Men de är nu fortfarande alltså lite, varken si eller så, om jag förstått ditt franska uttal rätt?

– Korrekt, Sigge. Därför har Emma skickat ner en del prov till NFC i Linköping som hon nu väntar provsvar från. Men det hon konstaterat och även Tryggve Ekholm gjort, vid den första besiktningen av kroppen, var en större hematom med en trolig kortare medvetslöshet som följd. Troligen har den uppstått i samband med fallet mot klinkergolvet.

Det var så Tryggve konstaterade då vi var på plats, minns du. Sigge hade nöjt sig med att nicka tankfullt.

– Men Emma skriver också att där fanns även en svullnad i bakhuvudet där hon konstaterat en mindre hematom genom brustna kapillärer.

– Rent lekmannamässigt, sa Sigge att han ansåg det lite knepigt att få en svullnad i bakhuvudet om man ramlar i golvet och slår pannan i klinkern. Här låter det som om vårt ärende har fått hjälp med att öppna Pärleporten så att hon kunde komma in.

– Ja, Sigge. Detta låter väldigt logiskt, det där med hjälpen. Men kilar man om hörnet bara för att man fått en bula i skallen? I mina öron låter de överdrivet drastiskt.

– Ja Sivert, det kanske beror på hennes ålder, på hur hårt bulan uppstått och att det var två bulor i skallen, pluralis bäste konstapeln, pluralis. Nu kommer säkert Emma räta ut dessa frågetecken åt oss och börja berätta om trubbiga föremål.

– Hon skriver också undrande om vi talat med den från hemtjänsten som var väl den som anmälde det tragiska. Hon vill då veta om hon tog någon medicin och vad i så fall. Emma skulle bli tacksam om hon fick hjälp med den biten. Just nu har hon det lite körigt.

– Det blir väl kanske ett fall för vårdcentralen, antar jag. I Stuvsta ligger den vid Stuvsta Torg, strax intill pendeltågsstationen. Gissar att det var den vårdcentral hon vände sig till, när hon, eller om hon, hade något behov. Föreslår vi hör både hemtjänsten "Smörblomman" och vårdcentralen av skäl du redan snappat, Sivert. Men det är väl närmast fundamentalt, anser du säkert Sivert.

36

– Tror de ligger bredvid varandra. Men Emmas slutkläm, var att det definitiva beskedet är att döden har orsakats av någon annan än offret själv.

– Det betyder därmed att från och med i morgon bitti, så är vi dubbelt så mycket folk i utredningen, vilket jag nu tacksamt noterat. Vi är således 28 stycken i utredningen. Bra!

– Jag sätter uppdraget på Janne och Gugge med sin förhörsmetod att stryka medhårs till en början. Skulle jag skicka Anton, skrämmer han väl skiten ur hela hemtjänsten på Smörblomman.

Sigge log och nickade, flyttade ett par papperstravar på sitt skrivbord och nickade igen.

– Vad har vi mer?

– Ja, det är ju att jaga upp kompanjonen som satt med i den lilla ekan när Jens B. Sörensen slutade bada. Dom hade ju ett lukrativt vinstgivande företag ihop långt tidigare och tjänade stora slantar på den rörelsen, miljoner!

Sigge nickade igen, den gången lite mer tankfullt.

– När inre span plockat fram denne figur, om han nu fortfarande är i livet, blir det ett uppdrag för Anton, eller vad tror du undrade Sivert?

– Låter som genomtänkt och bra, Vem hade du tänkt sätta ihop med Anton, då?

– Ja, om du inte tycker det är alltför tilltaget, hade jag tänkt mig själv som den Anton skulle få vid sin sida att luta sig mot om det börjar blåsa.

– Jamen självklart, Sivert. Finns det någon med större erfarenhet och kanske kan hålla vår lille eldfängde kriminalare under uppsikt? Vi vet ju ännu inte vad det är ni ska träffa.

– Det var nog så jag tänkte själv. Om den gamle porrnasaren är i livet vet vi ju inte i vilken kondition han befinner sig i. Han kan ju inte vara purung, om man säger.

– Måste ju vara lätt för inre att hitta honom. Jag förstår inte varför vi inte hört något. Jag ska kolla på direkten.

Sigge knappade några gånger på sin mobil och fick genast någon som svarade. Det blev ett kort samtal där Sigge mest nickade igen. Mmm, sa han så och avslutade med ett, tack!

– Jo, deras slagning på denne man gick snabbt och de hade hittat honom igår, samma dag de fick uppdraget. Sedan har ju deras mejl till oss hamnat mellan två stolar. Du har det säkert när som helst i din dator, skulle jag tro. Men vi kör som du föreslagit, när startar ni?

– Så fort vi snackat färdigt.

– Okej, sa Svanstrand. Vi har precis gjort de nu. Kör försiktigt vart ni nu än ska.

Sivert reste sig och vinkade bara med handen när han klev iväg och stängde dörren från utsidan.

7

När Fredriksson hade lämnat Svanstrands tjänsterum, stod nästa kriminalare på tur.

– Kliv på Wilbur kliv på, sa Sigge då hans tekniker anlände. Gjorde en gest mot besöksstolen med hela handen som den kriminalkommissarie han var och Wilburs chef och sa, sitt för allan del det är den där stolen till för.

Wilbur Karlsson var en av det betrodda teknikerna "Karlssons" på hans grupp. Jobbade i par med sin namne, Viktor Karlsson, lika uppskattad han. Det var inte släkt alls som så många trodde på grund av deras efternamn.

– Jo, sådär mellan tummen och pekfingret till att börja med, vad säger du om vårt senaste fall på Stationsvägen i Stuvsta?

– Ja, vad vill du veta, mer konkret?

– Vad du tror rent generellt, alltså?

– Ja jag tror vi har ett spaningsmord på gång. Det är för mycket konstigheter för att vara en vanlig olyckshändelse i hemmet.

– Hur menar du då?

– Ja ta bara det sista som du själv säkert läst, vad Emma anser. Svårt att få en bula i skallen både bak och fram om man trillar, liksom. Trillar man framåt, uppstår vanligen en bula i pannan. Men om man drattar på ändan blir det bakhuvudet som får ta emot smällen. Man kan inte få både ock, om man nu inte ramlat två gånger. Sedan ser det för städat ut, enligt mitt förmenande. Känns som något är fel där men som jag inte kan sätta tummen på. Inte en skruv fel, om du förstår hur jag menar, om vi nu hoppar över kaoset i hallen.

Sigge hade nickat eftertänksamt och skrev en liten notering om denna tanke vad gäller att ha ramlat två gånger.

– Inga brytmärken på dörren, men en tvättlina tagen ifrån badrummet och knuten runt stolen som låg innanför dörren.

– Hur vet vi att det förhåller sig på det viset? Ja, jag förstår att du har denna tanke väl underbyggd naturligtvis.

– Jo de har vi såklart. Snittytan stämmer med den andra linan i den där torkställningen som hängde i badrummet. Samma lina som i torkställningen och som sagt, samma lite sneda kapning av linan. Det hängde också en nyckelknippa i sjutillhållarlåset på dörrens insida, men låset var inte reglat. Nycklarna bara hänge där. Jag tror att hemtjänsten, vilka de nu är, kan räta ut en hel del konstiga omständigheter. Vad säger dessa förresten? Jag antar hon har, eller hade, hemtjänst.

– Vi har folk ute just nu för att prata med den som var hennes personal på hemtjänsten. Man byter ju i och för sig beroende på läge och tillgång av personal. Men vi har som sagt var just nu folk hos hemtjänsten i Stuvsta för att upplysningsvis höra denna person. Det var förresten den personalen som hade vänligheten att identifiera den omkomne.

Så där råder i alla fall inget tvivel.

– Fingrar har vi hittat som inte är vårt objekts och inte hemtjänstens heller. Jag tror mig veta att hemtjänsten använder både latexhandskar och munskydd på grund av corona-19. Så det kanske skulle vara bra om dörrknackandet blev mer intensifierat. Min spontana reaktion eftersom du frågade vad jag tyckte. Det är alltid olustigt att ha fingrar man inte vet vem eller vilka de tillhör. Det är för övrigt två olika typer av fingrar. Ganska irriterande som du naturligtvis förstår. Dags att skärpa till och vässa upp vårt knackande med nya förhör värda namnet. Vi har skickat lite småsaker vi hittade på klinkergolvet, till NFC för analys. Bland annat en liten mysko plasthylsa. Vi skickade också en tops med troligen blå mascara på. Mycket sådana där prylar fruntimmer duttar med för att bättra på fasaden. Är det vi som knackat? Något säger mig att det inte är så, eller?

– Det är lokalpolisen i Huddinge som svarat för detta med knackandet. Kan kanske verka lite som en katastrof, men dom får ju inte öva så ofta.

– Men så förhåller det sig alltså med dörrknackningen, Wilbur.

– Okej, chefen, det förklarar såklart en del. Kanske bäst vi tar hand om den biten som vi är vana vid, sa Wilbur och var färdig att resa sig och lämna Svanstrand ensam i sitt rum.

– Vi ses snart igen Wilbur, sa Svanstrand medan hans tekniker nu reste sig för att återgå till verksamheten.

– Här blir inga barn gjorda sa han och sneglade på sin chef. Vi har en del att stå i som du vet, sa han. Men såklart, vi syns på nästa briefing.

Jaha ja, tänkte Svanstrand. Fick man sig lite knäppar på näsan vad vi borde göra. Precis som den där Wilbur vet allt och kan allt bäst. Men såklart, han hade rätt. Bra när medarbetarna är så pass engagerade i arbetet, for hans tankar genom huvudet medan han knappade på sin smartphone som hade signalerat för inkommande sms.

Jaha ja, Sivert och Anton ska till Lidingö för att prata med den där kompanjonen till Sörensen som trillade i sjön Orlången för ett antal år sedan. Lidingö... där bor ju Ann-Sofie Hamilton vår pensionerade överåklagare. Kanske skulle slå henne en signal och lyssna med henne om hon känner till den gubbe grabbarna är på väg till just nu. Ska bara kolla vad han hette...

8

Sivert hade fått ett sms från span i sin smartphone som berättade att den de skulle besöka, rent upplysningsvis, bor ute på Lidingö och heter Mads Anker Ullman samt är 83 år.

– Var på Lidingö, undrade Anton som var den som rattade deras civila tjänstebil?

Man ville inte väcka skvallret att polisen besökt denne Ullman. Egentligen var dom ju bara där för att höra den åldrade dansken... en *Gammel Dansk*, tänkte Sivert och log med ett munskänksliknande och gastronomiskt leende hur han nu bar sig åt. Med tal om mat och dryck, vaknar denne poliskonstapel. Ett av Fredrikssons största fritidssysselsättningar är detta.

– Anton, vi ska till Utsiktsvägen 22, vilket låter lovande vad gatunamnet berättar.

För säkerhets skull hade han ringt Ullman för att försäkra sig om att han befann sig i hemmet och berättade att de hade för avsikt att besöka honom å tjänstens vägnar.

Ullman hade inte haft något emot deras besök. Fredriksson kunde inte uppfatta någon dansk brytning i hans tal.

Idiomet bortstädat under årens lopp antagligen.

– Då är vi hos herr Ullman om 28 minuter, sa Sivert!

Han hade mött dem redan ute på trappan där han stått för att invänta dem.

Man hälsade på varandra enligt gängse metod och regel numera på grund av pandemin.

– Mats, sa han, med tydlig betoning på sitt svenska uttal av namnet. En hälsning som för att lägga bort titlarna på direkten.

En fin och trivsam öppningsfras tyckte Sivert. Då vet vi liksom var nivån ligger.

– Var de svårt att hitta, undrade han med en nick mot Anton som han sett var den som rattat deras bil?

– Utan GPS hade vi inte varit här ännu, sa Anton och log.

– Vill ni ha något, kaffe, mineralvatten eller?

– Blir bra som det är tack, sa Sivert. Vi ska inte bli så långrandiga.

– Då kanske det är okej om vi kan slå oss ner här, sa Mads och gjorde en svepande gest med handen mot en grupp sittmöbler på terrassen med utsikt mot vattnet nedanför?

– Passar oss utmärkt. Klart trivsamt.

– Och då undrar en gammal man som jag vad ni kan ha på hjärtat att jag fängslat er... ursäkta, mig. Menar... ja, man är odelat intresserad helt enkelt?

– Vi vill, som jag sa i telefon, endast höra dig rent upplysningsvis hur det gick till när din kompanjon Sörensen ramlade i sjön Orlången och drunknade då ni skulle meta abborre?

Mads såg lite tagen ut då Sivert ställt frågan. Han torkade sig i ögonen med baksidan av handen. Blinkade mot solen några

44

gånger och knep ihop ögonen medan han ruskade på huvudet som för att skaka bort otrevliga tankar.

Både Anton och Sivert satt tysta och väntade på vad han skulle svara.

– Tror du att du orkar berätta vad som hände den dagen? Det är ju ett tag sedan, fem år närmare bestämt.

– Ja, det är inte så svårt, det är inte särskilt märkvärdigt heller, sa han medan han torkade sig i ögonen igen.

– Varför skulle ni meta abborre till att börja med, undrade Anton?

– Nej vi skulle inte meta abborre. Men vi spred detta för att ingen skulle undra vad vi gjorde ute i en liten eka på den där sjön.

– Du tror inte någon undrade istället varför två äldre herrar sitter i en rank liten eka för att meta?

– Vi tänkte inte så. Vi skulle prata affärer och ville vara ifred då är det väl en bra plats att sitta i en båt utan att oroa oss för nyfikna öron. Vi hade lite förfriskning med oss som matsäck och initiativrik kreativlösare, inget annat. Inte ens ett metspö. Men så här efteråt har jag tänkt att vi kanske skulle varit lite mer sparsamma med vår kreativlösare.

– Vad var det för typ av kreativlösare ni hade då, undrade Anton igen… er förfriskning?

– Äh, det var en hela Grants whiskey, Jens livselixir. Han hade gott om den varan lagrad hemma. Livets vatten, som han sa. Utan denna brygd, Grants Triple Wood, stannar livet upp, var hans ständiga visdomsord. Livets vatten!

Sivert satt behagligt tillbakalutad och noterade i minnet vad Mads berättade medan markisen automatiskt rullade ut.

Vid varje fönster mot havssidan, fanns det blå markiser som styrdes av solljuset och rullades ut när det blev för gassigt.

– Om man betänker vad som hände där ute på sjön Orlången med Jens livselixir innanför skjortbröstet då han lämnade ert flytetyg, blev kanske hans visdomsord om livets vatten, plötsligt den raka motsatsen?

– Ja, så kan man också se det lite cyniskt, sa Mads.

– Om vi backar tiden lite, sa Sivert. När och hur träffade du Jens första gången?

– Oj, ja de var länge sedan. Jag tror det var vid en mässa i Hamburg. Jag jobbade på en veckotidning i Köpenhamn, då som fotograf och Jens kom från en tidning i Roskilde som var en facktidning för de danska bönderna. Han var en duktig grafiker redan då. De är drygt femtio år sedan nu. Minnet sviktar lite.

– En mässa för folk i tidningsbranschen alltså, undrade Anton och kisade mot solen när en av alla färjor från Frihamnen sakta kom glidande ut mot Östersjön?

– Ja så var det nog vill jag minnas, men inte för dagstidningar.

– Sedan då?

– Ja sedan träffades vi på kvällen, vi bodde ju på samma hotell, för att ta en öl på någon pub. Det var då vi upptäckte utbudet av lättklädda damer i var och vart annat fönster. Det fanns också butiker där du kunde handla det mesta av kolorerade veckoblad, eller veckotidningar och annat.

– Var de då ni fick er affärsidé att starta något liknande själva?

– Jo, de var nog startskottet. Det fanns en hel del liknande redan i Danmark och Köpenhamn, men inte på samma sätt som där i Hamburg. Eftersom Jens hade ett förhållande med

46

en svensk tjej och hade sett sig om i Stockholm, kom han med förslaget att vi skulle starta någon exklusiv klubb i just själva huvudstaden. En drinkkrog helt enkelt med uppträdande på kvällen. Det var så vi ansökte om diverse tillstånd.

En klubb med uppträdande men ingen matservering. Vi hade ju hittat en perfekt, tyckte vi, lokal på David Bagares Gata nere vid Birger Jarlsgatan. Ganska centralt redan då. Det var vårt första försök och de var i mindre skala.

– Jaha, det var alltså där det började, undrade Sivert?

– Ja, det var där de började.

– Hur gick affärerna då?

– Innan folk visste att vi fanns och vad vi hade för typ av uppträdande, var det lite kärvt. Men vårt utbud av underhållning spred sig snabbt och snart hade vi fullt varenda kväll. Lokalen blev på tok för liten. Vi var tvungna att expandera samt utöka utbudet av både det ena och de andra. Vi hade inget intresse av det vi själva erbjöd till försäljning, bara att det såldes till våra kunder. Vi var väldigt unga kan man väl säga och hade turen på vår sida. Vi startade upp i rätt tid när draget efter lite snusk var som störst.

– Vem stod som ägare av företaget, var det både du och Sörensen?

– Nej, den som stod i alla papper som affärsidkare, var Jens. Han var ju liksom etablerad i Sverige och Stockholm. Jag kom ju direkt ifrån smörrebrödets land och bodde till en början i Hökarängen. Sedan blev det Lidingö, men inte här där vi sitter idag. Men det är en annan historia.

– Hur var fördelningen er emellan då rent ekonomiskt och krasst?

9

– Kanske jag skulle fixa lite kaffe ändå, undrade Mads?

– Vi är strax klara, så inte för vår del men du kanske vill ha så
brygg lite kaffe du.

– Jag tror jag ska göra det, sa han och reste sig aningen mödo-
samt efter att ha suttit en längre tid. Man blir lite stel i benen
när man sitter länge. Kommer strax sa han och gick in via en
glasdörr vid sidan av terrassen.

– Kan inte vara gratis denna kåk och detta läge, menade An-
ton och nickade ut mot nästa färja som sakta kom glidande
med trolig destination Mariehamn, över Lilla Värtan.

– Här skulle vi kunna sitta hela dagen sa Sivert och sjönk ner i
sin bekväma solstol och kisade mot solstrålarna.

– Absolut, vilket chuckert ställe, menade Anton och följde sin
kollega Siverts variant med att hasa ner i stolen och blunda
mot solen.

– En trevlig herre, sa Sivert. Men man kanske har råd med att
vara ödmjukt trevlig om affärerna har fyllt hans portmonnä så
den rinner över. Men jag är inte avundsjuk.

– Då låter det bara så, log Anton medan han följde Silja Lines fartygs färd genom vattnet.

Måste vara lite snålt med utrymme om man skulle möta ett liknande fartyg på väg in mot Frihamnen, var hans nästa spontana tanke. Sedan rättade han till sina tankar och förstod att deras tidtabeller för ankomster och avgångar inte skulle ge kaptenerna möjlighet att kivas om utrymmet i det våta.

– Hoppas jag inte sinkat er med mitt fumliga kaffebryggande, men nu finns här även för er om ni ångrat er.

Sivert såg faktiskt glad ut över denna gest, och tog sig en kopp. Anton följde upp han också om inte annat för att visa sin artighet och goda uppfostran trots att det kunde gnissla med artigheten allt som oftast.

– Var va vi nu, undrade Mads när han satt sig?

– Jo, det var en fråga som du naturligtvis inte alls behöver besvara, den kanske inte var så genomtänkt av mig, sa Sivert. Det handlade om den ekonomiska fördelningen er emellan, rent krasst och ekonomiskt. Delade ni lika, eller?

– Jag talar aldrig om hur mina ekonomiska förehavanden och liknande fungerar. Men jag kan ju säga att Jens såg till att sko sig ordentligt. Han menade att det var han som tog det stora riskerna och det ville han ha en viss procent för. Men annars delade vi ljust och lätt, som de väl heter.

– Man förstår att er affärsidé en gång gav en viss avkastning så du kan bo så här propert. Det är väl många av den så kallade kändissorten som bor på just Lidingö för att de har råd.

– Ja, skrattade Mads lite hest och skrovligt. Första gången under deras besök som han faktiskt skrattade. En tid så arrangerade ett bussföretag en så kallad kändissafari på Lidingö.

49

Jag vet inte om det gav något klirr i kassan för researrangören, men man annonserade "Ta med dina vänner och följ med på en stjärnspäckad dagstur på Lidingö! Missa inte en upplevelserik dag med oss. Lunch ingår. Boka din resa redan nu."

– Är de sant, undrade Anton häpen?

– Jo, det är sant. Man räknande upp ett knippe kändisar också i sin annons för att säkra utflykten. Men jag tror inte svenska folket var särskilt intresserad. Jens och jag hade ett betydligt mer lockande och långlivat koncept en gång i tiden, menade Mads och skrockade lite skrovligt igen.

– På den tiden fanns det väl en del sådana här ljusskygga klubbar, vill jag minnas sa Sivert.

– Ja, vi var ganska många. Så det gällde att bjuda på det bästa och ha det största utbudet, samt det allra senaste. Minns ju klubbar som Crasy Horse, Chat Noir, Kings, Amour med flera. Chat Noir var lyxigast och fick fina besök av världsartister som var på turné i stan. Dom kom alltid i klubbens silverglänsande limousine och blivit upplockade vid sitt hotell. Jag vill inte gå in på vilka gäster vi hade, där håller jag stenhårt på sekretessen och deras integritet. Men dessa var stora inom showbiz, det kan du anteckna om du vill.

– Till slut sa Sivert, så har jag en sista fråga. Har du vetskap om att Jens hustru Gertrude Sörensen, nyligen har lämnat denna jord?

Förutom lite rassel ifrån en varsamt tuktad tårpil bredvid oss, var det så tyst att vi kunde höra vågskvalpet nerifrån Värtan och höra den berömda knappnålen falla. Pausen blev ganska lång innan Mads sa någonting.

– Nej sa Mads. Det hade jag ingen vetskap om. Vi umgicks inte och sågs sist på Jens begravning i Huddinge kyrka. Vad var orsaken till hennes bortgång?

– Det vet vi inte riktigt ännu. En trolig olyckshändelse i hennes hem lutar det åt. Hon verkar ha halkat i badrummet och slagit huvudet i golvet.

– Ledsamt att höra, sa Mads.

– Jo, jag höll på att glömma, jag hade ytterligare en fråga som jag ställde tidigare, fortsatte Sivert.

– Och det var?

– Det var hur olyckan gick till då Jens ramlade i vattnet och drunknade när ni var ute i den där lilla ekan. På vilket sätt, ramlade han i vattnet?

– Jo han blev förbannad och ställde sig upp i båten. Hytte med nävarna på ett sätt jag aldrig sett honom göra tidigare.

– Vad var han arg över?

– Det var ekonomi vi talade om. Jag ansåg han roffat åt sig för mycket och jag fick bara med mig en skärv. Då gick han igång. Han hotade mig och tog ett steg mot mig över toften. Då vände jag ekan med ett par kraftiga årtag för att ro in mot land och vid den manövern, vinglade han till och ramlade i sjön. Han sjönk som ett bojsänke och jag försökte krafsa med armarna i vattnet för att få tag på honom, men det är nära tre meter djupt där vi befann oss, så jag hade ingen möjlighet.

– Du tänkte inte på att hoppa i vattnet för att rädda honom?

– Hoppa i? Jag kan inte simma och jag var precis lika onykter som Jens. Nä, det var tragiskt och ledsamt. Jens kunde inte heller simma, de visste jag inte då, det berättade Gertrude senare för mig. Minns att hon anklagade mig, att det var mitt

51

fel att Jens ramlade i sjön och drunknade. Men vid polisens förfrågningar ansåg man inte att jag var skyldig på något vis till det som hade hänt. De hade med teknikers hjälp undersökt ekan och hade funnit den osäker som båt och borde naturligtvis eldats upp. Vi skulle egentligen aldrig ha satt oss i den var polisens omdöme.

– Berättade du för polisen hur du uppfattade att olyckan gått till, på samma sätt som du nu berättat för oss?

– De minns jag verkligen inte. Jag är inte säker på att de frågade. Jag är lite tveksam där. Minns bara att händelsen avskrevs vilket jag kände som en lättnad och något jag nu lagt bakom mig. Men vi hade ju naturligtvis ett avtal oss emellan som kompanjoner, jag och Jens.

– Och de avtalet berättar, undrade Anton lite oblygt och typiskt honom?

– Det handlade om tillgångarna i företaget. Det här var ju en affärsuppgörelse som ingen annan hade med att göra varken då eller allra minst nu.

– Okej, vi kanske ska dra ett streck där, Mads!

– Det låter som väldigt förståndigt. Affärer gör man upp utan att använda affischer och trumpeter eller skriver någon på näsan om. Affärer sker diskret i ömsesidigt samförstånd om man vill lyckas. Tänk på de konstapeln.

10

Vid återfärden till Kungsholmen, satt de båda kriminalarna ganska tysta till en början. De verkade smälta intrycken ifrån utflykt till Lidingö och Ullman.

– Om det stämmer som Mads sa hur det gick till när Jens tog sitt sista bad, sa Anton medan han körde, så skulle nog Mads lagföras för vållande till annans död.

– Satt just och tittade på detta, sa Sivert. Tror att Mads är ganska påläst, därför kunde han berätta hur den där roddturen i ekan gick till och vad som egentligen hände.

– Hur menar du nu, gamle vän?

– Jo, jag menar att preskriptionstiden för vållande till annans död löper på fem år.

– Woops!

– Just det Anton. Det är drygt fem år sedan de hade den där lilla fisketuren i Orlången, så om det var Mads som var orsaken till att Jens gick på öronen i böljan den blå, så är det redan off to date, idag. Han kan inte lagföras för detta.

– Du tror han var ganska medveten om detta, menar du?

– Ja, det var därför han kunde troskyldigt berätta för oss om denna lilla detalj hur han styrde om med årorna så båten vickade till och hans minst sagt drängfulle kompanjon gick på öronen i Orlången.

– Stämmer säkert med vad du anser, Anton. Kom just att tänka på varför det tog så lång tid att brygga lite kaffe…

– Min tanke också. Han kollade säkert upp när detta hade hänt, de där metandet. Googlade antagligen och hittade vad man skrivit om olyckan i tidningen, eller så hade han papper från den lilla polisutredningen som ändå måste gjorts, kan inte tänka mig något annat. Men de var inget protokollfört förhör eller bandat. Men, där hittade han antagligen datum på händelsen och fann att detta måste vara preskriberat idag, vilket det också måste vara.

– Ja, så förhåller det sig naturligtvis. Han hade full koll och kunde nu berätta för oss hur det gått till utan någon rättslig påföljd. Men, vi måste naturligtvis dra detta för Sigge och så får han sedan snacka med vår åklagare.

Man var nu framme vid polishuset och Anton styrde ner i garaget. Det var fortfarande ganska rörigt nere i garaget och Anton fick snirkla sig fram till deras parkeringsplats.

När han stängde ner allt i bilen lutade han sig tillbaka samt pustade lite lätt, typ… äntligen hemma igen, undrade Sivert vad han ansåg om Mads Anker Ullman.

– Tja, sa Anton han kanske inte är min cup off coffee precis. Något säger mig att han bar mer inom sig än han ville berätta. En hal orm skulle vara trevlig i jämförelse. Han var väl bibehållen för sina år, helt klart. Men det är kanske lättare om man har lite stålar i madrassen, att må väl. Kanske på Jens försorg?

54

– Jag är inne på exakt samma linje som dig, Anton sa Sivert. Vi får presentera våra tankar om detta och krydda med ett snyggt utskrivet protokoll från förhöret rent upplysningsvis.

– Ja, det kommer bli intressant att höra Sigges reaktion på de vi fiskade fram.

– Tänkte också på en annan sak, de kläder han bar har han inte handlat på Dressman i Skärholmen.

– Och?

– Jag såg en företagslogga på hans shorts.

– Kappahl?

– Det var seglarshorts från Pelle P… kostar en månadslön för en konstapel. Visst, har man klöver i madrassen som du sa, så varför inte?

– Han har gott om flis, kan de verkligen vara ifrån det goda, glada -70 talet då deras företag blomstrade, med ett milt uttryck och lär blomstra fortfarande?

– Kanske om man planerat långsiktigt och förvaltat pengarna på ett vettigt vis, Anton. Men vem planerade långsiktigt vid deras ålder då allt grönskade och livet lekte? Och hur vet vi att det var Jens Sörensen som kammade in de stora slantarna enligt Mads? Vi kan ju inte fråga Jens, bara lyssna på vad Mads låter oss ta del av, vilket han är väl medveten om. Men vi tar hissen upp och snackar med Sigge så får vi höra vad han anser.

Det blev hissen upp till deras chefs våningsplan. Och tur som tokiga, fann de honom på sitt rum. Han satt och plitade på deras tidsaxel, den de jobbade efter. Han hade skrotat den tidsaxel inre span hade tagit fram. Sigge litade mer på sin egen uppgjorda axel. Nu när hans kriminalare klev in på hans rum efter en försynt knackning, fick han troligen utöka sina punkter på den axel han höll på med.

– Så ni är redan tillbaka. Jag är idel öron, pojkar sa han och lutade sig tillbaka i sin pompösa kontorsstol så den knakade lätt protesterande... ursäkta mig, sa han och plockade upp sin privata mobil då han känt en vibration i fickan från den. Ett sms eller liknande...

Han läste, "Ville bara säga att jag saknar dig min lilla gubbe puss, din egen Britta".

– Jo, som sagt sa han igen, medan hans tankar var på ett helt annat håll. Kör hårt!

– Jo, för att göra en lång historia kort, så verkar denne danske farbror ha en räv bakom varje öra. Känns som den där beskrivna hala ålen.

– Vad då, gick de inte bra?

– Jodå, du har vår rapport i mejlkorgen.

– Okej, bra så. Men dra den korta versionen om ni föredrar den. Var klämmer skon som värst, liksom?

– Jo för lite drygt fem år sedan ramlade ju hans gamle kompis över bord från den eka de skulle meta abborre ifrån. Man hade delat på en hela Grants whisky, och de kanske blev i mesta laget, som den här Mads berättade. Hans kompanjon hade blivit förbannad då Mads hade antytt att han fått för lite utdelning av deras stora inkomster på -70 talet. Då hade kollegan Jens, rest sig upp i ekan och hytt med nävarna. Det var knappt han kunde hålla balansen, sa Mads. Då passade han på att göra en snabbvändning av ekan för att ro tillbaka in mot land och i den tvära giren, ramlade Jens över bord och sjönk som 1 ton tegelsten. Mads hade försökt fånga honom, men det gick inte.

– Mads kunde ju inte simma fyllde Anton på, utan rodde så fort han kunde in mot land för att påkalla hjälp. Hur fort nu en plakatfull dansk kan ro en rank liten eka, har vi inte heller kunnat klocka. Vilken tid det nu kan ha tagit, lämnar väl bara fria fantasier att sia om innan han nådde land.

– Det låter utan betänketid i mina öron som vållande till annans död, sa deras chef.

– Exakt vad vi kommit fram till. Vi var bara lite förundrade över att han nu plötsligt berättade hur det gått till.

– Och hur avlöpte ert undrande då?

– Jo, Mads fick för sig att koka kaffe och försvann in i huset och var borta en väldigt lång tid. Tror man hinner ringa en del samtal eller starta upp sin laptop för att surfa runt en stund, om man så vill under den tid han var borta. När han kom tillbaka, verkade han aningen upprymd och det var då han berättade för oss om den där dagen i ekan och vad som hade hänt.

– Märkligt, men jag kan ana mig till vad han gjorde under tiden han bryggde kaffe.

– Det anmärkningsvärda var att då vi träffades och Sivert frågade om de där metandet av abborre, så ville han inte svara. Han såg bara allmänt frånvarande och tagen ut till en början. Gnuggade sig i ögonen och spelade upp hela registret av sorgsenhet. Han berättade sedan varför de skulle meta abborre och wirren de drack i båten. Snackade en himla massa utan att egentligen säga någonting. Sedan, efter en massa rundsnack, drog Sivert upp frågan igen, vad som egentligen hade hänt där ute i ekan. Då började han tala om att brygga kaffe.

– Jag tänker dra detta med vår åklagare, sa Sigge sammanbitet.

11

Redan i bilen på väg mot Smörblomman vid Stuvsta Torg, hade Gugge bestämt sig för strategin i utfrågningen av den personal på Smörblomman som hade haft Gertrude Sörensen på sin omsorgslista.

Hon bläddrade i de papper hon hade om hemtjänsten och särskilt den personal, Lisa Lagerström 53, som de skulle träffa för att tala om Gertrude.

Den folder hon också bladade i berättade, att hemtjänsten Smörblomman i Stuvsta minsann har omsorg, stöd och service som anpassas efter kundens behov och förutsättningar. Dom sköter praktisk vård och är specialutbildade inom olika områden. Man förfogar naturligtvis även över engagerade medarbetare, individanpassad och erfaren personal. Med ett ord, trygghet i vardagen.

Snacka om reklamfolder, tänkte Gugge och läste vidare.

Smörblomman hjälper till med personlig omvårdnad och dagliga sysslor som städning, inköp, matlagning eller att leverera färdiglagad mat, halleluja... tänkte hon.

Janne parkerade på torget bland alla andra bilar. De stack inte ut särskilt mycket trots att de hade en målad polisbil. De drog inte heller särskilt många ögon till sig från allmänheten på torget när de styrde stegen mot hemtjänstens lokaler som låg i gatuplanet av huset. Där hade polisen varit tidigare i tjänsteärenden. Inga ögonbryn höjdes heller, vilket Gugge noterade som positivt från nån på hemtjänsten, när de klev in i Smörblommans näste. Det är ju alltid olustigt, tyckte hon, att ha en massa ögon på sig för varje steg de tar och som följer dem som den bästa spanare med blicken.

Det var inga påkostade lokaler direkt, märkte hon. Ganska slitet, men Smörblomman drevs ju inte av landstinget utan var fristående i privat regi och då fanns troligen inte medel för att pimpa upp lokalerna. Ingen reception eller så, utan de fann en ur personalen vid ett skrivbord i ett litet rum, eller kontor, till höger när de kom in.

De var synd att kalla det för kontor. Det såg mer ut som ett förråd av något slag där allsköns prylar var staplade utefter väggarna. Detta var den officiella delen av Smörblomman som inte stämde särskilt väl med deras storordiga folder, rent visuellt.

– Undrar hur det ser ut innanför, sa Janne och log. Dom har kanske nåt lunchrum eller så där vi kan snacka med den där personalen, Lisa Lagerström, väl?

– Precis, sa Gugge. Såg du vad cyklar det stod utanför, tjänstecyklar antagligen sa hon. Med cykelkorg samt cykelhjälm naturligtvis.

Okej, skärp dig, tänkte hon. Uppträd som den polis du är. Inte utan att hon skämdes lite för sina nedlåtande tankar.

– Majoriteten av personalen verkar vara av kvinnligt kön sa Janne och nickade inåt lokalen.

– Någon ni söker, undrade personalen bakom skrivbordet?

– Ja, vi skulle träffa en Lisa Lagerström.

– Lisa är sjukskriven, fick de veta kort och koncist.

– Sjukskriven, undrade Gugge med en väl målad frågande min i ett minst sagt talande kroppsspråk?

– Ja, de är den här Coronan.

– Vem är det då som skött omsorgen av Gertrude Sörensen på Stationsvägen?

– Det kan jag verkligen inte säga på rak arm. Ett ögonblick!

Hon började bläddra i en pärm och suckade uppgivet. Det var tydligen svårt att hitta vem som tog över dessa omsorgsbehövande då Lisa Lagerström var sjuk.

Hon ingav inte det där som foldern utlovade och berättade om engagerade medarbetare och erfaren personal som skulle ge dem den trygghet man utlovade genom stöd och service. Det kändes som mycket snack och liten verkstad, tänkte Janne.

– Jo, här har vi det sa hon plötsligt och såg för första gången lite glad och positiv ut. Det är Alejandra som har just den som ni frågade om, Gertrude Sörensen. Men, hon är väl nyligen avliden, undrade hon?

– Alejandra, undrade Gugge lite frågande?

– Ja, hon är från Chile men talar utmärkt svenska. Alejandra Pérez. Hon är 32 år och väldigt omtyckt.

– Du vet inte när vi kan få träffa henne och tala med henne om Gertrude Katarina Karlsson - Sörensen?

– Jag tror hon kommer in strax, hon är på ingång.

– Ja i så fall har vi lite tur, sa Janne. Man ska ha lite tur ibland.

– Om sådär en tio minuter en kvart, är hon här.

– Vi återkommer om en kvart, sa Gugge och nickade mot den personal som satt bakom skrivbordet. Förlåt, hur var namnet, sa hon?

– Andersson, sa personalen. Gunilla Andersson, föreståndare här på Smörblomman.

– Okej, på så vis sa Gugge och nickade igen. Vi återkommer som sagt om en kvart!

De strosade runt på torget och visade därmed att polisen fanns, det kändes onekligen skönt. Den allmänna meningen var nog att det är bra att polisen syns så vissa element inte har fritt fram. De kom fram till den gamla stationsbyggnaden.

– En järnvägsstation som inte var byggd igår, sa Gugge och kikade upp mot gavelspetsen drygt två våningar upp.

– Den här stationen är drygt 100 år gammal. Tidigare kunde man se årtalet när den byggdes genom smidesjärn där uppe, sa Janne och pekade. Nu syns ingenting av detta på grund av vildvinet som tagit över hela fasaden. Så har det nästan alltid sett ut så länge jag minns.

– Du, undrar om dom har lunch på Smörblomman, de borde dom ha det är inte utan att de är dags för ett litet kaloriintag, eller vad säger konstapeln?

– Nog med förslag, men jag tror vi ska beta av den där Alejandra först. Undrar förresten om det på svenska blir, Alexandra?

– Absolut!

– Då tar vi och knallar tillbaka nu. Kvarten har gått!

– Då gör vi som kvartingen, Janne.

De hälsades välkomna av en ur personalen med sydländskt utseende som såg positiv och glad ut. Verkade trevlig helt enkelt till skillnad ifrån Andersson, föreståndaren med en del tillkortakommanden hon belastades med.

– Hej sa hon lite frejdigt. Alejandra!

– Man utbytte hälsningsfraser och Gugge tyckte och trodde att detta skulle gå alldeles utmärkt. Undrar om man skrivit foldern med utgångpunkt av Alejandra.

– Alejandra, undrade Gugge lite frågande?

– Ja… Alejandra Pérez, jag är ifrån Chile!

– Du som hade hand om Gertrude Katarina Karlsson – Sörensen på Stationsvägen?

– Precis, sa hon. Jag fick ta över då Lisa blev sjuk av den där hemska pandemin.

– Ja, vi skulle ju frågat henne om just fru Sörensen, men nu får vi ställa några frågor till dig istället om det är okej?

– Har jag inga problem med, hoppas bara jag kan svara sa hon och log.

– Kan vi sitta någonstans lite ostört tror du, undrade Gugge och såg sig om var Janne tagit vägen?

– Finns bara jag inne och Gunilla, vår föreståndare, så det är ledigt i vårt lilla fikarum.

De gick inåt i lokalen i en smal gång där det stod några cyklar vid väggen samt ett par flyttkartonger och några riktigt stora färgburkar. Där stod ju Janne också och väntade på dem vid en trave nya cykelkorgar som stod ovanpå en drickaback. Undrar hur det är med utrymningssäkerheten ja, tänkte Gugge och mindes allt som stod i korridoren. Vad brandskyddet skulle säga om detta inklämda fikarum, kan man ju gissa?

12

Svanstrand gungade tillbaka i sin stol medan han knappade in överåklagare Krister Wickström, på mobilen.

Efter två signaler svarade åklagaren.

– Överåklagare Wickström!

– Ja hej Krister, Sigurd här!

– Men hallå! När man tänker på trollen… hur är de?

– Fint som det berömda snuset.

– Ha ha, jag visste inte att du snusade. Jag skämtar bara såklart. Vad är de du har på hjärtat då?

– Jo det är ett gammalt fall eller händelse, som avskrevs för fem år sedan som en drunkningsolycka.

– Du får gärna uppdatera mig, Sigurd.

– Ja, de är som sagt ganska exakt fem år sedan, lite drygt till och med, som två äldre herrar tänkte meta abborre i sjön Orlången i Huddinge. Man hade med sig lite förfriskning i form av en hela whisky. Det slutade med att den ena gubben, full som ett vårdike, drattade på öronen och sjönk som ett tyngre drivankare eller bojsten.

Ingen av gubbarna var simkunniga. Händelsen avskrevs av lokalpolisen som en drunkningsolycka med alkohol inblandat. Den förolyckade hette Jens B. Sörensen och den som överlevde, heter Mads Anker Ullman, idag boende på Lidingö.

– Jaha, det ringer ingen klocka hos mig alls. Är det något du anser jag borde känna till eller göra en slagning på i systemet?

– Ja, jag ringde ju inte för att snacka väder liksom, sa Sigge lite irriterat.

– Nej det förstår jag, men mer konkret, vad är det som du vill ha hjälp med?

– Jo, efter en dagsfärsk berättelse vi nu fått av denne Mads Anker Ullman som handlar om hur olyckan gick till, luktar det som om denne Ullman är att se som vållande till annans död vid sjön Orlången.

– Och vad baserar du detta på då?

– Ullman berättade för mitt folk hur hans kamrat stått upp i den lilla ranka ekan och hotat Ullman rent verbalt. Då hade Ullman snabbt vridit om ekans färdriktning mot land med årorna så Sörensen hade tappat balansen och ramlat överbord. Sörensen hade ju haft svårt att hålla balansen ändå, men med ett par kraftiga årtag, fick han kamraten att dyka på öronen i vattnet med följden att han drunknade. Han hade ingen kännedom om att Sörensen inte kunde simma. Det fick han berättat för sig av änkan vid begravningen.

– Ja, det är sådant som händer när alkohol är inblandat på sjön, sa Krister.

– Men poängen är att tidigare idag när han fick frågan om hur olyckan gått till, visade han bara upp en sorgsenhet över sin gamle kompanjons hädanfärd och svarade inte.

– Kan jag ha förståelse för, sa Krister. En kompanjon sa du, alltså en person han kände? Då kan ju en sådan händelse väcka bestörtning och sorgsamhet.

– Absolut, den biten köper jag också sa Sigurd. Men så plötsligt, gick Ullman in i huset där de suttit på hans terrass, för att som han sa, fixa kaffe. För att bara brygga lite kaffe, var han borta väldigt länge. Och vid återkomsten började han plötsligt berätta om hur olyckan gick till. Hur lång är preskriptionstiden för vållande till annans död?

– Ja, det är fem år?

– När mina grabbar var där och förhörde honom upplysningsvis i ett annat ärende, så hade man frågat om den gamla olyckan. Då var det fem år och tretton dagar sedan, denna drunkningsolycka hade inträffat. Ett sammanträffande som ser ut som en genomtänkt tanke.

– Kan vi göra såhär, Sigurd. Du skickar mig de protokoll som ni säkert upprättade från besöket hos denne Ullman, med nummer och namn du vet och hela den biten. Sedan letar jag upp händelsen som säkert finns diarieförd. Jag kollar igenom fakta och ringer dig, ska vi säga så?

– Låter väldigt bra i mina öron Krister. Vi kör på den biten tycker jag.

– Okej, ha en fortsatt bra dag kriminalkommissarien.

Genast tog Sigurd och knappade in numret till inre span för att få hjälp med ärendet han nyss pratat med åklagarämbetet om. Det var för honom att dra samma story igen, nästan.

Som på beställning, knackade det lite försynt på hans dörr och hans vapendragare kikade in.

– Ledig, undrade Fredriksson?

– Nej, inte nu längre. Kliv på Sivert, kliv på!

– Har du talat med vår åklagare, undrade han?

– Ja, för bara några minuter sedan. Väntar på uppgifter från inre, de skall rota upp det exakta datumet för den där roddturen i Orlången och så adderar vi detta med de datum då dansken Ullman, berättade för er vad som rätteligen hände vid deras abborrmetande. Vilken tur att han plötsligt mindes?

– Ja, ibland har vi tur Sigurd.

– Du Sivert, det skulle vara bra om du slutade kalla mig "Sigurd".

– Jaha, och varför det nu då?

– Jo, det är Britta… hon tycker att när jag har så stiligt namn som Pierre, så varför ha tilltalsnamnet Sigurd, undrar hon? Sigurd är ju ett mansnamn med nordiskt ursprung. Det fornnordiska namnet var Sigurðr. Denne man var en mytomspunnen hjälte och drakdödare i den forngermanska sagokretsen.

– Jamen, det passar väl dig som handsken, Sigurd? Blir inte lätt att skifta från ett inövat namn till det franskklingande namnet Pierre, som du säkert förstår? Låt Britta tilltala dig som Pierre, men att du hos oss fortfarande står som den där drakdödaren Sigurðr, men vi säger Sigurd som vanligt.

– Jag har kollat vad Pierre betyder också. Ibland har jag undrat varför jag en gång döptes till Pierre. Pierre, mansnamn (franska för sten), är en fransk form av det latinska namnet Petrus som härstammar från det grekiska namnet Petros. Petros är en översättning av det arameiska namnet Kefas som betyder "klippa". Namnet tar formerna Petrus på latin, Peter på engelska, Pjotr på ryska, Pierre på franska.

– Ja, då är det väl bara att välja och vraka.

Sigurd satt häpen över Fredrikssons svada och glada humör. Det bästa Sigurd visste, det var när hans medarbetare checkade in på morgonen glada och pigga. Han ville ha positiva medarbetare omkring sig, inte sådana som med pesten i hasorna tagit sig till sitt arbete.

– Du kanske ska ha namnet med det ryska uttalet, Pjotr, fortsatte Fredriksson... kriminalkommissarie Pjotr Svanstrand?

Just då pep det i Sigurds mobiltelefon och han tog upp den för att läsa det sms som kommit.

– Det är från inre span, sa han...

Han satt och nickade och såg faktiskt nöjd ut även han.

– Fick nu datum för den där olyckshändelsen i Orlången, sa han och tittade på Sivert.

– Och, nöjde han sig att svara?

– Och, fisketuren som slutade så olyckligt, hade inträffat på en fredag den 6 maj 2017. Ni var ute på Lidingö när denne dansk plötsligt mindes hur olyckan gått till, den 19 maj fem år efteråt. Noga räknat, 5 år och 13 dagar, eller 1,839 dagar, men det hade räckt med 1,826 dagar för att det eventuella ärendet inte skulle hinna lagförts och skrivits av, grundat på att det då var preskriberat. Vi får se vad Krister säger. Han skulle titta på fallet precis som nu inre span gjort åt mig. Låt oss satsa på att hans utsago kommer ligga i paritet med vårt adderande av år, månader och dagar.

– Vårt?

– Ja, mitt då, sa Sigurd och såg aningen nöjd ut.

13

– Välkomna ska ni känna er allihop, sa Svanstrand och blickade ut över sina medarbetare som den härförare han ändå var.

Det var en stor samling utredare han hade till sitt förfogande nu och både Tessan och Jonna ifrån span, fanns med på det första morgonmötet med den större styrkan.

– Fler än i kyrkan nere i Mjölby, sa Svanstrand. Ja, som jag mindes det, fortsatte han och log. Gissar alla har fullt upp med sitt i denna utredning, men vi ska bara stämma av så alla vet var vi står. Vi utgår ju nu ifrån att det inte var en vanlig olyckshändelse som drabbade vårt offer, Gertrude Katarina Karlsson – Sörensen 76 på Stationsvägen i Stuvsta. Vi har inte fått det officiella utlåtandet från vår rättsläkare ute i Solna Emma Winston, ännu. Det lär dock komma i morgon. Hon väntar själv på en del provsvar ifrån Linköping. Detta har sinkat oss en del i utredningen och det är inte utan att de är lite knepigt. Jag vill inte säga mer än så för jag vet ju inte ännu med 100 procents säkerhet.

– Men du har en magkänsla som du inte vill dela med dig av?

Är det så du menar, grymtade Anton? Kanske skulle under-lätta för oss om vi visste åt vilket håll det blåser, menar jag.

– Om min magkänsla har fel, då?

– Ja i så fall får vi väl kryssa i motvind.

– Jag avvaktar hur som helst Emmas utlåtande, men vi har annat att ventilera. Fredriksson kommer dra den biten nu.

– Ja, det handlar om vad dörrknackningen gett. De blev ju en snabb dörrknackning av lokalpolisen i Huddinge som vi nu har så att säga uppdaterat.

Det gäller i första hand en studerande som är inneboende i en lägenhet på nionde våningen. Han pluggar hemifrån tack vare, eller på grund av, pandemin. Ediz Nesrin är 21 år och teknik-studerande med inriktning på byggnadsingenjör. Han är alltså i stort sett alltid hemma. Han har också flera gånger varit nere hos Gertrude för att fixa en del saker åt henne av teknisk art. Han har fixat hennes persienner i ett av fönstren samt ställt in hennes tv med nya kanaler. Han har även suttit och fikat med henne i dennes kök. Där kanske fingrarna funnit sin ägare som Wiktor undrade vem ägaren var, tidigare?

– Okej Sivert! Verkar som vi får åka ut och ta hans fingrar så kan vi kanske kryssa bort honom beroende på var fingrarna sitter. Dom hittas nämligen även i sovrummet också. Men han kanske har bytt glödlampan vid sängbordet?

– Vidare har vi en granne som bor på samma våningsplan som Gertrude, Eva Rantanen, som mycket riktigt av namnet att döma, är ifrån Finland. Hon är rullstolsbunden och har bara haft sporadisk kontakt med Gertrude då hon undrat om Eva hade haft någon som slagit på hennes ytterdörr.

– Varför har vårt offer undrat de, sa Anton?

70

– Du menar varför någon slagit på hennes dörr?

– Exakt!

– Jo, Gertrude kände sig aningen förföljd. Hon vågade aldrig gå ut, för då trodde hon det skulle göra inbrott i hennes lägenhet. Man spelade musik högt sent på nätterna, eller startade någon form av elektriska verktyg när hon skulle till att försöka sova, påstod hon.

– Fanns det fog för detta då, undrade Anton som var riktigt vaken vid detta möte?

– Nej, det fanns ju inte de. Störningsjouren hade varit där för att mäta ljud, men hade inte funnit något att mäta. Bara att det centrala ventilationssystemet drog igång vid elvatiden på kvällen under någon timma. Annars var det tyst och lugnt. Det var sådant hon hade tjatat med Eva Rantanen om så hon blivit förbaskad på Gertruds tjatande. Hon hade bara sett en främmande person i trappen vid Gertrudes dörr som hon vill minnas hon sagt var hennes brorson Stefan, samt då Pinnen, ifrån våningen under.

– Tjatet kan man ju ganska lätt förstå egentligen, sa Anton Franke. Jag menar om hon hela tiden tjatade om samma sak. Men, hon kanske kände sig förföljd?

– Ja, vad vet vi idag? Sedan har vi en till på samma våningsplan som Gertrude. Det är en kvinna, ensamstående, som heter Ella Pineda Ortega. Hon är 29 år och är undersköterska på Karolinska Universitetssjukhuset i Huddinge. Hon har inte varken hört eller sett något anmärkningsvärt. Hon har bara träffat en ung man som verkade påtänd, som hon sa, av någon drog som han inte borde använda sig av. Måste varit knark av något slag, men han hade gått in till Gertrude.

71

Han såg annars trevlig ut. Kanske omkring 30 år som jag, hade hon sagt.

I våningen under på plan 7 alltså, bodde Pinnen. Ingen visste om han hette så, brydde sig, eller inte ville veta. Grannarna tyckte han såg ut som en pinne, det stod även så på hans dörr sa man. Han är en åldrig pensionär som tog långa promenader närmast dagligdags.

Pinnen är smal som en hässjestör och man trodde att det kanske var just därför han kallades, vandrande pinnen? Hur som helst är han helt harmlös och en godmodig herre. Han har också setts vid Gertrudes dörr. Om det var då han kom ut ifrån hennes lägenhet som han sågs, eller om han var på väg in, det var lite oklart.

När vi kontrollerade namnskylten på hans dörr, stod det faktiskt Pinné. Vi har slagit lite på denna kufiske man. Han heter Renné Pinné med förfader från Berlin i Tyskland och moder från det franska Rouen i Normandie, den nordvästra delen av Frankrike. Han är 82 år men väldigt vital för sin ålder. Han verkar militärisk på något vis, kalfaktor eller liknande i sina yngre dagar. En granne berättade att det var som om alla stod i hans skugga, till och med han själv, så pinnliknande smal han än var. En väldigt omtalad man, mytomspunnen, trots att han försökte vara så diskret i sitt varande, avslutade Sivert sin föredragning om dörrknackandets resultat. Jo, jag höll på att glömma berätta om hans konstnärliga sida. Han målar tavlor och har haft vernissage i flera omgångar i Montmartre i Paris. Kan kanske förklara lite av hans excentriska egenhet.

– Tror du han kan vara inblandad på något vis, menar du?

– Du menar Pinnen?

– Ja, det var honom jag närmast tänkte på?

– För mig känns det som flertalet av dem jag räknat upp, som inblandade.

Det går inte att plocka bort den eller den. Jo, det kan man nog förresten. Det blir i så fall Eva Rantanen och Ella Pineda Ortega som hamnar utanför. De platsar liksom inte.

Rantanen i rullstol och Ortega som jobbar inom sjukvården? Näe, dessa får nog frisedel av mig men man kanske ska vänta till dess vi kan bevisa att det förhåller sig så. Men Pinné, Ediz Nesrin och ej att förglömma, brorsonen Stefan Karlsson med sina drogproblem, ligger risigt till rent spontant. Dessa tre är enligt mig intressanta utöver andra.

Ser man rent krasst och ekonomiskt på brorsonen, så är det ju han som kommer få ärva alla miljoner, tror jag mig veta det handlar om. God bless him!

Studenten har säkert fått upp ögonen för dyrbarheterna i lägenheten, tavlor och annat. Samma med Pinnen, den maskulint virile konstnären och livsnjutaren, kunde säkert fånga Gertrude med sin charm. Hon var "all inklusive" en goding!

– Ja gott folk, sa Svanstrand. Då har vi skummat av en del på ytan. Vi har en del intressant kvar, men nu säger *min* magkänsla att det är hög tid för ett kaloriintag. I morgon är en annan dag, ut och gör lite nytta. Höger – vänster om, marsch!

Svanstrand kände igen dessa tongångar ifrån den tid han läste den där boken om furiren Will Knott "I månens klara sken" en roman om andra världskriget.

– Går vi ner till vår egna lilla Bakfinka, undrade Sivert? Dom kör med laxpudding som dagens fisk!

– Mot laxpuddingen och alla andra puddingar, sa Sigurd.

14

– Jag kände det på mig, sa Sigurd. Här sitter redan ett större antal puddingar. De var väl så man sa en gång i tiden, när man talade om det täcka könet?

– Jo så kanske man sa om man menade en kalaspingla eller brallis?

– Just, så var det. Hur gamla är vi?

– Åren går, Sigurd. Idag säger man nog brud. Kärt barn har många namn. Minns ju vi sa, Urping, Kry gumma, Selma eller Tiger, om det gällde det där lilla extra, grädden på moset. Annars är det som sagt brud, som gäller idag Sigge!

– Det var inte igår man åt laxpudding sa Sigurd, för att byta ämne. Men jag minns Britta fixat en förträfflig laxpudding en gång. Den gick utanpå det mesta.

– Nää, de var inte fy skam det här inte. Men livsfarligt med det skirade smöret, men vad gör man inte. Det tillhör ju till själva anrättningen, men nu ser ju inte Britta detta som tur är.

– Dagens fisk var inget bottennapp precis. Men såg du vad man erbjöd i övrigt, undrade Sivert?

– Kanske så att vi fått in någon vegokock i köket nu som irrat sig vilse?

– Jag skulle inte fundera på deras utbud. Parmesangratinerad fänkål med rostat mandelspån? Är det något för fullvuxna poliskonstaplar de?

– Jag har för mig det är en kvinnlig kock som kommer ifrån en spaanläggning i Härjedalen. Fortsätter hon så här, ska jag se till att de finns en finka ledig innan lunch varje dag. Va, ska det vara så? Parmesangratinerad fänkål med mandelspån och mineralvatten, men utan bubblor naturligtvis...

– Du Sivert, fyra knogar höger kassaapparaten, snacka om schuckert kex!

– Och det är säkert du mår bra, Sigge?

– Mår utmärkt. På tal om det, som jag var inne på för några dagar sedan, men då vi blev avbrutna.

– Ja, vad har du nu på lilla hjärtat Sigurd?

– Jo, Britta och jag hade tänkt oss en liten helgtripp till Köpenhamn.

– Köpenhamn? Ni kan ju gänga er på Stadshuset så slipper ni dra iväg.

– Måste du vara så kategoriskt klärvoajant, Sivert?

– Jag lägger bara ihop ett och ett. Det kunde jag redan i första klass, men de var också allt.

– Jo du är såklart inne på rätt väg.

– Ja, man är ju polis, sa Sivert och log. Man har varit med förr.

– Jag menar, hur gör man? Jag är ju nybörjare liksom.

– Var hade ni tänkt gifta er någonstans då?

– Vid Rådhuset i Köpenhamn.

– Oj, inte kattlort de inte. Visste du att det var just där jag och Frida gifte oss en gång?

– Nej, bäste bror. Det hade jag ingen aning om, vilket sammanträffande. Gjorde ni verkligen de, hur var det berätta för en amatör och debutant?

– Vi hade ju såklart ingen aning om hur man skulle gå till väga vi ville ju inte bara kliva in på kommunen och få det överstökat av någon kontorist eller vaktmästare med behörighet att viga kommunens medborgare som så önskade. Det skulle bara lämna en fadd och akromatisk milstolpe efter sig och inget i övrigt kvarstående minne. Men nu har vi verkligen ett minne från vår vigsel.

– Men varför blev det inte Paris, som väl annars är poppis vid sådana här ceremonier?

– Kanske av samma skäl du och Britta funderar på genom att vigas i Rådhuset i Köpenhamn. Ett litet flygskutt ifrån Arlanda. Bara över helgen, liksom.

Nämen, Frida hade lyft på telefonluren och ringde helt enkelt till Rådhuset i Köpenhamn. Du Sigurd, har du hört genuin danska någon gång? Inte sådan där svensk/danska, utan riktig uttalad danska?

– De vet jag faktiskt inte.

– Frida genomgick detta vilda tungomål. Hon förstod ändå andemeningen av vad man sa på Rådhuset. Man måste beställa tid! Vi som trodde till en början att det bara var att braka över sundet för att få det överstökat, de var liksom bråttom.

– Gift på danska, gillas verkligen det? överåklagaren

– Jag är inte säkert på att det gör så Sigge. Inte när man tittar på den vigselattest vi fick efter ceremonin.

76

– Hur menar du nu? Sa jag inte nyss att jag är nybörjare i branschen?

– Det stod med sirliga, ceremoniösa bokstäver Vielsesattest. Det lät som om det stod, "Vilseattest"! Som om vi skulle gått vilse, blivit lurade. Och det var nästan så vi kände för att leta oss in genom den stora breda porten när vi sneddat över själva Rådhusplatsen. Upp för några breda trappsteg och så in genom den enorma porten. Då kom vi ut på en stor borggård, liksom. Snett över gården och in i en mindre port och upp två trappor genom att följa skyltar till bryllupsekspeditionen. Där blev vi efter kontroll av personbevis, avprickade i ett tjockt bokverk att vi beställt denna vilseceremoni.

– Det låter lite pompöst det där, menade Sigurd och satt nu lite håglös och petade i resterna av sin laxpudding.

– Jo, det kanske gör så. Men till skillnad från en expedition i kommunhusets lokal, blev det här oförglömligt minnesrikt. Jag skall komma till en trevlig händelse som hände oss, strax.

Sigurd satt och skruvade på sig, han ville ju inte ställa till en massa uppståndelse, utan få detta diskret överstökat för sin egen skull. Men kanske Britta… Nå ja, hur skulle hans fiktive vägvisare furir Will Knott i Ardennerskogarna, ställt sig inför det som var på väg inom en inte alltför avlägsen tid?

– Och detta gjorde ni över en helg?

– Ja, det räckte bra. Vi kom ner till Köpenhamn på fredagen, lokaliserade Rådhuset samma dag och vigdes på lördagen. Hemresa under påföljande dag.

Allt var ju nytt för oss. Då vi liksom checkat in på Rådhuset i den del som utförde borglig vigsel, visades vi in i ett väntrum. Där satt redan ett trettiotal förväntansfulla.

– Blev det någon kollektiv vigsel i slutänden då?

– Vi trodde nästan de. Men när klockan var slagen, klev det in en mantelförsedd herre i någon form av ceremoniell klädedräkt i mörk vinröd kaftan. Han ställde sig som vid en talarstol och började säga något som vi inte förstod ett ord av. Ett fnissande uppstod när han tydligen sagt något lustigt som vi inte fattade heller. Talet förstod vi sedan, var för oss som strax skulle ingå äktenskap. En del kunde vi dock uppfatta och det var att vigselförrättningen skulle ske i ett rum vid sidan av det stora väntrummet vi satt i.

Då kom en tjänsteman ur Rådhusets personal ut genom dörren till rummet för vigselförrättningen och ropade ett namn. Två ur menigheten reste sig och följde med in där dörren åter stängdes. Efter kanske endast tre minuter, öppnades så dörren igen och ropade ut, Sivert Fredrikssen og Annefrid Svendsen. Det skulle vara vi det, jag och Frida alltså.

Det som var lite kuriosa och svensk sed, var att när vi sagt ja, så var det klart liksom enligt vigselförrättaren. Men då hade jag plockat upp en ring ur kavajfickan...

– Mæn oj, ni hade ring med er, hvor dejlige de er?

– Jamen visst. Vi skulle ju gifta oss. Rådhusets bröllopsvittnen blev jätteglada över vår lilla extra händelse och log och såg så glada ut. Vi avvek ifrån deras gängse rutiner.

– Var det klart sedan?

– Ja, sedan fick jag ett stort kuvert innehållande den Vielsesattest jag talade om tidigare. Bara den saken blev ett minne för livet Sigurd. Allt de där med det danska tungomålet, vielsesattesten, atmosfären, långt ifrån ett kommunalt beigt tjänstekontor med en kromblank tjänstestämpel du kan tänka dig.

– Rätta mig om jag har fel Sivert, sa du inte något rörande en trevlig händelse ni var med om efter vigseln?

– Jo exakt, och det var inte några kolleger till mig vare sig från den danske politi eller mina egna ifrån polishuset på Kungsholmen, de visste ju inget om vår resa till Köpenhamn eller orsaken till varför jag åkte till Danmark.

– Och den trevliga händelsen…

– Jo, när vi öppnade den gigantiska porten ut till Rådhusplatsen, så var där massor av folk. Oj, vad har hänt eller händer, tänkte jag i samma stund som det regnade risgryn över oss. Du vet ju att det är en gammal tradition att det ska kastas ris över de nygifta när de står i kyrkporten efter den högtidliga ceremonin. Att man kastade just risgryn, skulle betyda fertilitet och lycka för de förenade tu. Hur blir det på Södermalms stadsdelsnämnds kontor i Hammarby Sjöstad, tror du?

– Ja, men nu har vi ju inte valt Stadsdelsnämnden Sivert, utan precis som du och Frida, Rådhuset i Köpenhamn.

– Bra där, Sigurd. Hur som helst berodde den stora folkmassan vid Rådhusplatsen på att där stod en mängd bilar från de danske brandvæsenet. Stegbilar med stegarna i skyn och brandmän med blanka hjälmar som stod och kastade risgryn på oss. De väntade på en kollega som antagligen strax skulle komma ut genom porten, nygift och äras av kompisarna. Nu fick dom öva på oss, vilket blev ett litet extra minne för Frida och mig. Den stora människomassan på Rådhusplatsen, berodde säkert på att man trodde det brann i Rådhuset med så många brandbilar som stod där. Gör gärna om samma resa som vi gjorde, men räkna inte med några brandbilar Sigge. Jag kan bara säga, til lykke, som dansken sa.

15

– Kanske vi ska dra oss uppåt, det blev lite långlunch, sa Sigurd. Man märker att de avfolkats och personalen bakom disken, sneglar på oss för de vill nog komma och svabba golv och bord inför morgondagen. Vi drar, Sivert!

De promenerade i sakta mak över gården mot hissen som skulle föra dem högst upp i byggnaden. Himlen var nu regnhotande vacker i sin gråblå ton och Sivert tittade upp mot molnen och fann ett minne som dröjde sig kvar från hans och Fridas tripp till Köpenhamn den där gången. Han blinkade några gånger...

– Jag tror vi fått ett sms ifrån Krister, sa Sigurd och sneglade på Sivert. Vi kollar när vi kommer upp till mig.

Sigurd tog täten mot hissen men verkade befinna sig någon annanstans. Gick som på moln, med en fjädrande gång.

– Du, sa han. Skulle du och Frida kunna tänka er följa med oss över till Köpenhamn och bli bröllopsvittnen till Britta och mig. Vad säger du? Firman bjuder.

– Låter fantastiskt angenämt och hedrande.

– Men vad trevligt. Då bokar jag flygresan och hotellrum, ska vi säga så?

– Jag är övertygad om att jag inte behöver fråga Frida om den lilla detaljen Sigurd. Vi hänger på, helt klart.

– Vi skulle ju kunna förena nytta med nöje och besöka de kvarter som firma Ullman & Sörensen byggde upp sin grönskande affärsidé vid, utan att vara vegetarianer. Kanske var de mer som unga charkuterister, på den tiden.

– Då ska jag forska i ämnet Sigurd. Undrar om inte Ullman har kvar några garn där än idag. Det känns faktiskt som om han fiskar i lite grumligt vatten den gode Mads.

Så långt, hade de nu nått polishusets övre våningsplan där Sigurd hade sitt tjänsterum. Man tog med sig den sedvanliga muggen kaffe och slog sig ner.

– Det var Krister, som skickade oss ett sms, sa Sigurd. Du som har glasögon på nästippen, kan väl läsa vad han har på sitt hjärta, sa han och räckte över mobilen?

– Jo, det handlar om den där fisketuren med Mads och Jens i ekan som slutade tragiskt för Jens del med ett ofrivilligt bad.

Kort och koncist säger Krister att om det varit ett brott av arten som vi påstod, vållande till annans död, är det preskriberat sedan nu sjutton dagar om domen hade blivit 2 års fängelse. Det betyder som sagt att det skulle vara, preskriberat nu. Och om de han läst i protokollet vi sände honom, säger han att brottsrubriceringen också skulle kunna bli dråp. Om Ullman skulle fällts för dråp, hade straffskalan visat på lägst 6 år och högst 10 år. Preskriptionstiden blir i så fall, 15 år. Men nu finns ju ingenting han åtalats för, så därför kan vi avsluta spekulationerna och lägga energin på mer relevans.

– Jaha ja. Då vet vi de. Ullman är ju en affärsman och han har tur med allt han företar sig, högt som lågt.

– Ja, jag hade en magkänsla som sa att denne artige, gemytligt generöse man inte är den han utger sig för. Varje steg är beräknande för att gå honom till mötes. Han gör ingenting utan att räkna med någon form av avkastning. Det var därför han välkomnade vårt besök och frågor rent upplysningsvis. Då kunde han läsa av vad vi visste genom våra frågor och förstod vad vi egentligen var ute efter. Då fick han också en vink om den där abborrmetningen med Jens då han fick honom att bada. Allt iskallt beräknande. Bara att leta upp när detta hade hänt och kolla med preskriptionen för vållande till annans död som han räknat ut det kunde handla om utifall han blev åtalad och dömd. Han har helt klart en räv bakom varje öra, därför har han också gott om stålar, analyserade Sivert.

– Ja, efter din föredragning är jag böjd att hålla med. Men vi kanske ska lägga detta på hyllan som Krister ansåg och ta vårt nästa steg i de vi håller på med. Jag är väldigt nyfiken på exempelvis vad Emma har att bjuda oss på av dödsorsak. Och, låt mig få fortsätta, jag såg att du var på väg att avbryta mig, vad har personalen ur hemtjänsten att säga om Gertrude Karlsson – Sörensen? Vad skulle du säga?

– Precis det du nu sa. Vi har ju Janne och Gugge som spontant och fritt skulle tala med den personal på hemtjänsten Smörblomman som hade Gertrude på sin omsorgslista. Och sedan skulle det till vårdcentralen i Stuvsta för att begära ut journalen och läkemedelslistan om det fanns någon. Jag vet bara att vi fått uppdaterat att den där studerande ynglingen som bodde inneboende, nu bor ihop med undersköterskan!

– Ja, men så gör ju ungdomen. Dom var väl nästan jämn-gamla?

– Var god dröj…

Sivert bläddrade på sin smartphone efter den där stu-deranden och namnet på undersköterskan samt hennes ålder.

– Jo, den där studerande ynglingen Ediz Nesrin, är 21 år. Det var han som ibland var nere hos Gertrude och hjälpte henne med en del tekniska saker. Fixade hennes persienner, ställde in tv-kanaler och monterade upp den där torkställningen i hennes badrum. Sedan undersköterskan Ella Pineda Ortega, hon är 29 år. Har tidigare bott i Köpenhamn. Jobbar på Karo-linska Universitetssjukhuset i Huddinge och som sagt, under-sköterska. Nu har de tu flyttat ihop. Hon bodde ensam och var landsman med Nesrin. Inget konstigt med det att man bor under samma tak i så fall, snackar samma hemlandstoner om man så vill. Ser till att fixa mat med hemlandets prägel.

– Vad är det för land du talar om, då?

– Chile!

– Chile? Samma land som personalen ifrån hemtjänsten som hade hand om Gertrude Katarina Karlsson – Sörensen?

– Exakt! Vad finns det för gemensam nämnare i detta då förutom Chile?

– Två av dem har träffat vårt offer. Den tredje, undersköters-kan, har inte gjort det vad vi vet. Har bara bott på samma vångsplan som Gertrude, men säger sig aldrig träffat henne. Och så bor nu alltså den där studerande gossen och under-sköterskan på våningsplan åtta. När man flyttade ihop, det vet vi inte. Det första uppgifterna vi fick från lokalpolisens dörr-knackning, var att studenten bodde på våningen ovanför.

16

– Ny dag, nya insatser sa Svanstrand och mönstrade åter sin spaningsstyrka. Vi kommer få besök av rättsmedicin nu på morgonen. Det ser i varje fall jag fram emot. Förmodar, hoppas och antar, ni gör det samma. Om inte, kan ni inrikta er på en stund i skamvrån.

– Får man en dumstrut då också, undrade Anton... vem annars?

– De kan vi nog ordna om du känner dig bekvämare med en sådan på skallen, sa hans chef i ett brett grin.

Ett allmänt fnittrande bröt samtidigt ut och alla spanade in Anton för att se vad han skulle svara med, men han skrattade själv. De var kanske spänningsventilen som lättade på trycket. Välbehövligt, kände nog samtliga. Det skulle kännas tomt om inte Anton satt som han brukade med sina kommentarer om det mesta. Svanstrand har också sagt de tidigare att han är en av hans bästa utredare, både på och utanför banan. Märkligt egentligen, han borde varit kommissarie för flera år sedan, men dissar skolbänken och stegpinnen.

– Vi kan väl börja med att lämna ordet till Janne och Gugge som ju lyssnat lite med hemtjänsten Smörblomman och den personal som haft Gertrude på sin omsorgslista under tiden då Lisa Lagerström var sjukskriven i Corona.

– Ja, sa Janne. Gugge får sköta föredragningen då det var hon som på ett fiffigt vis talat med hemtjänsten. Hon på hemtjänsten heter förresten, Alejandra Pèrez.

– Ja, jag kan väl dra vad Alejandra berättade för oss. Protokoll finns för övrigt naturligtvis att tillgå. Först och främst, det var bara en gång i veckan som hon besökte Gertrude. Vårdtagaren ville inte ha det på annat vis. Man kan tycka det är konstigt sa Alejandra, men hon ville absolut inte ha en massa spring där. Det räckte så bra med en gång i veckan. De gånger Alejandra var hos Gertrude, upptogs hennes tid av att handla mat. Någon städning kom inte på tal. De ville hon inte ha, den skötte hon bäst själv, enligt Alejandra. Det skulle bara innebära ett snokande och sådant kunde hon vara utan. Hon hade varit väldigt bestämd och rak av sig, fortsatte hon. Mat lagade hon åt sig själv och det var inte så svårt att öppna kartongerna med de frysta rätterna för att ställa i mikrougnen. Det behövde hon ingen hemtjänst till hade hon förklarat.

– Hade hemtjänsten egna nycklar eller så, undrade Sivert?

– Nej, hon hade ingen dörrnyckel. Bara en som gick till porten nere vid gatan. Gertrude litade inte på någon så därför hade de ingen nyckel. Det fanns bara en akutnyckel på Smörblommans expedition som man fick kvittera ut i ett sinnrikt system. För att kunna få ut denna nyckel, hade man en egen kodnyckel som man fick sätta i nyckelskåpet som en slags pant. Där registrerades också när man lånat en nyckel med datum och tid. Men hon hade som sagt var ingen nyckel med sig då hon skulle besöka Gertrude. Nej, hon fick ringa på dörren och hoppas Gertrude hörde att hon var där. Hon lyssnade ofta på radio och den var ganska högt uppskruvad. Hon hade radion i köket, men satt ofta i vardagsrummet för att lyssna och då blev det så att ljudet var uppskruvat mycket högt. Hon kunde även dammsuga, och samtidigt lyssna på radion. Så ljudnivån var ganska påtaglig. Det var konstigt att inga grannar klagat. Annars hade Alejandra inget ont att säga om Gertrude. Det var en mycket stilig dam med bestämda åsikter om det mesta. Gertrude hade berättat en gång att den hemtjänst som kom, gärna fick vara manlig. Det vill säga om det var en bög, om jag får använda hennes egna ord.

– Bög! Varför då, undrade Anton?

– Jo, om det kom manlig personal ifrån hemtjänsten och de var bögar, så fick hon vara ifred. Det händer så mycket överfall och sånt, ansåg hon. Då var det mer säkert med en bög.

Åter utbröt en del glada miner och fnissanden i församlingen. En del antecknade, andra kommenterade något med en kollega bredvid.

– Ja, hon såg ju väldigt bra ut, mer än så till och med, skulle jag vilja säga. Så om det var en bög som kom, hade hon inget att behöva vara orolig för i den vägen som så många gånger annars då män följt henne till porten.

– Det var väl hemtjänsten som ringt 112 om jag inte ser fel i mina anteckningar?

– Jo det stämmer, sa Gugge. Det var en granne som ringde Smörblommans journummer och det var just Alejandra som hade jouren.

Så hon åkte ner till Smörblommans expedition för att hämta ut akutnyckeln till Gertrudes lägenhet.

– Varför hade någon ringt till Smörblomman mitt i natten då, undrade en förvånad Anton?

– Jo, man kände till i huset att det var Smörblomman som hade detta hus under sina så att säga, vingar. Och innanför porten fanns där en dekal med nummer till Smörblomman vid akuta händelser.

– Jo jag förstår den biten, men jag vill veta vad som var orsaken till att någon ringde?

– Orsaken var att det var ett rysligt liv av musik ifrån Gertrudes lägenhet. Det var tänt i flera rum hade man sett ifrån brevinkastet i dörren. Man hade ringt på för att få Gertrude att dämpa musiken, det var sovdags i huset. Men ingen hade kommit för att öppna dörren. Det hade också sett enormt rörigt ut innanför dörren på golvet, kunde personen som ringt konstatera genom glutten i brevinkastet.

– Då är jag med på banan igen. Och då kommer Alejandra farande för att öppna dörren och så vidare, eller?

– Precis så Anton! Men Alejandra kände ju till Gertrudes små egenheter för hennes oro att någon skulle ta sig in i hennes lägenhet medan hon sov. Därför gjorde hon vad hon kunde för att blockera sin dörr på insidan. Dörren gick nämligen inåt i lägenheten. Gertrude hade berättat att hon staplade upp de hon hade av lösöre i närheten innanför dörren. Som extra försiktighetsåtgärd, hade hon ju även ett sjutillhållarlås i dörren som hon också låste.

– Oj, hennes försiktighetsåtgärd gick väl över gränsen om man låser dörren med sjutillhållarlås inifrån, undrade Sigurd?

– Jag vet i ärlighetens namn inte vad som gäller, sa Sivert. Särskilt inte om man har nyckeln kvar i överlåset. Då blir det lite knepigt för räddningstjänsten att snabbt kunna ta sig in i en lägenhet.

– Hur länge hade man hört den där uppskruvade musiken då, undrade Svanstrand?

– Ja, den hörde man dagligdags, men när det är sovdags i huset så blir oväsendet nog mer påtagligt kan jag tänka mig ansåg Janne.

– Jag hade mina funderingar ihop med att det var lampor tända lite varstans i lägenheten, det har man väl ändå inte på dagen?

– Bra tanke där chefen. En bra tanke vi måste utreda. Det kan ju ge oss en vink om när brottet hade begåtts, om jag inte har hur fel som helst, sa Anton. Liksom den uppskruvade radion.

– För att återgå, sa Sivert. Hur kom Alejandra in då?

– Ja, hon hade sett att nyckeln satt i sjutillhållarlåset från insidan, och tänkte att nu kan jag inte öppna dörren, så hon tänkte, jag provar ändå med min nyckel. Hon satte i den vanliga dörrnyckeln till Assalåset som hon hämtat på Smörblomman och se där, det gick att låsa upp dörren. Men inte öppna dörren för det var ju en väldig massa bråte som blockerade. Stolar, dammsugaren, en stor ljusstake i smide, en hoprullad tung matta, en bärkasse med böcker och lite annat. Därför hade hon ringt 112 för att få hjälp.

– De där var en lite tragikomisk historia. Men, hur gick det då med ert besök på vårdcentralen för att få ut hennes journal, undrade Sivert? Jag är även dåligt påläst vad som gäller där med deras sekretess och annat hokuspokus.

– När man väl förstod varför vi var där och frågade efter Gertrudes journal, var det inga problem. Men innan var det en massa tyckanden från småpåverskor och paragrafryttarinnor vid receptionen. Man hängde upp sig på olika hinder i sekretesslagen, men det berodde mest på, upptäckte vi, vem vi frågade. När de väl förstod att vi var där på grund av en mordutredning och att vi under dessa omständigheter hade vår fulla rätt, var det raka spåret om man säger. I korthet kan jag säga efter en genomgång av journalen med en läkare, en mycket trevlig och kunnig läkare enligt vår mening, så var Gertrude Katarina Karlsson – Sörensen 45-03-21 av mycket god hälsa. Hon hade bara två mediciner. Läkemedlet Levaxin 100 mg, för sin något minskade produktion av sköldkörtelhormonet tyroxin. Levaxin, är ett väldigt vanligt läkemedel hos våra äldre patienter och äventyrade inte hennes fysiska funktion på något vis.

Sedan hade hon Atorvastatin Actavis 10 mg, som är blodfettssänkande. Sammanfattningsvis, inget att höja på ögonbrynen över. Vi har skickat denna medicinlista till Emma så hon kan pricka av och jämföra med eventuella provsvar.

– Ja sa Janne, det är vad vi pysslat med och är väl klara så att säga vad gäller vårdcentralen med AT-läkaren Arvid Karlhamster och hemtjänsten Smörblomman, genom Alejandra Pèrez vänliga vittnesmål.

– Är vi då klara här också, undrade Svanstrand?

– Ja, här är vi i mål. The target flag waves!

– Då har vi Emma Winston här från rättsläkarstationen i Solna för en föredragning av sitt arbete med kvarlevorna efter Gertrude Sörensen. Podiet är ditt Emma!

– Tack! Jag kan tyvärr inte ge er något besked, ska jag börja med att säga. Med det menar jag att jag ännu inte hittat en endaste orsak till dödsfallet. Ingen orsak till varför den dagen då döden hade klätt Gertrude Katarina Karlsson – Sörensen, plötsligt och oförmodat.

Vi är dock klara över att hon på något vis har fått hjälp ut på den sista färden. Vad jag kan säga är att offret haft en större subduralblödning med en trolig medvetslöshet som följd som uppstått när hon med hög sannolikhet slagit lobus frontalis i klinkergolvet vid sitt framåtfallande. Offret hade även en hematom i bakhuvudet som troligen uppkommit genom trubbigt föremål och kan ha varit av akut tillstånd som krävt prompt och adekvat omhändertagande för att rädda liv samt förebygga och minimera sekundära skador.

– Är detta något vårt offer kan ha avlidit av, jag menar bulor i skallen, undrade Anton?

– Svaret är nej. Dessa bulor är, om det var så du menade, inte vad jag skulle kunna annotera i dödsattesten. Jag kommer dröja ytterligare en tid med detta signerande. Den avlidne var ju egentligen frisk som ett knippe späda morötter. Det finns inget sjukligt i den meningen jag kan peka på. Jag kan tänka mig något hon haft i kroppens omloppsbanor men som suddats ut timme för timme, för att småningom klinga av helt. Men, vad skulle det vara, arsenik...? Ni kan väl fundera.

Där tänker jag sätta punkt för min lilla korta föredragning. Som ni förstår kommer vi höras igen.

– Okej, alla. Då får vi jaga vidare på de håll och kanter vi håller på med. Tack Emma... vi hörs som sagt!

– Ja, vi lär nog göra så Sigurd!

90

17

– Jag har backat rubbet och börjat om från början Sigurd, sa Fredriksson.

– Och då menar du?

– Jag menar då från dag ett. Det känns som om vi missat något och som vanligt vet man inte vad det är. Därför, med erfarenhet i bagaget, backar jag filmen till ruta ett.

– Hur långt har du kommit nu då?

– Ganska långt. Hur vanligt är det egentligen med att dörrar till lägenheter går inåt?

– Jag har aldrig stött på det innan vårt fall på Stationsvägen.

– Nä, inte jag heller. Av utrymningsskäl skall dörrar gå utåt. Om man tänker sig ett partaj med en massa folk i lägenheten, hög stämning, glada hattar, glas och bubblor är legio. Då börjar brandlarmet yla. Alla rusar mot dörren och innan någon hinner öppna dörren, trycker alla på för att komma ut. Går inte! Dörren öppnas ju inåt och där kämpar en massa skräckslagna människor för att försöka rädda sig ut ifrån en för tidig kremering. Man är ju sig själv närmast.

– Och vad vill du ha sagt med denna något makabra utlägg-
ning, även om jag förstår?

– Jo, om någon skulle försöka ta sig in i vårt offers lägenhet,
var man tvungen att få bort allt som låg innanför hennes dörr.
Men, ingenting var ju borttaget innanför i den meningen.
Hemtjänsten kunde inte trycka på för att öppna dörren, hon
visste ju inte vad som låg innanför dörren. Till och med en
stol stod mot dörrens insida, såg hon genom brevinkastet.

– Det kan ju bara betyda att vårt offer hade flyttat fram allt
lösöre för att blockera sin dörr från insidan då någon har läm-
nat lägenheten, som varit där för att hälsa på.

– Just de, Sigurd. Precis så måste det ju vara. Vårt offer har
barrikaderat sig efter det att någon lämnat hennes lägenhet.
Hur kan man blockera en dörr om man har blivit klubbad i
skallen? Det är här, något inte stämmer i mina tankebanor. Jag
menar, skulle hon sedan hon barrikaderat sig med en massa
lösöre som dammsugaren, stolar och en tung hoprullad matta
innanför sin ytterdörr, gå in i badrummet och snubbla på
någonting, ramla så hon slår pannan i klinkergolvet och som
kronan på verket, även bakhuvudet för säkerhets skull?

– Nej, du är inne på samma väg som jag varit men har inte
kunnat utveckla mina tankar som du gjort. Denna bit är en bra
tanke. Klinkergolvet var ju inte ens halt, hade Wilbur sagt.

– Vad, har du fler för idéer?

– Jag är polis Sigurd, brottsutredare, som inte gillar skuggor
och allmänt tyckande. Jag kollade exempelvis upp den som
brukade hjälpa vårt offer med olika tekniska prylar i hennes
lägenhet som inte funkade som hon ville. Jag kollade vad
dörrknackningen hade gett.

– Den som lokalpolisen genomförde, menar du?

– Exakt. Där hade den där studerande ynglingen, tror han heter Ediz Nesrin, påstått att han bodde på våningen ovanför Gertrude Sörensen. Det var så lokalpolisen i alla fall hade uppfattat det som, utan att checkat detta närmare. Vid vår knackning, så visade det sig att han inte alls bodde på våningen ovanför Gertrude, han hade bara varit på våning 9 tillfälligt för han var bekant med dem som bodde där. Vid dörrknackningen vi genomförde var han nu sammanboende med Ella Pineda Ortega, också hon ifrån Chile och boende på samma våningsplan som Gertrude Sörensen, vårt offer. Ella Pineda Ortega är ju undersköterska på Karolinska och jobbar skift så ibland är det dagtid, nästa natt. Men vad jobbade hon med i Köpenhamn, vet vi de? Har det någon betydelse?

Sedan har vi den andra på samma våningsplan som vårt offer, Eva Rantanen som har rullstol. Men, hon är inte rullstolsbunden till 100 procent. Hon brukar ha en käpp då hon går till hissen för att åka ner med sina sopor. Hennes käpp var ganska snygg förresten. Knotig och vresigt fin samt fernissad. Den var gjord av ek förresten, om du undrade. Den var som en knölpåk, eller ett baseballträ.

– Det fanns väl även en lite excentrisk herre som man trodde hette Pinnen?

– Du är ganska så påläst ändå Sigge, skrattade Sivert. Jo, att han hette, eller kallades Pinnen, var också lokalpolisens förtjänst, eller vad man ska säga. Jag har själv varit där då vi knackade dörr, så jag vet att på dörren står det, Pinné. Jag menar folk heter ju både Kurfitzel och Smygebratt, och ingen höjer på ögonbrynen för det, väl?

Han heter alltså Pinné. René Pinné om vi ska vara korrekta, vilket jag tycker är mer klädsamt. Han är en pensionär på 82 år och med akademisk uppfostran och bildning. Jag har kollat honom lite extra.

Född 1939 i Normandie i Frankrike. Han gick ut gymnasiet i Norra Latin där han för övrigt varit skolkamrat med en icke helt okänd kriminolog och numera även professor. Det var med lätthet han avverkade den naturvetenskapliga linjen och började gå läkarprogrammet vid Karolinska Universitetet, ett universitet i Stockholm. Detta följdes sedan av en femårig specialistutbildning. Han blev sedan överläkare inom diabetologin. Där han även genomgått utbildning inom endokrinologi med diabetologi som grenspecialitet inom internmedicinen vid Uppsala Akademiska sjukhus. Genom hans yrke, kände han mycket väl till att motion och riktig kost, var viktigt för ett gott leverne. Även om han är smal som den där hässjestören, eller pinnen, så är han lika frisk som ett astrakanäpple om hösten. Måste väl passa dig bra Sigge som östgöte?

– Varför då?

– Astrakan Gyllenkrok är en äppelsort som utsetts till landskapsäpple för Östergötland. Mjölby ligger väl i Östergötland om jag inte missminner mig.

– Om vi återgår, så vad har du rätat ut med detta, menar du?

– Inte rätat ut Sigge, men riktat strålkastaren på. Sa jag de att den där studerande ynglingen, är diabetiker. Det berättade hans sambo. Hon brukar tipsa honom om kost och hur man injicerar insulin på bästa sätt. Sammantaget, vi har tre som vet vad diabetes är och tre som är ifrån Chile.

– Tre ifrån Chile?

– Japp! Hon ifrån hemtjänsten Smörblomman som var den som larmade 112 är också ifrån Chile. En händelse kanske som börjar se ut som en tanke, eller precis tvärt om. Du förstår vad?

Sigurd satt och såg fundersam ut. Slätade ut ett veck på ena byxbenet och kliade sig i skallen.

– Du, i morgon är det fredag. Flyget avgår 08:55 och landar i Köpenhamn klockan 10:10. Sedan har vi i stort sett hela dagen på oss att kolla in Mads Ullmans kvarter om han nu har något kvar av Sörensens och hans tidigare så frivola företagsverksamhet.

– Har vi, eller Krister något på Ullman?

– Nej, egentligen inte. Vi åker ner och spontanjobbar lite med andra ord. Så får vi se om det ger något. Ja, jag vet ju inte vad Krister tycker om det förstås, men de är ju å andra sidan i så fall inget vi behöver springa och babbla om. Vi ska ha en trevlig helg i Köpenhamn det är de primära. Damerna hittar säkert något de kan begapa sig över. De kan ju kanske kolla in statyn av den lille Havfrue i brons, medan vi kollar andra små sjöjungfrurs, även om jag inte tror de är fruar, om de nu finns några kvar som sitter i sina fönster. Kanske bara kvällstid då det mest är herrar i kvarteren, har jag läst mig till.

– Vi syns på Arlanda terminal 5 gate 20 var det inte så?

– Så var det. Det blir också SAS Airbus A320 med flight SK1419 sa Sigurd som såg både glad och förväntansfull ut.

– Okej, ombyte förnöjer, menade Sivert. När Anton och jag var ner till Beirut om du minns, så flög vi en Boeing 737 nu är det Airbus A320 som gäller. Ombyte förnöjer, som sagt! Over and out!

95

18

Sällskapet hade valt ut, eller Sivert egentligen, ett café med optimalt läge i hjärtat av Sky City. I väntan på incheckningen kunde de alltid bänka sig med handbagaget på Sky Café. Här satt de nu i högsätet med lysande utsikt över flygplanen. Sivert passade på att lite extra att se sig runt, för att kanske upptäcka Pernilla Öste, gränspolischefen han hade blivit lite varm i senast, då han och Anton skulle dra iväg till Mellanöstern på jobb. De hade gott om tid på sig vilket var skönt. Han visste att hans egen Frida aldrig ville stressa omkring utan att ha god tid på sig. Bagaget, hade de redan checkat in.

– Vad trevligt det ska bli, sa Britta rent spontant. Lite annat än från en grå vardag även om det känns lite pirrigt.

– Nu är det försent att ångra sig, sa Sigurd. Jag tänkte, precis nu och plötsligt, sa han lite filosoferande. När vi kommer hem igen, då är det som fru Britta Svanstrand! Undrar hur det kommer kännas, sa Sigurd och hade svårt att hålla tillbaka sina känslor stora starka karlen. För mig?

– Jag kan ju tänka mig att nästan hela Mjölby gör vågen. Eller vad tror du Sigurd, sa Sivert?

– Det blir en prövning det. Ett riktigt mandomsprov...

– Ja, du kommer nog över det också ska du se min lilla konstapel, sa Britta och strök honom över kinden för att torka en av hans trillande glädjetårar.

– Försök bara att förstå vad de säger, sa Frida. När vi gifte oss där, genomfördes allt på danska som man i stort inte begrep ett ord av. Man anade sammanhanget, men inte mer än så. När man ropade upp våra namn, anade vi oss till att det var dags och det var inga andra i församlingen som reste sig, så då tog vi mod till oss och klev iväg. Vi var det andra paret som ropades upp, så vi hann egentligen inte bli särskilt nervösa.

– Ja, sa Sivert, väl inne i det lilla rummet där själva vigselakten genomfördes, var det över på två minuter kanske, max. Där fanns också vigselvittnen, danska sådana. Men nu får ni svenska vigselvittnen som har en liten vana men kan ingen danska så vi kan inte vara till någon hjälp den vägen, endast som moraliska stöd. Och, sådant kommer ni behöva.

– Usch, nu börjar jag bli ännu mer pirrig sa Britta och skrattade lite nervöst.

Plingplong... lät det i någon högtalare där de satt. - Resande med SK1419 ombedes gå till gate tjugo på höger sida i terminal fem. "Travelers with SK1419 are asked go to gate twenty on the right side in terminal five."

I samma veva ringde Svanstrands mobiltelefon... jobbnumret!

– Ja, Svanstrand, svarade Sigurd!

– Hallå chefen, Anton på linan. Hoppas jag inte stör. En kort fråga bara. Medan ni roar er på Ströget i Köpenhamn, tänkte jag fara ner till sydligare breddgrader om det är okej?

– Sydligare breddgrader, vad är det nu på gång Anton?

– Nämen, jag har ledsnat va på de där spanjackerna. Skulle inte dom framföra till svägerskan att Gertrud avlidit?

– Jo, det var sagt så. Menar du att dom inte gjort de, eller vad då? Vi har lite körigt nu Anton. Vi ska just kliva ombord på vårt flyg.

– Eftersom dom bara verkar ha siesta där nere på Mallis, tänkte jag ta en tripp ner och klara av denna lilla detalj. De händer ju inget. Och jag var ju tillförordnad boss när ni var utomland.

– Gör så som du tycker är bra Anton, jag litar på dig.

– Tack chefen. Ha en trevlig resa och lycka till, på tal om det!

– Det var Anton, sa Sigurd med adress till sin vapendragare Sivert, när de stegade ner i kabinen för att hitta sina platser. De skulle sitta i Business Class rad 4 platserna A, C, D och F. Anton ville åka ner till Mallorca för att framföra meddelandet till Gertrude Sörensens svägerska att hon avlidit som den spanska polisen skulle gjort men inte utfört. Anton hade talat om orsaken med dröjsmålet. Trolig för stor mängd Sangria.

Det var ju i alla fall med Gertrudes bror, hon på Mallis, hade varit gift och hade sonen Stefan med. Han med drogproblemen, blir ju antagligen den som kommer få ärva rubbet. Stefan kommer plötsligt bli mångmiljonär. Blir säkert intressant att ta del av hans morsas reaktion när hon får höra detta.

– Men var det inte den spanska polisen, Policia Local, som skulle meddela henne dödsbudet?

– Jo det var ju det, men Anton tror de bara ägnar sig åt siesta, kolka i sig Sangria och så upprepar de ideligen sitt väl inövade mantra, mañana.

98

Nu tänker han åka över och snacka med Guardia Civil, så det händer något.

Han ser säkert till att de jagar rätt på var på Mallis människan bor samt håller till och att han därefter meddelar henne personligen vad som inträffat. Och när han upplyser henne, passar han säkert på att ställa en del frågor... vad hon gjorde den aktuella helgen. Kände hon till deras metande av abborre, och så vidare. Han gör ju inte resan bara för att meddela att hennes svägerska avlidit. Men eftersom Policia Local inte klarat av detta lilla enkla åtagande, passar han på med troligen sitt hänsynslöst uppriktiga sätt ställa några enkla frågor. Bara för sakens skull. Han är ju känt driftig denne burduse och pratglade herre. Anton är taktlöst, rätt fram och inte det minsta finkänslig. Vår egen bulldozer i gruppen värd att vårda.

– Har ni tisslat färdigt nu? Om ni tycker det är okej, kommer jag beställa lite skumpa som färdkost under den timma vi är i luften. Något annat hinns inte med att avnjutas.

– Låter som en god idé, Frida. Men låt mig få bjuda i så fall.

– Kommer inte på frågan. Denna lilla förövning av vad som kommer följa i helgen, står Fredrikssons för!

– Då längtar vi att få komma upp i luften i så fall, sa Britta och log med lite tårfyllda ögon.

Stämningen var glädjefylld. Damerna satt på högra sidan om mittgången medan Sivert och Sigurd satt på den vänstra sidan. Sivert tittade ut genom kabinfönstret och såg hur truckar pilade fram och tillbaka med bagagekärror slängande efter sig fullastade med väskor. Puschbacktrucken kom sakta rullande mot deras Airbus noshjul så de kunde backas ut från gaten. De kände strax också hur de började rulla och piren försvann.

19

Kriminalinspektör Anton Franke, kollade upp allt runt Berith Karlén – Karlsson, Stefan Karlssons mor som då han, bara var fem år gammal, drog till Mallis. Anton hade ägnat stor del av torsdagen att förbereda sig och fixa flygresan liksom hotellrum. Objektet skulle delges sin svägerskas frånfälle, det vill säga Stefans fasters bortgång.

Han hade kollat in första bästa flyg och hade nästan kunnat stöta ihop med herrskapen Svanstrand och Fredriksson ute på Arlanda. Det var ifrån Sky City han hade ringt sin chef för att berätta om sin tripp till Mallorca precis när de var på väg att kliva ombord på sitt flyg till Köpenhamn. Det stod, såg han på den stora avgångstavlan: Köpenhamn SK1419 gate closed.

Hans eget flyg till Palma, skulle lyfta halvtimmen efter. Där stod det omedelbar ombordstigning. Anton hade nöjt sig med en liten väska som handbagage med de allra nödvändigaste. En övernattning bara och hemma igen på lördag kväll. Mycket väsen för antagligen lite ull, tänkte han. Flygresan skulle ta tre timmar och fyrtio minuter ner till Mallorca.

Han hade beställt lunch på flyget vilket han såklart såg fram emot.

Taxi in till sitt hotell på... vad fan hette streetan nu då? Carrer de Murillo, tror jag det var. Hotell Murillo, ja vad skulle det annars hetat, tänkte han?

Hur virvlade inte hans tankar i skallen? Hur skulle han hitta henne på den adress han fått av Policia Local? Hur skulle hon reagera då hon får vetskap om sin svägerskas bortgång? Hur bra är hennes modersmål idag? Frågor! De var ju i alla fall över 25 år sedan hon drog. Kan hon räkna ut vem arvtagaren är? Känner hon till att hennes ex omkom i tsunamin i Phuket? Och vad gjorde hon de dagar det handlar om vid Gertrude Karlsson - Sörensens himlafärd? Allt kommer såklart ge sig vartefter, beroende av vad hon svarar, om hon svarar och hur.

Ja, nu tar man ju för givet att jag hittar henne och hon är intresserad av vad jag har att förmedla. Så långt i sina tankar kom Anton då en vän varelse ur kabinpersonalen kom och serverade honom en bricka med den lunch han beställt och frågade om han ville ha öl, vin eller vatten?

– Det får bli öl, en svart Carlsberg, sa han när han såg de fyra olika alternativen hon hade att erbjuda av öl på sin vagn. Öl blir bra till kycklinggrytan med ris som serverades. Det var samma sorts krubb som han och Sivert fick då de flög till Beirut, ville han minnas, kycklinggryta med ris. Gott som fan var det hur som helst. Samma nu troligen, tänkte han.

Han log för sig själv. Tänkte att när han kom hem igen och träffade polarna vid söndagens fotbollsmatch med sitt lag Djuuuugårn, kom nog frågan...

– Var har du varit hela helgen Anton?

"Äh, jag drog en sväng ner till Mallis för att kolla läget. Blev någon pilsner i taxfree på hemvägen, annars har de varit lugna gatan!"

Bara se minen på Berra å Stickan... obetalbart! Vi får se hur det utvecklar sig. Nu ska vi bara se till att landa lite elegant på Aeropuerto de Palma de Mallorca Vi lär ligga i en kö på nio flygplan varav vi är nummer fem, ser han på den display som sitter i ryggstödet framför honom. Intressant!

Efter den vanliga tågordningen med passkontroll och så vidare, någon väska behövde han ju inte vänta på den hade han ju redan i handen, så tog han en taxi in till Palma.

Väl installerad på sitt hotellrum tog han sin mobiltelefon och knappade in de telefonnummer han fått av lokalpolisen i Palma.

Hon hade nästan svarat direkt...

– Hola Berith! Quien esta llamando?

– Mitt namn är Anton Franke, jag är svensk polis.

Det var tyst i telefon en längre stund, så Anton började undra för sig själv om hon hade svimmat.

– Hallå fru Karlsson!

– Ja hallå, det kom lite, disculpe como se llama... oväntat. Heter det så? Polisen, undrade hon, har det hänt något?

– Jag undrar, sa Anton, skulle vi kunna träffas jag har några frågor jag skulle vilja ställa? Finns säkert någon trevlig servering som fru Karlsson kan föreslå?

– Quizás, oh i'm sorry! Kanske café y bistró de trino? Då, vad heter det... jag har nära, eh, caminar? Att gå!

– Var ligger detta café och bistro?

– Carrer de Pablo Iglesias, men jag vet inte... el número.

– Jag åker taxi och jag tror dom hittar. Ses om en timme?
– Sí, señor inspector detective. Anton, eh?
– Ja, eller sí, Anton Franke, sa Anton förtydligande. Adiós!
– Adiós!

Anton slängde sig bakåt i sängen som fjädrade ordentligt av hans tyng, och både han och sängen verkade pusta. Hur ska det här gå, tänkte han. Inget särskilt sammanhållande samtal lär det bli. Lättflutet möjligen. And so far, so good, tänkte han. Han låg och tittade upp i taket och funderade. Funderade egentligen inte på någonting. Blicken följde en smal spricka i takputsen, från ena hörnet ut cirka två meter där den delade sig i två ytterligt smala sprickor. De tankar som rörde sig mest i hans huvud, var återresan. Det var ju fotboll på söndag och träffa polarna.

En timma, det är lång tid. Det hade inte gått mer än knappt tio minuter sedan han avslutade telefonsamtalet. Taxin hade släppt av honom lite diskret ett kvarter ifrån Trino's.

Anton strosade längs trottoaren och noterade att även i Spanien finns det sprejburkar med svart färg och konstutövare. Men ju närmare han kom det där näringsstället café y bistró de trino's blev det mindre nersprejat. Han såg på håll några parasoller och bord ute på den breda trottoaren. Men tråkigt att ha en massa bilar parkerade precis invid cafét.

Det kom en servitör direkt fram till Anton då han styrde stegen in mot Trino's. Kanske var det Trino själv tänkte han.

– Bienvenido señor, sa han och bugade servilt.
– Hej, sa Anton och nickade!
– Are you going to eat or have a cup of coffee, a glass of wine or beer, sir?

103

Servitören hade plötsligt bytt språk från sin spanska. Nu talade han ledigt engelska med Anton vilket han var tacksam för. Men svenska var nog i knepigaste laget, men man kan inte få allt. Nu flöt samtalet mellan honom och kyparen galant. Han förklarade att han önskade ett bord ute på trottoaren under palmerna, för två personer. Han berättade att han väntade en bekant som strax skulle komma, och underströk meningen genom att titta på sin klocka.

– No problema señor, sa han och visade ett bord borta från bilarna vid trottoarens kantsten och i skuggan från en av tre palmer vid det lilla torget.

Anton var ju inte polis för inte, utan han var hundra på att den som nu kom på trottoaren ifrån motsatta hållet han själv hade gjort, måste vara den han skulle informera om hennes svägerskas plötsliga död. Ja, om hon nu inte kände till det redan genom sin son Stefan. Nåja, det kommer strax bli klart som det där korvspadet. Han hade haft en tro att hon skulle vara svart, eller i varje fall mörkhårig, men den som kom gående mot honom var mer blond, med halvlångt hår. En mindre handväska hängde över hennes axel och det rosa linne hon bar som mötte ett par vita snäva och svindyra Gerry Weber byxor som slutade på halva vadbenet. Möjligen hennes outfit, tänkte han.

Hon styrde stegen rakt mot de bord där Anton satt. Kanske kände hon att det luktade mässing, tänkte han.

– Hej, sa hon och höll upp handen som hälsning i dessa Coronatider. Berith, jag förmodar du är Anton sa hon medan hon satte sig på andra sidan bordet. Kanske inte fullt två meter ifrån, men hon visade ändå sin omtanke så långt.

Anton såg denna långa, blonda varelse slå sig ner på andra sidan bordet. Han hade ju ingen aning om hur hon skulle se ut. Han hade aldrig trott att hon skulle vara blond och absolut inte så lång. Kanske hon spelat basket, tänkte han för sig själv. Och en varningens klocka ringde i hans öra. Hur vet du att hon är den hon utger sig för att vara, tänkte han? Det fixas ju barnsligt enkelt, blev hans nästa tanke.

– Hej sa Anton och visade sin polislegitimation. För ordningens skull, så får även du gärna legitimera dig också så jag vet att det är Berith Karlén – Karlsson jag talar med. Du ser, man är lite yrkesskadad, det blir lätt så. Kanske värmen, sa han?

– Ett ögonblick bara, sa hon och räckte strax efter över sitt körkort.

– Trevligt att träffas! Får jag bjuda på något?

– Får jag välja, så blir det ett glas Cava.

– Du som väljer, log Anton. Och fru Karlsson som kan språket, får gärna beställa och att jag får notan.

– Det kan jag göra, om du slutar kalla mig fru Karlsson? Säg Berith, för det är så jag heter. Borde byta namn egentligen. Det är ju åratal sedan jag fick namnet Karlsson, samt ett för lika länge sedan avslutat kapitel. Trodde ingen i Sverige visste var jag fanns, ens. Jag försöker sudda ut mina rötter, men det är tydligen inte så lätt.

– Nej, det är ju inte de. Du är som en zebra.

– Zebra? Man tackar. Annars har jag ju hört att man kallar mig giraffen. Kan ju bero på min längd, förstås.

– Jag tänkte närmast på hur svårt det är att sudda ut sina rötter och bara försöka försvinna. Som en zebra, där ränderna aldrig riktigt går ur.

105

En gammal Vespa, eller liknande, kom knattrande. Rundade torget och osade ner med sina avgaser i oljig blårök. Samtidigt kom en barnfamilj och satte sig några bord bort. Allt som nyss varit lugnt runt Café och Bistró de Trino's hade snabbt ändrat karraktär.

Berith hade undrat om de var okej om hon tände en cigarett, men utan att invänta svar, hade hon redan tänt.

Han sneglade från sin sida vad det var för cigarettmärke hon blossade. Såg inte ut som de stora tillverkarna. Kanske någon lokal produktion. Hon hade sett hans försök att se på paketet, så hon skickade över paketet till honom som en curlingsten, så han lättare kunde läsa sig till, Celtas cigarettes!

Han log och skickade tillbaka paketet på samma curlande vis. Hon var vaken helt klart med ögonen på skaft.

– Jo sa han, att sudda ut sina rötter eller gå upp i rök bara för att man tänder en cigg, är inte så lätt sa han.

– Jag har förstått de nu.

– Du glömmer att jag kommer ifrån den svenska polisen, Berith. Den svenska polisen missar ingenting.

Servitören kom med en flaska Cava, väl kyld, två glas och en liten skål med snyggt skurna melonbitar.

– Du hade något att berätta eller meddela mig om, sa hon och satte på sig ett par solglasögon så han inte kunde läsa av hennes reaktion.

20

– Vi ses nere i lobbyn om en halvtimma, sa Sigurd när han och Britta öppnade dörren in till sitt hotellrum. Damerna kan säkert hitta på något under tiden. Sivert och jag spontanjobbar lite i Ullman & Sörensens gamla glädjekvarter.

Sivert och Frida, travade vidare i korridoren ytterligare en bit till sitt rum.

Efter lite kramande och pussande med sin blivande hustru, gick Sigurd fram till hotellrummets fönster för att se vad utsikten hade att bjuda.

– Vad konstigt det känns, sa hon.

– Konstigt! Vad menar du då?

– Ja, overkligt och fortfarande lite pirrigt i magtrakten. Vad sa du hotellet hette, jag tänkte inte på det. Jag har gått som i en annan värld. Känner mig faktiskt lite lycklig.

– Nu gör du mig rörd. Vad glad och lycklig jag blir om du har denna känsla. Varför har vi inte gjort det här tidigare?

– Ja säg det? Minns bara du alltid sagt någonting som att man inte ska hasta iväg, älskling...

Jag tror du levde i den där enmanshowen där du redan var gift med ditt jobb i en ensambubbla.

– Jo, så var det nog. Det var så, tror jag, att man inte hann tänka så långt som på något annat än arbetet. Jag har alltid gillat mitt jobb, så det kändes inte konstigt. Det enda jag tyckte var jobbigt, det var helgdagar. Ja du vet, julafton, påskhelgen, midsommarafton och sådant. De kunde vara lite jobbigt och emotionellt. Du har vidgat min begränsade horisont och nu förstår jag inte hur jag har kunnat överlevt så länge utan dig. Sedan jag upptäckte att vi bodde i samma hus, samma portuppgång, var du som en magnet. Det var som något plötsligt, men återhållsamt, började mogna. Saven steg, jag gjorde mig ärenden ner till våra postlådor. Ofta för att jag förhoppningsvis kanske få möta dig där. Jag kände mig som en pirrig tonåring igen.

– Är det här en kärleksförklaring, Sigurd? Det var rart sagt av dig. Men, jag måste tyvärr avbryta här. Du skulle väl träffa Sivert nere i hotellobbyn om en halvtimma? Den halvtimmen har passerat redan.

Ett pusskalas uppstod igen nu av det mer innerliga slaget. Hur innerligt, kan kanske här göra det samma?

– Stick nu, vi ses ju snart igen, puss!

Och Sivert stod redan nere i lobbyn och väntade på Sigurd lite otåligt.

– Jag undrade ett tag om du glömt att vi skulle ses här om en halvtimme, som du själv föreslog, sa Sivert när Sigge kom farande ur hissen. Den halvtimmen har passerat för över tio minuter sedan.

– Äh, du vet väl hur fruntimmer är sa han.

De ska pussas och sådant. Allt sådant tar sin tid i anspråk vid min ålder. Men nu är jag här. Har kriminalinspektörn läst in sig på utflyktsmålet och förberett den väg vi ska vandra för att komma dit vi har för avsikt?

– Jodå, jag har kollat en del, jag hade ju en halvtimme på mig men kunde använt ytterligare tio minuter till detta, om jag bara hade vetat, log han.

– Jag förstod nog piken, Sivert. Då tar du ledningen efter dina kartor du säkert memorerat.

– Följ mig, chefen!

Efter kanske tio minuters promenerande i makligt tempo, var det så i änden på Istedgade, efter att de passerat Københavns Hovedbanegård. Det såg mycket ordentligt ut i området, flera klassiga hotell och respektabla restauranger innan de korsade Viktoriagade. Ju längre det gick utefter gatan, som var kantad av uteserveringar och butiker där det såg väldigt städat ut, så dök plötsligt en föraning upp. En butik som sålde kläder av det minimalaste slaget. Skyltfönstret gjorde vad de kunde för att saluföra och locka köpare av genomskinligt och minsta möjliga, genom några skyltdockor.

– Räcker det inte här, sa den blivande brudgummen?

– Nej, nu när vi börjat vår promenad, är det väl lika bra att löpa hela linan ut, eller gatan. Vi letade ju efter spår av Mads Ullman, den där "klädaffären" har säkert inte Mads det ringaste med att göra. Men troligtvis har han inget kvar av den gamla verksamheten, men vi knallar vidare nerför gatan som vilka turister som helst, så får vi se om vi hittar något som kan visa på Ullmans företagsamhet.

– Okej, Sivert. Here we go again!

Förr var ju Istedgade shoppinggatan de luxe, om man var ute efter nattfjärilar, strippklubbar eller bara obskyra avisor, då var man på rätt gata. Här fanns precis allt. Gatans rykte är kanske inte lika skamfilat idag som det var på sjuttiotalet då Ullman & Sörensen hade sina mest vinstgivande år i branschen.

Det blåste en kall vind längs den långa Istedgaden. I hörnan vid Absalonsgade, där en klubb låg tidigare, är det idag en Kebab servering. Här, är lite av Köpenhamns bakgård, endast ett stenkast ifrån Hovedbangården, lyser det danska gemytet med sin frånvaro. Usch, kallt blåser det också.

– När man går här, sa Fredriksson, är det inte lätt att låta bli att tänka som en polis. Man borde haft skygglappar med sig, Sigge.

Svanstrand hade bara skrattat och nickat som svar.

– Det var en jäkla lång gata det här. Nu kommer vi klara av dagens motion, vi ska ju tillbaka också.

Det drog ihop sig, kände dom. Nu dök mindre butiker upp som saluförde film och kolorerad lektyr av den lättklädda sorten. Även om butikerna inte var större än en ordinär tobaksaffär, låg dom desto tätare. Det var heller inte så mycket folk på trottoarerna heller. Man såg inga barnfamiljer.

– Tror vi börjar närma oss bulls eye, Sigge!

De hade precis passerat en skylt där det stod, avancerad striptease?

– Undrar vad det innebär, hade Svanstrand sagt. Och det där med Quinna & Mand, låter festligt och oskyldigt på sitt sätt. De rörde sig i en laglig gråzon. Och atmosfären av världsvana och förfining, får sig en törn när man bara får servera folköl och det är ju inte särskilt romantiskt i sig.

De vände om för att återgå till deras hotell när de stannade utanför klubben med avancerad stripp. De kollade i skyltfönstret när en dam kom ut genom dörren och föreslog att de skulle stiga på.

– Förlåt, sa Sivert, men jobbar Mads idag?

– Mads, hade hon undrat?

– Ja, Mads Ullman?

– Nej, hade hon sagt. Mads är ledig denna vecka, men han skall vara här på måndag. Kan jag hälsa honom något, hade hon undrat?

– Ja, hälsa honom från Sivert och Anton, vi hälsade på hos Mads på Lidingö för en vecka sedan. Tacka för senast!

– Ja, det skall jag göra. Ni vill inte stiga på då, undrade hon och log?

– Får bli en annan gång, vi har en del andra saker vi måste uträtta. Men tack för inviten.

Dom hade vinkat åt henne då de travade åter mot motellet och de såg att hon stod och tittade efter dem en lång stund.

– Ja sa Sigurd. Vad gav oss nu detta?

– Ingenting, är jag rädd. Men, vi fick klart för oss var hans pengar som rinner in till honom kommer ifrån. Skulle vara intressant att veta om Ullman varit hemma på Lidingö…

– Jag har satt Tessan och Jonna att kolla Mads. Vi får höra med våra små turturduvor då vi kommer hem igen, Sivert.

– Men bra idé!

– Jag vet, vem tar du mig för?

21

Anton Franke hade önskat att han hade haft ett par solglasögon med sig han också, precis som Berith Karlsson hade. Solen var kanske inte direkt störande där de satt under palmerna, men hans ögon kanske avslöjade om det var sant eller falsk det han berättade. Själv kunde han inte se Beriths ögon, vilket var ett aber. Det handlar ju om ögonblickets psykologi. Ett ögonblick varar ungefär tre sekunder och är en kort stund av medvetenhet, men där mycket hinner falla på plats under dessa tre sekunder, eller ett ögonblick.

Undrar om hon satte på sig solglasögonen av klar insikt och känsla, tänkte han? Nåväl, i så fall vet jag hur pass vaken hon är men troligen bara en tillfällighet, funderade han vidare.

Han smuttade lite på sin Cava och stirrade in i hennes svarta glasögon utan att se mer än sin spegelbild.

– Du hade något att berätta för mig, sa hon och tittade på honom, eller vad han trodde hon gjorde i varje fall.

– Ja, sa han det är ju därför vi sitter här.

– Ja, prata på medan jag orkar lyssna, sa hon.

Anton satt nu och räknade till tio innan han tänkte be någon förpassa sig till andra och betydligt varmare breddgrader. Han var verkligen tvungen att lägga band på sig själv. Undrar hur hon kommer reagera när jag berättat, tänkte han och log inombords.

– Jo, det är så här att jag har fått uppdraget att kontakta dig för att meddela att din svägerska, Gertrude Katarina Karlsson – Sörensen, är död.

En tystnad uppstod, en tillkämpad tystnad skulle Anton kunna säga som beskrivning, om någon nu undrade.

Anton väntade. Berith tog några smuttar Cava efter varandra och tände en ny cigarett innan hon svarade.

– Död, sa hon och tog av sig solglasögonen?

– Ja, sa Anton!

– Men, vad har jag med det att göra?

– På sätt och vis, ingenting.

– Så du menar att du har åkt ner hit till Palma bara för att berätta att min före detta mans syster är död?

– Ja, så förhåller det sig.

– Men…

– Ja, hennes man affärsidkaren Jens B. Sörensen, hade ju omkommit tidigare i en drunkningsolycka så hon var ensamstående.

– Affärsidkare, jo pyttsan! Sålde en massa pornografi, det är vad han gjorde. Han och någon annan dansk vill jag minnas. Men, affärsidkare… ja, ja, fint ska det låta.

– Men jag förstår fortfarande inte varför jag blir iblandad. Jag har ju inget med den släkten att göra?

– Vi befarar att hon blev mördad!

113

– Mördad?

– Ja, de är vad det tyder på.

– Har ni någon misstänkt, någon ledtråd?

– Vi har just börjat med utredningen om mord och än så länge vänder vi på varje sten.

– Är jag misstänkt för något, undrade hon så med uppspärrade ögon i en teatralisk mimik.

– Nej, men du kan ju berätta för alla eventualiteters skull var du befann dig den 15 – 16 augusti i år?

– Men herregud, hur ska jag minnas det hade du tänkt dig? Jag kan inte dra mig till minnes det. De enda jag kan säga är att jag inte varit utanför denna ö på 12 år. Går kanske att kolla med passkontrollen eller hur ni nu gör.

– Jag har förstått att det var många år sedan du lämnade Sverige, är det korrekt uppfattat?

– Ja!

– Så när din före detta man, Bo Göran Karlsson, omkom vid tsunamin i Thailand, befann du dig här i Palma de Mallorca?

– Absolut!

– Du träffar inte din son heller?

– Nej, det gör jag inte. Han är visst idag någon knarkare eller vad man säger. Han är också ett avslutat kapitel liksom hela Sverige.

– Inte för att det angår mig sa Anton, men jobbar du här eller vad har du för typ av försörjning, inkomst?

– Jag har en mindre pension och sedan brukar jag sälja olika saker på marknader, spå i tarot och sånt.

– Du täljer alltså inte guld med pennkniv då, med andra ord?

– Knappast. Man får vara glad ändå. Kunde gärna vara bättre.

114

– Jo, jag känner igen de där.

– Jag blir ofta bjuden på lite Cava av någon gentleman. Precis som nu. När vi ändå pratar pengar, vem får ärva min svägerska om hon inte har någon familj?

– Ja, eftersom hon hade en bror, vilken är avliden, går arvet vidare till hennes brors son, det vill säga Stefan Claes Göran Karlsson.

– Så du menar att min son får ärva allt efter hans faster?

– Exakt så är de. Men nu benämnde du honom som din son? Och för mindre än två minuter sedan var han ett avslutat kapitel eftersom han också var knarkare.

– Jamen, han är ju ändå min son, det är jag som fött honom.

– När såg du honom senast då?

– Tror det var då han fyllde fem år och jag tog flyget till Barcelona och sedan hit till Palma.

– Jag träffade honom för bara någon dag sedan, sa Anton som för att vrida om kniven i såret. Han försörjdes av sin faster mer eller mindre vilket han var tacksam för. Hon tyckte synd om honom nämligen. Nu får han ärva rubbet efter henne och det är inte lite det, spädde Anton på som för att även hälla lite salt i samma sår, på den hemska människan.

– Men sa hon, det kan inte vara rätt att han skulle ärva allt. Jag är ju i alla fall hans mor och gift med hennes bror.

– Ja som sagt, jag skulle bara informera dig om att din svägerska har avlidit, det var mitt uppdrag vilket jag härmed anser genomfört, eller vad tycker du?

– Jag vet ju inte vad du hade för uppdrag, men jag tycker det är åt helvete att alla pengar går i arv till hennes brorsson, eller om jag säger, min son utan att jag får ärva.

– Jo, så kan man ju tycka. Men om du betänker att du avsade alla band med Sverige, inkluderat din make och din son, så är det på detta viset lotten faller idag. Olika falla ödets lotter.

Eftersom du och din man var skilda, ärver du ingenting efter honom. Därmed står Gertrudes brorsson som ende arvtagare. Det finns, eller fanns, även betydande tillgångar i de företag Gertrudes man Jens hade tillsammans med sin kompanjon. Där har vi inte helt klart för oss hur det ser ut och detta är idag, överlämnat åt vår speciella eko-rotel. Så ligger det till. Nu måste jag fara vidare till flyget för hemfärd. Ha det bra och sköt om dig. Ska jag hälsa Stefan så gott, eller?

– Jag ska säga dig som det är sa hon, medan hon reste sig. Du kan fara åt helvete!

Anton ryckte på axlarna och slog ut med händerna. Något som i så fall är ömsesidigt tänkte han, men det sa han naturligtvis inte. Sådant språkbruk använder sig inte en svensk polis av, även om man heter Anton Franke.

116

22

Vid frukostbuffén på Hotell Mercur, satt Sivert och Frida liksom Sigurd och blivande fru Svanstrand, sambon Britta.

Det var av naturliga skäl lite spänt på en del håll kanske, men Sivert och Frida plockade ihop en skaplig frukost åt sig. I alla fall var det Sivert som fyllde en assiett till brädden med alla de frukostliga förnödenheter han hittade. Det fanns ingen gräns. Men Sivert var lite av en livsnjutare som gillade vin, kvinnor och sång. Nåja, det där sista var nog lite överdrivet. Skulle kunna byta ut sången mot mat.

Men vilken juste service de var. Kallskänken fyllde på i buffén hela tiden, en servitör kom med kaffe och te i kannor. Och nypressad juice utan fruktkött, fanns i buffén.

– Man vet ju inte när det blir mat nästa gång, förklarade Sivert sin omfångsrika assiett, med.

– Hade ni någon tid vid Rådhuset, undrade Frida?

– Klockan 11:30 brakar det löst och är klart klockan 11:33 sa Sigurd och log. Det har Sivert berättat.

– Stämmer sa Sivert och Frida nickade instämmande.

– Vi hann inte riktigt med, innan de var över.

– Det tar tio minuter minst, att gå härifrån till Rådhuset. Då stannade vi vid en blomsteraffär för att köpte rosor... sa Frida.

– Nu blev jag verkligen nervös, sa Britta. Är det ingen som har lite dricka så man kan "prema"?

– Sigurd kände igen detta med att "prema" men hade såklart glömt. Innan han fråga sin blivande fru, kom Frida med frågan... prema, vad då prema?

– Ja "prema" det är sjukhusslang för premedicinera. Det är ett medel i flytande form vi ger en patient innan den skall sövas inför en operation för att inte vara orolig. Har en lugnande inverkan. Något av vad jag skulle behöva nu, känns det som. De är mest en rolig pryl, mer snack än verkstad, som vi kör med på knoget. Parallellt med en Bacardi och Novalecola med kanylbullar. Har vi firmafest på knoget, så har vi. Där är det ingen som spottar i glaset, fattas bara.

– Men älskade sa Sigurd, detta kommer vara över innan du hinner tacka ja. När vigselförrättaren frågar om du vill taga denna man, Pierre Sigurd Svanstrand Östergötlands son, bördig från den fagra Mjölby socken, till din äkta man och älska honom i nöd och lust samt föra dig till lyckans land? Lugnt!

– De där sista, Britta, "att föra dig till lyckans land", frågar man inte om, sa Frida. Det tar det danska gemytet för självklart.

– Är vi klara, frågade Sigurd efter frukostbuffén?

– Konstigt nog, så föll de andra in i ett unisont, "jajamensan fattas bara"!

– Sigurd log med hela ansiktet, vilket inte är så vanligt.

Vad tjusigt det lät tänkte han, så han frågade igen. Äro ni klara?

Serveringspersonalen såg lite konfunderade ut då gästerna hade upprepat med trestämmig klang, "jajamensan, fattas bara"! De hade skakat på sina danska huvuden och tänkte antagligen, "ja se dessa skåningar."

– Medan damerna går för att pudra näsan, så hinner Sivert och jag ventilera en del inför så att säga lyckta dörrar, sa Sigurd och log så där ovanligt igen. Vi ansluter naturligtvis så snart vi hinner.

Både Britta och Frida tittade på sina respektive och undrade troligen om de trots allt saknades en del bestick i lådan, för helt normala kunde deras gubbar ändå inte vara, funderade Frida medan de gick mot hissarna.

– Jo, sa Sigge när de blivit ensamma. Jag har tecknat ner några frågetecken som vi borde få undanröjda.

– Så du har inte kunnat lägga jobbet åt sidan, undrade Sivert?

– Det är antagligen därför jag är kriminalkommissarie. Jag har betalt för att vara anträffbar dygnet runt.

– Jag har avhållit mig ifrån den tjänsten trots att jag blivit erbjuden titeln av rikspolischefen, sa Sivert. Jag har så bra lön ändå, och titeln kan jag klara mig utan.

– Okej, Sivert. Konstigt folk har det alltid funnits sa kriminalkommissarien och log. Britta tycker det blir lite väl mycket av de goda ibland. Jag förstår därför vad du menar.

– Vad hade du för frågetecken?

– Först, vill jag ju veta om Anton drog iväg till Palma och vad som hände där. Träffade han den han hade för avsikt att träffa? Låt oss hoppas på det. I så fall har vi undanröjt en av alla punkter vi haft på agendan. Sedan är det ju även intressant vad Tessan och Jonna på SPAN har att rapportera ifrån sina kikare på Lidingö med okularet inställt på Mads.

Om de nu inte haft kikarna för mycket inställda på varandra, förstås. Äh, jag skojar bara Sivert. Jag är ingen homofob eller med någon fördom på det viset.

– Har du mer i bagaget?

– Ja, jag menar att förutom dörrknackningen på Stationsvägen, kanske vi skulle höra både hon den där undersköterskan, Ella Pineda Ortega och Ediz Nesrin som ju lämnat olika förklaringar till sitt boende och så måste vi ju bara snacka med Pinnen, igen. Tror han har en räv bakom örat. Slug som fan och beräknande. Men, det kan ju vara det bekanta skenet som bedrar min tankegång. Man ska ju inte döma hunden efter håren, men det är svårt att låta bli, helt klart.

– En annan sak är ju också att det råkar vara tre personer ifrån Chile, inblandade på olika vis. En händelse även den som ser ut som en tanke. Är det slumpens skördar eller att man befunnit sig på fel plats vid fel tidpunkt bara?

– Vi skulle nog kunna klå det där gamla tankeläsarparet Truxa, Sivert. Jag har nämligen exakt samma tankar som dig. För många Chilenare på samma plats, men naturligtvis är det bara en ren tillfällighet.

– Sedan kan det ju bli följdfrågor, Sigge.

– Följdfrågor?

Och där tog liknelsen med Truxa tvärstopp.

– Allt är avhängigt vad Anton har att rapportera, menar jag. Och inte minst av vad förhören med trappfolket på Stationsvägen ger.

120

– Jo, vi kan ta bort ett frågetecken, men så får vi fyra, fem stycken nya istället.

– Ska vi dra oss upp för att klä ut oss, sa Sigurd? Jag har ju en blivande hustru däruppe på rummet som tror jag rymt.

– Ja, att du åberopat en ångervecka och flytt från högtiden, den som Britta längtat efter.

Man hade spånat lite medan man gick med flera blandade intryck, samma väg mot hissarna som Britta och Frida tidigare hade gjort. Nu hade klockan plötsligt hastat iväg med blixtens brådska. Klockorna stod inte stilla i Danmark heller.

De hade tagit den rakaste vägen till Rådhusplatsen, uppför det långa trappstegen upp till den till synes så enormt stora porten. Men nu var det ju en mindre port i porten, om man säger. Över borggården, om jag får skriva så och in i nästa port som bar uppåt i det väldiga Rådhuset.

– Det känns som vi gått här tidigare, sa Frida och log åt sin make Sivert. De kom till en expedition där de skulle anmäla sig och man kontrollerade deras medhavda handlingar och personbevis. Men eftersom pandemin satte en del käppar i hjulet, nekades först Sivert och Frida att få följa med in i väntrummet. Men när tjänstemännen förstod att det var svenskar och bröllopsvittnen, fick de fri lejd in tillsammans med sina goda vänner tu, men som strax skola bli, ett.

– Det känns som en repris, sa Frida och lutade sig mot Sivert.

– En favorit i repris, i så fall svarade han.

Det kom att bli samma ceremoni nu som då och ett kortare tal hölls av någon dignitet på rådhuset. Allt på danska naturligtvis. Sedan, då han talat färdigt, uppstod den där löpande band principen. Ett par ropades upp.

121

– Jag känner igen dörren, sa Sivert!

– Och, undrade Sigurd?

Paret som hade ropats upp, fick vänta vid dörren hos en vaktmästare. Så öppnades dörren och de försvann in. Nästa par ropades upp och gick till den mindre dörren för att vänta hos vaktmästaren.

Nu fick de klart för sig själva tågordningen. Det var tjugo par som skulle avverkas under den timma dagens vigselförrättning skulle ske, det var ju lördag.

– Det blir väl ett par var tredje minut, viskade Sigurd? Ja, om jag nu inte var borta den dagen då vi hade multiplikations-matte i Mjölby folkskola.

Plötsligt ropades Sigurd och Britta upp och det lilla sällskap-et på fyra personer hade travat iväg fram till vaktmästaren.

Tre minuter senare, klev Britta ut tillsammans med sin käresta, genom någon slags bakdörr som de kändes. Då som fru Svan-strand... Britta Elvira Svanstrand, född Gustavsson.

Sigurd gick steget efter och log stolt som en fasantupp. Fatta-des bara plymen.

När de åter stod på Rådhusplatsen kändes det aningen snopet tyckte Frida. Men, det var väl så det var även för oss, men vi mottogs ju här ute i ett regn av risgryn och med brandbilar samt massor av nyfikna Köpenhamnsbor. Men, en skillnad såklart mot kommunalkontoret eller Skatteskrapan på Söder-malm förstås. Då blir det här såklart mer minnesrikt.

Sigurd kunde inte lämna de fall de försökte utreda med Ger-trude på Stationsvägen hemma i Stuvsta.

– Jag tänkte, sa han vänd mot Sivert, den första dörren öpp-nades inåt men då vi lämnade det ceremoniella så gjorde vi det genom en dörr som öppnades utåt. Jag undrar varför det var så? Har vi något att lära av detta scenario i fallet med Gertrudes dörr som öppnades inåt i lägenheten? Möjligen av utrymmesskäl.

– Ja, skulle dörren gått utåt, skulle den nog stänga av gångtrafiken i trapphuset. Endast "pinnen" skulle kunna ta sig förbi. Huset kanske var någon form av budgetbygge. Tänk bara på den lilla runda hissen. Tre fullvuxna konstaplar var en för mycket. Men här hade man väl knappast utrymmesbrist i det stora rådhuset?

Det enda syfte här, var väl att där vi gick in, gick också dörren in. Och när vi bevittnat att ni lovat varandra… ja du minns kanske, och vi skulle gå, gick dörren utåt. Kanske någon slags symbolik.

– En annan symbolik eller påföljd… vad jag ska jag säga, är att det naturligtvis blir bröllopsmiddag.

– Låter trevligt Sigurd! Riktigt trevligt. Har du någon speciell korvkiosk på gång?

– Korvkiosk vet jag inte riktigt om det är. Men jag har ju naturligtvis fixat den lilla detaljen. Klockan 18:00 är det beställt bord för fyra. Igång-gångs dricka på Champagne, blir det alltså på Restaurang Noma… den lär bara ha två Michelinstjärnor. Lite futtigt kanske, men vad gör man?

– Det öppnar ändå upp för en liten rød pølse om vi hittar den lille pølsevogne. Finns säkert på Strøget, världens längsta gågata, sägs det.

– Kan du gissa vad det kommer serveras, du som har en speciell magkänsla vad gäller gastronomi, Sivert?

23

Som ställföreträdare för gruppen då deras chef kommissarie
Svanstrand var i Danmark, höll Anton i ett mindre möte me-
dan Sigurd och Sivert spontanjobbade på Ströget i Köpen-
hamn, var det sagt.

Mötet hade lockat en handfull utredare som kände att plikten
kallade och man skulle genomgå dagens spaningsläge på An-
tons tjänsterum. Hans lilla krypin räckte bra, fler var man inte.

De vanliga kaffemuggarna var som ett nedärvt signum från
tidigare konstaplars dagliga rutin och Anton mönstrade den
lilla skaran av brottsutredare med det nedärvda i hand.

– Shoot! sa Jonna, som tyckte det drog ut på tiden.

Jonna var inte någon förespråkare av möten. Hon önskade
drag under, eller i galoscherna. Att sitta på möten och bränna
lyse var ett gissel, en plåga. Bättre att vara på fältet där hon
kände sig mer hemma och där hon gjorde större nytta. Möten
var att nöta byxbaken blank medan rövarna, då menade hon
folket i marginalen, kunde härja i godan ro.

De kunde följa sina egna lagar, med krut, stickvapen och droger där inflationen är liten, men omsättningen är hög.

– Ja, du får gärna börja, sa han och nickade åt Jonna.

En vanlig företeelse vid möten. Den som yppar, ifrågasätter, undrar, etc. etc. får sedan oftast ta över ordet, som ett slags straff. Det har alltid varit så och verkar vara så fortfarande som ett slags "botemedel".

– Som ni vet, började hon och såg sig runt bland sina kollegor som för att söka ögonkontakt, så har Tessan och jag har suttit ute på Lidingö för att hålla kollen på den här Ullman. Mads Ullman ni vet? Han som tippade sin kamrat och kompanjon Jens, i det våta elementet vid deras försök att meta abborre i sjön Orlången, förtydligade hon.

– Yes, sa Anton. Jag och Sivert har träffat farbror Mads. En dansk med gott om klöver vilket hans fashionabla villa skvallrar en del om. Har han haft något spännande för sig nu då?

– Ja det är mer än vad jag vet i så fall.

– Och i klarspråk betyder det?

– I klarspråk betyder det att vi inte sett röken av honom, förklarade Jonna.

– En granne till Ullman vi stötte på, berättade för oss att Mads befann sig i Köpenhamn, hängde Tessan på. Kommer enligt honom åter i mitten på nästa vecka.

– Alltså, sa Jonna. Finns det något mer frustrerande än att glo på en barre där de inte händer ett skit? Men du kan ge dig fan på att de gör det så fort man bara vänder sig om. Man vet ju aldrig *när* det händer eller *om* det händer, det man hoppas *skall* hända.

– Är väl i såfall när ingen har fyllt på kaffe i er kaffeautomat!

Tessan log brett när hon slängt iväg den kängan. Men varför ska vi nu hålla kollen på honom, undrade hon samtidigt?

– Om han nu inte kommer åter ifrån Köpenhamn förrän nästa vecka, då behöver ni inte sitta där ute. Varför vi har ett öga på denne Ullman har ju att göra med fallet vi har på Stationsvägen i Stuvsta. Där hans tidigare kompanjon Jens B Sörensen bodde och där vi nu utreder hans hustrus plötsliga frånfälle på samma adress. Ullman & Sörensen hade visst något avtal inom företaget med varandra som handlade om vem som skulle ärva företaget om någon av dem drog upp årorna och lämnade jordelivet. Ullman var ju ungkarl medan Sörensen hade ju sin Gertrude. De båda äkta makarna hade ett äktenskapsförord. Det innebär som ni vet att om Gertrude skulle kila runt det så kallade hörnet en vacker dag, så skulle Jens vara den som skulle ärva henne och tvärt om. De hade ju inga barn, däremot hade ju Gertrude en bror som sin närmaste arvinge.

Jens hade inga arvtagande rötter i Danmark på de viset.

Han hade haft en hustru då han bodde i Danmark, men hon var nu avliden sedan drygt 25 år. Mads föräldrar hade flyttat till Italien då de blev pensionärer, men båda två är nu avlidna. Så Mads har inga kvarvarande band eller barn som skulle sukta efter någon arvslott. Vad Jens och Mads inbördes avtal handlade om, vet vi ännu inte. Personligen tror jag att Mads håller hårt om denna handling. Men det är något vi har satt eko-roteln på. Mer än så, vet inte jag idag. Nu tror jag fler med dig Tessan, blev lite uppdaterade. Allt sådant här är lite knepigt och vi vill inte väcka den björn som eventuellt sover, då kanske någon får för sig att städa och så försvinner detta, kanske så kompromentterande avtal plötsligt.

– Det här var ju jättebra att få kännedom om. Känns mer meningsfullt då att lägga span på farbror Ullman, Anton.

– Men vad bra att du tycker så. Ni har säkert ritat ner en rapport värd namnet så Sigge har något att läsa när han kommer åter på måndag.

– Vad gör Bill & Bull i Köpenhamn då, undrade Janne. Är det något hemligt kanske?

– Nej jag har inte fått munkavle för vad de gör i Köpenhamn, så det är inte särskilt hemligt. Sigge och hans narkossköterska Britta, är där för att gifta sig i Köpenhamns Rådhus. Vår egen inspektör, Sivert Fredriksson och hans fru Frida, är med som bröllopsvittnen. Ja, så allt går rätt till, liksom.

– Aha, men vad kul, utbrast uppsluppet Tessan!

– Dom gängar sig borgerligt, uttryckte sig Jonna. Kunde dom ju gjort i Stadshuset här hemma.

– Kan vi fortsätta, undrade Anton?

– Absolut, boss!

– Vad har ni fått ihop om grannarna då? Om vi tar den där undersköterskan på Karolinska, hon från Chile. En som heter, Ortega nånting... vad säger Gunvor Larsson? Du var väl där med Janne om jag inte missat allt?

– Ja, sa Gugge. Det stämmer. Vi hade Ella Pineda Ortega som är sambo med Ediz Nesrin, han som studerar teknik och byggnad på distans dessa tider i coronans tecken. Sedan hade vi ett snack med René Pinné, kallad "pinnen" som bor våningen under. Vi håller fortfarande på att skriva ut vår avhandling plus en bandupptagning vi har.

Bandupptagningen gjorde vi med en vanlig dold mobiltelefon så ljudet är därefter. Gör sig bäst i utskrivet format.

– Och den där brorssonen då, han med sina drogproblem, har ni snackat med honom också?

– Nej, vi har inte hunnit de ännu. Det finns bara 24 timmar på dygnet, Anton. Det flesta av dessa timmar har vi dock använt oss av. Men vi ska ta ett snack med honom också helt klart. Vi har bara fått reda på att han tydligen har ett par polare som kan berätta för oss vad de gjorde den där aktuella dagen till in på småtimmarna, för de var tydligen tillsammans då alla tre. När vi ändå håller på, har vi beslutat att även lyssna med henne ifrån Finland, Rantanen eller vad hon heter. Hon bor ju närmast, dörrmässigt, med Gertrude så hon kanske drar sig till minnes något vi vill veta? Har hon kanske sett eller hört något utöver de hon sagt tidigare, vi får se.

– Okej! Då kan jag bara som hastigast berätta att Emma Winston ännu inte funnit orsaken till varför Gertrude Katarina Karlsson – Sörensen avslutade sina dagar på det sätt hon fick hjälp till att göra.

– Har hon tacklat av, undrade Jonna? Det lär ju ska vara en vass dam har jag hört.

Gugge som var ny i gruppen hade hört precis detsamma.

– Jonna menade att hon kanske traskade i den där Jack the rippers fotspår.

– Vem, undrade Gugge? Mest på skoj naturligtvis.

– Jack the Ripper var en seriemördare som mellan augusti och november 1888 nattetid, mördade fem kvinnor varav fyra var hemlösa i East End, London. Med de menar jag inte att Emma är en seriemördare, bara som the Ripper.

– Löste man dessa mord, undrade hon?

– Nej, man gjorde ju inte det, sa Jonna. Polisen löste aldrig officiellt, de fem fallen. Och här finns ett mörkertal. Antalet offer som Jack the Ripper mördade, är ännu okänt. Det lär vara på gång med vem mördaren var, långt över hundra år senare genom ett dna. Dagens dna-analyser kan med nästan hundra procents säkerhet binda den polskfödda frisören Aaron Kosminski till morden i Whitechapel i östra London år 1888. Inte så dåligt pinkat tycker jag.

– Hur vet du det här, undrade Anton, tydligt imponerad?

– Jag är polis och jobbar vid span. Gäller att hänga med.

– Om jag nu får fortsätta, sa Anton, så berättade Emma för mig i morse att hon lämnat en sista omgång prov till NFC i Linköping. Hon har nu sina aningar, men vill gärna invänta provsvaren innan hon meddelar oss den troliga men än så länge, preliminära dödsorsaken.

Hade inte omständigheterna varit av sådan art att det talade för att döden inte hade inträtt på ett naturligt vis för den avlidne, hade fallet varit avskrivet för nån vecka sedan. Det var deras tankar idag och de man jobbade efter, avslutade Anton deras möte.

24

– Ströget trodde jag skulle vara till brädden fyllt av köpenhamnare och turister, sa Sivert med en aning besvikelse i rösten. Pandemin har satt sina spår även här, troligen.

– Det ser onekligen aningen öde ut för att vara den kända gågatan, menade Frida. Jag har ju varit här tidigare, så det är med lite spänning jag ser fram mot denna gågata igen.

– Vi borde väl ändå hitta ett matställe med smörrebröd till lunch, uttryckte Sigurd. Eller vad säger fru Svanstrand?

– Fru Svanstrand håller med. Det vore faktiskt trevligt. Det är ju deras lilla inmutade nisch och vrå i världen som danskarna har, men som varit utanför mitt revir för att provsmaka. Men Sivert du har säkert provat, liksom du gjort med det mesta i matväg har jag hört min käre make berättat om. Måste dock poängtera att det inte syns, trots att det borde göra de som den finsmakare och gourmé du är, säger samme berättare.

– Nej, jag har faktiskt inte ätit det danska smörrebrödet. Ska bli spännande. Vi kommer säkert finna något utskänkningsställe på Ströget med smörrebröd på menyn och en Tuborg.

– Det är som du sa, världens längsta gågata. Då lär vi nog hitta både smörrebröd och annat intressant. Lättare att hitta nu då det är ganska glest på gågatan av spatserande besökare, sa Frida.

– Låtom oss hoppas!

– Jag såg på en karta över Ströget att gatan går mellan Rådhusplatsen i väst och Kungens Nya Torg i öst. Det skulle innebära i så fall en nätt promenad på drygt en kilometer, grymtade Sigurd. Damerna kommer säkert hitta butiker som kanske intresserar dem. Jag såg att utefter gatan så ligger bland andra både, H&M, Gucci, Chanel, Zara med flera butikskedjor. Sa jag Hermés?

– Då lär vi absolut hitta både den lille korvkiosken och även ett matintag som serverar smörrebröd. Låter som lyckan är med oss som den gode huldran.

– Jo, jag kollade såklart kartan innan vi drog iväg vad som finns här på Ströget och hur gammal företeelsen är.

– Jaha, magistern. Kan vi få en föredragning?

– Nej, nu ska vi inte vara sånna Sivert, sa hans Frida. Det kan ju vara intressant att veta lite om denna gågata.

– Ja bara helt kort, sa Sigurd. Tyst i klassen! På 1960-talet blev den en gågata för att slippa en massa bilar i Köpenhamns centrum. Smågatorna och torgen slogs ihop och blev denna långa gågata. Den kom att bli en av världens första i sitt slag. Gatan är en modell som nu ofta efterliknas på andra platser. Har vi tur kommer vi säkert se en del gatuartister.

– Det stämmer Sigurd, sa Sivert plötsligt entusiastiskt. När Frida och jag var här, så såg vi flera fantastiska gatuartister. Vi trodde till en början det var statyer, det såg ut så.

– Ja, fyllde Frida på. De där artisterna, eller snarare gycklarna, jag vet inte om det kallas så, men artister kan man verkligen kalla dem för. De rör sig efter ett exakt upprepande mönster hela tiden. Som om det var sådana där mekaniska leksaker som rör sig ryckigt efter kugghjul och annat. Helt fantastiskt, vi blev stående länge och såg på deras *One Man Show*. Dom är oftast sminkade helt i silver eller vitt. Uppifrån och ner har de samma färg. Hår, ansikte, händer, kläder, allt! De ser ut som en staty, men rör sig som sagt ryckigt som drivna av kugghjul, vilket såklart är meningen för en perfekt illusion. Först tror man det är någon docka, men man förstår sedan att det trots allt, är en människa, en artist, bakom den bleka fasaden. Vi har sett en liknande gycklare i köpcentret i Skärholmen för några år sedan. Det är en konstart, absolut och helt klart. Men jag vet inte vad den kallas. Gycklare, möjligen!

– Halt! sa Sigurd.

Hans tankar kom genast att tänka på furiren och gruppchefen Will Knott från femtioelfte spaningsdivisionen vid andra världskriget. Det är nu bekante, huvudpersonen i romanen, *I månens klara sken*. Ständigt denne Will Knott, hans alter ego.

– Halt! Här föreslår jag vi furnerar, slår upp våra tält och hoppas att trossen inte är långt efter med vår kokvagn så vi kan få gotta oss i ett smörrebröd.

– Kan det vara värmen månntro, sa Britta och kände på sin makes panna? Nej, verkar vara 36,4 helt normalt för en krigare av Sigurds kaliber.

– Har du varit i vitshusboden undrade Sigurd och kysste sin hustru sedan någon timma tillbaka, mitt på munnen, mitt på blanka dagen, mitt på Ströget, mitt ibland folk och fä.

– Gäller inte två meters armbåges lucka här, undrade Sivert?
Sigurd ägnade ett ögonkast åt Sivert. Han log sådär underfundigt igen medan de embarkerade krogen Røde & Hvide och de blev genast anvisade ett bord vid fönstret ut mot Ströget.
De fick var sin meny att titta i. Sigurd hade redan hittat något han ville ha. Det var inte särskilt svårt trots utbudet.
– Titta på nummer 22, *Stjerneskud* föreslog han.

Han läste en gång till för att övertyga sig själv ytterligare… smörrebrödet *Stjärnfall* består av franskbröd, sallad, tomatskivor, stekt panerad rödspättafilé, pocherat ägg samt räkor och kaviar.
– Låter som taget Sigurd, men jäkligt dyrt.
– Passa på, passa på, sa han. Det är ju jag som står för notan det är inte var dag. Jag sålde några aktier i Ullman & Sörensen innan vi for, så helgen är redan i hamn.

Både Britta och Frida tyckte det var en bra idé och förslag så de nickade godkänt åt valet av smörebröd.
– Blir det bra om jag beställer fyra *Stjärnfall*, fyra Tuborg och två sexor Ahlborg Jubileum?
– Låter som en god idé, sa Britta som åter gluttat i vitshusboden. Vi avstår den där Ahlborgen, Sigurd. Frida och jag har planerat en liten runda bland butikerna efter lunchen och då vill vi inte vara runda under fötterna.
– Bra, sa Sigurd. Detta kände jag på mig…
– Sigurd… om man kollar på deras utbud vidare, bland smörebröden och hur dessa är uppbyggda finner jag en stor liknelse med en "macka special" sa Sivert.
– Macka special?
– Ja! Det var Gösta Linderholm som totade ihop receptet.

133

– Det var Sveriges Jazzband som sjöng låten om "Brittas Restaurang" log fru Svanstrand. Den har man nog fått höra.

– Jamen, liknelsen då med ett smörebröd, undrade Sigurd?

– Bäste bror. Titta i menyn vad ett smörebröd kan innehålla. Vanligtvis består grunden i ett smörrebröd av en skiva grovt och kompakt fullkornsbröd med en kombination av pålägg som kan varieras i det oändliga där endast fantasin sätter stopp. Definitionen är att brödet bär upp pålägget som är det som dominerar till skillnad mot en vanlig smörgås där pålägget normalt är två tiondelar i förhållandet till brödet. En del är som en middag och så populära att de har ett eget namn. Kolla här på menyn, nummer 20. Den heter så poetiskt som *Sol over Gudhjem* på rågbröd, rökt makrill, gräslök eller rödlök samt en rå äggula. Äggulan skall väl vara solen då vad jag förstår.

– Och din macka special är?

– Den är gjord på rågkaka, två skivor stekt falukorv samt ett stekt ägg toppad med rostad lök, tomat och gurka. Det finns en del små avvikande varianter, men i stort sett så förhåller det sig på detta vis. Det är då jag undrade, vad är det för skillnad på den svenska mackan special och ett danskt smörrebröd?

– Skillnaden är väl resan över vattnet, i så fall sa Sigurd.

– Du menar Öresund?

– Exakt!

– Härligt, nu kommer våra smörebröd, sa Frida som var den som hade hade uppsikt åt köket.

25

Långt ifrån Ströget satt de närmast sörjande, Jonna och Tessan, Janne och Gugge samt Anton Franke.

– Kul att ha er under mina, vingars beskydd - *Psaltaren 91*, sa han. Jag kan berätta att jag nyss hade Sigge på mobilen som berättade att de kommer hem i morgon förmiddag. Han frågade såklart hur det gick. Tja sa jag! Vi kör så det ryker, men det blir inte ens blårök. Sigge hade bara skrattat och sagt, samma som här då.

– Undrar vad han menade med det, sa Jonna och log?

– Okej! Ordning och reda, pengar på måndag. Hur gick det med förhöret av "pinnen"? Ni filade väl på en rapport, vill jag minnas...

– Ja, sa Gugge. Vi har väl filat färdigt så här långt men det kan bli ett återbesök för det verkar som han har en dubbelbottnad koffert, om du fattar?

– Jag fattar, Gugge. Vad har ni fått fram?

– Jo han, för det första, hade fått vetskap om hur Gertrude brukade barrikadera sig innanför sin dörr för att hon kände sig otrygg. Kände som om någon ville åt henne. Denna känsla hade infunnit sig efter sin framlidne makes begravning då han drunknat i sjön Orlången. Då, kom hennes olust krypande.

– Finns det här nedtecknat i protokollet, eller är det en spontanrapport?

– Det finns nedtecknat, men jag tar det bara rakt av utan att läsa innantill, känns bättre så. Men ni kan läsa er till vad vi sa och frågade honom om och vad han svarat på våra frågor i vanlig ordning.

– Bra, sa Anton. Och mer då?

– Jo han berättade och bekräftade, att han flera gånger varit uppe hos Gertrude som han såg som en attraktiv kvinna. De hade samtalat om precis allt och hon hade bjudit på whisky. En Grant's Scotch Whiskey som är en blandad whisky av William Grant & Sons. Han hade sagt att "inte skulle väl hon bjuda honom på en så fin whisky"? Men hon hade svarat, "denna dryck har jag gott om så väl bekomme om de smakar".

Ja, hon hade tagit ett par stadiga själv också, hade "pinnen" sagt. Hon hade berättat att denna whisky var hennes makes livselixir. Hon hade en hel garderob full av denna spritdryck. Hon använde den själv i medicinskt syfte, de lugnade hennes nerver hade hon sagt, fortsatte han att berätta.

– En garderob full med wirre, sa Jonna och såg lysten ut. Jag menar, en hel garderob?

– Vad hade "pinnen" för bakgrund då? Möjligen har vi fått det berättat för oss tidigare, men nu när han är så att säga på tapeten, kan det kanske vara på sin plats att uppdatera oss om ni har lyssnat med honom om detta.

– Jo, vi frågade lite löst, sa Gugge, medan Janne nickade.

136

Vi tog det liksom från scratch. Han heter Renné Pinné född 1941 med fader från Berlin i Tyskland och moder från det franska staden Rouen i Normandie. Ligger i den nordvästra delen av Frankrike, ni vet. Han är 82 år men väldigt vital för sin ålder. För övrigt är han välutbildad inom läkarvetenskapen. Men ska jag verkligen dra hans CV, det känns bara som glassigt och är ju bara vad han påstår.

– Ni har alltså inte checkat hans uppgifter?

– Nej, vi kände det inte som de var nödvändigt. Vad skulle hans studerande ha med utredningen att göra?

– Ja se det vet man inte innan vi har facit. Ibland måste man vända på varenda sten. Ni kan göra lite stickprovskontroller så får vi se om han är fågel eller fisk. Vad har ni kommit fram till, vilket antagligen står i protokollet, men kör gärna en sammanfattning om inte annat, Gugge.

– Okej, jag läser ur mina anteckningar. "Gick ut gymnasiet i början av -60 talet där han läste lite blandad kompott, kan man säga av närmast akademiska ämnen. Han läste Naturvetenskap till humanitära och statsvetenskap samt fysionomi och kunde välja att bli läkare. Han gick Norra Real på Roslagsgatan fem och ett halvt år med studier för att bli, just läkare. Sedan blev det studier på universitetsnivå för att skaffa sig specialistutbildning som läkare där han sedan blev överläkare i diabetologi. Han gick alltså en utbildning inom endokrinologi och diabetologi inom grenspecialiteten internmedicin vid Uppsala Akademiska sjukhus innan det blev Karolinska Universitetssjukhuset i Huddinge.

– När man hör detta, har man ju svårt att tro att denne smale pinne med hans utbildning, har något med vår utredning att göra. Känns ganska lätt att sortera bort denne man. Men jag undrar ju bara hur han har hunnit med, sa Anton?

Övriga i Antons tjänsterum hade nickat samförstånd. Är inte denne man överkvalificerad som läkare, visserligen numera pensionerad, men då det begav sig?

– Med den utbildningen, sa Tessan, hade han säkert bra betalt. Men man kan ju undra varför han bodde i en hyresrätt i Stuvsta? Varför bodde han inte på Östermalm eller Lidingö?

– Han kanske har sina randiga skäl och rutiga orsaker, menade Anton igen. I Stuvsta bor han onekligen ute i ingenmansland där ingen frågar vem han är för ingen skulle förstå svaret.

– Sedan, sa Gugge, var vi och förhörde Ella Pineda Ortega som är 29 år och ifrån Chile. Ska vi köra den delen också, när vi hämtat lite kaffe, Anton?

– Här sitter jag och glömmer bort väsentligheter. Shame on me!

Korridorsnacket flödade frejdigt som vanligt.

– Färsigt att Sigge har gängat sig, sa Jonna medan hon knappade in en cappuccino. Man märker en viss skillnad sedan han träffade den där bruden, fortsatte hon. Häftigt!

– Men att dom åkte enda ner till Köpenhamn, har jag svårt att fatta, menade Tessan.

– Dom jobbar samtidigt, förklarade Anton. Dom kollar upp om Ullman fortfarande driver sitt nöjesetablissemang på Istedgade där han och hans kollega Jens Sörensen drev sexklubbar en gång, i branschen med strip och unga galanta damer.

– Aha, nytta me' nöje!

– Exakt så Jonna! Sigurd och Sivert spontanjobbar.

Man strövade sakta tillbaka till Antons rum för att fortsätta.

Eller var de kanske för att de skulle avsluta?

– Då kör vi igen... var va vi, sa Anton? Som ville fortsätta.

– Jo vi skulle nu snacka lite om en av offrets grannar som bor på samma våningsplan, Ella Pineda Ortega från Chile. Men innan vi förhörde henne kollade vi upp henne en aning. Först och främst födelsetid. Vi fann att hon var född 92-01-07 vilket skulle bli, 29 år. Precis som vi tidigare har snackat om. Ingen har kollat med legg eller så, men det stämde. Sedan kom vi till snacket om att hon varit bosatt och jobbat åt Ullman & Sörensen på deras klubb på Istedgade i början på -80 talet. Men det är helt otänkbart om hon är född 1992. Frågor på det?

Alla log och skakade på huvudena. Inga frågor.

– Däremot fann vi en Ella Pineda Ortega som bott i Köpenhamn under denna tid och var ifrån Iquique, en stad i norra Chile.

– Du menar alltså, två stycken med samma namn och båda ifrån Chile?

– Egentligen förhåller det sig såhär, sa Gugge. Det är mor och dotter. Dottern är född här i Stockholm. Hennes mor fick en hyresrätt i Stuvsta genom sin tidigare arbetsgivare Ullman och blev granne med Jens B Sörensen. Idag är det dottern som bor i denna lägenhet då det påstås att hennes mor inte längre finns ibland oss och är sambo med Ediz Nesrin, han som studerar.

– Detta börjar bli aningen rörigt, sa Tessan.

– Håller fullkomligt med. Hennes morsa jobbade alltså på en sexklubb i Köpenhamn där hon antagligen blev på trycket, analyserade Jonna. Skulle vara intressant att veta vem som är fadern. Och för att klara hennes lilla belägenhet med denna exklusiva lilla detalj, flyttade hon upp till Stockholm och Stuvsta genom arbetsgivarnas försorg och vetskap. Huga, detta växer i mina så blå oskyldiga ögon. Det såg troligen lite illa ut att jobba på klubben med en bulle i ugnen, fortsatte hon genom att lägga ihop ett och ett.

– Säga vad man vill, men duktig på aritmetik, är Jonna också... sa Anton. Ett dna skulle kanske sätta punkt. Men, Sörensen har ju passerat bäst före datum liksom hans nyligen avlidna hustru, så det blir svårt med ett dna. Men Ullmans dna! Något för Viktor och Wilbur att jobba på. Jag ska tala med dem hur vi ska fortsätta. Jag vet inte vad tekniken kan idag i den vägen. Nu kan det börja handla om arv och den biten och varför vårt offer kvitterat det jordiska så hastigt.

– Har ni tänkt på en sak, sa Janne. Så fort den så kallade katten är borta, dansar alla råttorna på bordet. Med det menar jag att det nu har hänt en massa plötsligt, sedan chefen och Sivert drog till Köpenhamn. Dom sitter nog på Ströget nu med sina smörrebröd och Tuborg samt såklart, en sexa Ahlborg. De är väl inte helt tappade bakom en vagn? Eller hur tror ni det kan vara? Medan vi sitter här och drar i alla kasperdockans trådar.

– Ni hade även hört den där studerande killen också, eller?

– Stämmer, Anton.

– Han, Ediz Nesrin, är sambo eller inneboende hos Ella Ortega, den där sjuksköterskan. Han är också ifrån Chile som vi tidigare talat om och han pluggar på en ingenjörsexamen genom gymnasiet, nu på distans i de här pandemitiderna. Han är alltså hemma om dagarna och är väl den som vistats mest inne hos Gertrude. Han berättade om detta utan krusiduller på något vis. De hade haft en viss närkontakt eftersom hon var attraktiv, berättade han. Det hade hänt fler än en gång, trots deras stora åldersskillnad. Han föredrog mogna kvinnor hade han berättat, ja före alla fjortisar menade han. Hon hade då berättat om sitt liv, om sin oro för att någon ska ta sig in i hennes lägenhet. Hon har berättat hur hon förskansar sig i lägenheten genom att trava upp en massa saker innanför dörren. Han har fixat hennes tv och installationen av en boxer, bland annat. I sovrummet har han varit – där har vi hans fingrar så det stämmer – för att fixa en persienn. Samma sorts fel på persiennerna i vardagsrummet. Möjligen blev de skadade då de byttes fönster i huset, därför de nog miste sin funktion, trodde Ediz.

– Oj, omtumlande måste man säga. En unghingst i örtagården, menade Jonna. Hon kanske var svältfödd sedan tidigare då Jens hade fullt upp med sina damer på klubben. Kanske Jens som är farsa till Ella Pineda Ortega, vet vi de? Om det förhåller sig så, blir det väl en helt annan än Stefan Claes Göran Karlsson, som blir arvtagare. Men hur ska man kunna bevisa det? Vi skulle behöva ett dna från Jens B. Sörensen. Sedan kan man ju undra över antalet kunder… som kan vara aktuella.

– Vi får lägga de till handlingarna så länge sa Anton. Blir ett gediget rådslag med Sigge när han finns att nå på hemmaplan. Vad säger Stefan Karlsson då, för ni har säkert haft ett bra förhör med honom också. Har han något alibi?

– Anton, jag är ganska bergis, ja även Janne såklart, på att han har ett skapligt alibi för den aktuella tiden.

– Men så bra i så fall. Det blir ju i bästa fall en vi kan radera ur vårt spaningsregister. Det räcker så bra som det är. Hur låter alibit då, så vi kan få sälla oss till ert antagande?

– Jo, den aktuella dagen och kvällen befann han sig på något som heter Trädgårdstorp i Tullinge. Det är ett före detta torp som hembygdsgillet rustat upp där man samlas för dans och musik av festligt slag.

– Och det finns såklart de som kan bekräfta att Stefan har setts där under dag och kvällstid?

– Ja, han var där, berättade han, med Bärsan Engström och Blomman Alsterhage, en kvinnlig bekant. Bärsan är en polare inom byggsvängen, som är murare. Blomman är en dekoratör från Flempan, det vill säga Flemingsberg. Hon jobbar på en byrå vid Hötorget, men har arbetsområde över hela innerstaden. Annars brukar hon måla tavlor i akryl med en kubistisk stil åt det abstrakta, men ändå med en modernistisk konstriktning. Hon har provat på att snorta en lina cox, men övergått till rödtjut. Nu är det mera rosé som hon sippar. Hon har kommit ur den djupa skiten och är väldigt sansad idag. Hon är som vem som helst. Hon ser inte ett dugg nedgången ut.

– Och Bärsan?

– Med Bärsan är det så att han också kommit ifrån de tunga prylarna och går idag mest på bira. Han sa att det är en jävla last de också. Tungt att släpa omkring på en kasse me' bärs! Ja ja, den blir lättare vartefter, men ändå.

– Och de två ger alltså Stefan alibi för gällande tidpunkt, menar ni?

– Tvärsäkert, Anton. Tvärsäkert!

– I så fall är vi klara för idag och inväntar chefen i morgon.

26

Sällskapet bjöds på var sin Amuse-bouche innan den förrätt Sigurd hade beställt ifrån hemmaplan innan de reste ner, serverades. Nu fick de var sitt snapsglas med en sexa rökt jordärtskockssoppa med citrontimjan för att köket ville visa vad man förmår av matkonst. Denna Amuse-bouche var en typ av mindre aptitretare och priset var säkert inbakat i det övriga, så det där med att "bjuda" tog Sigurd lätt på. Det som serverades som förrätt, bar syn för sägen. Det kom inte som någon överraskning för Sigurd när han såg vad som presenterades på assietten framför honom. Däremot, de andra i sällskapet, såg aningen överraskade ut. Ingen av dem hade ätit gravad oxfilé tidigare, ja inte Sigurd heller, men han hade lockats av det han trodde skulle vara en tiopoängare.

– Är det till att ha spenderbyxorna på, undrade Sivert och såg mycket nöjd ut?

Där låg lövtunt skurna skivor av en enbärs och cognacsgravad oxfilé med getostcrème. Ingen i sällskapet hade varit i närheten därav tidigare. Sigurd hade som kronan på verket blidkat sin gamle kollega, numera en pensionerad och passionerad vinproducent med eget varumärke, för att knorra till det på aftonens tillställning lite extra. Det portugisiska vinet, från Tejo-regionen, är en blandning av druvorna Aragonez, Castelão och Cabernet Sauvignon och enligt den gamle kollegan själv *"en gåva till livet"*. Ja, vad kan han väl annat säga om sitt eget rödvin, han är ju en levande reklamapparat. Men icke för ty, Sigurd hade provat detta vin då det kom ut och fastnade direkt. "Ett okomplicerat och vänligt vin som med sin karaktär kan få maten att smaka ännu bättre". Ja så sa han, vår välkände kriminologiprofessor och författare, när han berättade om sitt rödvin. Måste testas, hade han såklart tänkt som den kriminalkommissarie och kollega Sigurd Svanstrand ändå var. Han skred genast till handling och beställde hem ett par av det röda till Urvädersgränd. Nu, halvåret efter, satt han med samma sorts vin vid hans och Brittas bröllopsmiddag på Ströget i Köpenhamn med sina goda vänner.

– Makalöst, sa Sivert lite vitsigt. Vilket presentabelt upplägg, sa han och menade då av de duktiga kockar köket förfogade över på denna krog. Jag äter anrättningen med ögon. Njutbart och något sagolikt elegant. Övertygad om att det smakar som det ser ut. Gastronomins högsta nivå rent visuellt. Jag förstår att de har två Michelinstjärnor. Man blir liksom euforisk.

– Ska vi kanske nöja oss där, Sivert. Låtom oss väl smaka och hoppas få njuta i den poesi du talar, sa Sigurd och log med hela ansiktet.

Som i andakt, hängav de sig åt detta så kulinariska skådespel. Man nickade åt varandra i samtycke.

– Det stämmer, sa Britta.

Det smakar exakt så som Sivert nyss så målande beskrev. Någon har sagt det före mig. Men jag instämmer att det absolut måste bli tolv poäng av det tio möjliga.

Nickandet fortsatte...

– Då har vi ändå bara kommit till förrätten, gott folk sa Sivert!

– Varför gör inte du sådant här hemma, Frida tittade frågande på sin man medan alla skrattade? Det är ju sanslöst gott.

– Ja, varför gör jag inte det, sa Sivert på hennes fråga? Varför gör jag inte de, sa han igen? Svaret kanske ni nyss har sett på tallriken framför er. Det är inte samma sak som att man steker lite falukorv, och kokar lite broccoli, om man säger och ni förstår hur jag menar.

– Blir det en trestegsraket, Sigurd?

– Det lutar åt det hållet, sa han och log. Jag har suttit på kammaren och grunnat må ni tro. Men det kommer bli samma sorts vin rakt av. Man ska inte blanda har jag hört. Nu får vi säkert in huvudrätten vilken sekund som helst, berättade dagens brudgum.

– Har dom klockor som går snabbare än de vi bär omkring på, undrade Britta? Knappt hade Sigurd sagt ”vilken sekund som helst” så kom en servitör in med den fortsatta lukulliska utsvävningen i form av tillbehör i skålar och såssnipor. Jag kan bara fantisera om detta, som även är en överraskning för mig. Han har icke yppat något om det här.

– Du har ju jobbat så mycket kvällar och nätter så jag har haft tid att kolla upp en del ätbart.

Servitören ställde tillbehören på bordet och serverade med fyra varma tallrikar och nickade lätt.

– Mine bedste gæster, sa han som var hovmästare och bugade,

när han kom fram till deras bord igen.

Han kom med en serveringsvagn där en större cloche tronade med något spännande under. Clochen dolde en helstekt ryggbiff. Inte utan det gick ett sus bland de fyra. Med van hand trancherade han skickligt köttbiten medan Sivert dräglade redan uppifrån ögonen. I en blink hade han serverat bordet fyra mörkrosa ryggbiffar och hade upprepat sig igen med "mine bedste gæster" och bugade servilt medan han drog sig tillbaka och lämnade dem med sin nästa himmelska utmaning.

– Jag kan bara hålla med föregående talare, sa Sigurd och gjorde en gest över de fyra tallrikarna med tillbehör som hade serverats dem, mine kære venner, og kyss fru Svanstrand, sa han och höjde sitt glas för att skåla.

Stämningen var redan, för svenska mått, relativt uppsluppen. Ändå var man bara vid varmrätten på menyn. Och den där trestegsraketen hade ju ett steg kvar att avfyra i glam och yster yra. Man känner sig faktiskt lite delaktig i deras fest. Hovmästaren kom in för att fylla på glasen igen åt de bedste gæster.

– Vad skådar mitt norra öga, sa Sivert som den Älvsjö bo och Stockholmare han ändå var, sedan farfars fars tid i huvudstaden.

– Berätta gärna för oss ignoranter vad det är vi ser och som vi skall undfägnas, bad Frida?

– Det jag har beställt är, det ser ut som så i alla fall på våra varma tallrikar, är en på deras kolgrill, helgrillad ryggbiff med en mustig rödvinssås, rostad potatis liksom rostade rödbetor. Som tillbehör är det, smörslungade vitlöks champinjoner. Jag hoppas detta nu kommer vara ätbart.

146

– Mina goa vänner, min älskade hustru, sa han lite devot, skål!

– Jag är övertygad, sa fru Svanstrand... nej, jag kan inte förklara nu sa hon medan hon torkade glädjetårarna.

– Åter en upplevelse att njuta av rent visibelt. Det är inte lätt att berätta, förklara, visualisera vad vi har framför oss, sa Sivert men jag är lika övertygad som Britta var inne på, att detta blir ytterligare en himmelsk resa som kommer att hålla oss kvar i lyckans land. Jag är hänförd, Sigurd. Du är en mästare i att regissera. Vem fan var Ingmar Bergman?

Under extraordinära ordalydelser där man gör soprent på alla de superlativer man för stunden kommer på, lyckades alla med konstycket att göra plats även för detta.

– Jo, sa Britta igen och blinkade bort ytterligare en tår som var på väg. Vad jag tidigare ville säga, var att jag älskar dig också min lilla konstapel. Du har fört mig till lyckans land.

– Du står ändå bara på farstubron, sa Frida och blinkade bort en tår hon också. För mig är det här en fin repris för mig.

– Frida, om du talar om en repris, blir även vår efterrätt en repris.

– Jaha, har jag ätit detta tidigare menar du?

– Njäe, de tror jag inte, men jag vet naturligtvis inte. Hur som helst har inte Sivert skvallrat om detta om det skulle varit så. Men jag tror du kanske sett efterrätten på tv.

– Men, nu blir jag lite yr. Förklara Sigurd, förklara för en liten virrhöna som mig?

– Mousses aux framboises et au chocolat, crème et sorbet aux framboises, som det säkert stod i deras meny på Nobelfesten år 2019.

– Nu var ju franska inte mitt bästa ämne i skolan, sa Frida. Men hur översätts detta då, så snålvattnet får chansen att börja porla kring de kvarvarande oxeltänderna som klamrande biter sig fast?

– Det blir väl fritt översatt till, "chokladmousse med hallonkräm och hallonsorbet". Men, jag är inte så säker på att det är den rätta översättningen. Men, detta är vad jag beställt.

Två servitörer kom in med fyra skålar av något som inte ögat kunde föreställa sig eller förvänta sig. Trodde inte man kunde uppleva en sådan komposition där mat ingick. Det var så fantastiskt att det nästan gjorde ont.

– Man vill inte äta av de för då förstör man bilden, spädde Frida på. Kanske har någon ändå öppnat Pärleporten, för det här kan inte vara möjligt, sa Sivert.

Sigurd satt och sög åt sig allt beröm han fick om hans val av meny för deras bröllopsmiddag. Det var ett kvitto han fick på ett lyckat drag, värt varenda krona.

– Nästa kalas blir väl vid något dop när storken har landat, sa Sivert. Men menyn blir säkert därefter. Har vi något att se fram emot i den vägen månne?

Tänkte att storken kanske kommer att landa på Bromma Airport samtidigt som kärran från Ängelholm, Umeå, Växjö, eller Göteborg vad vet jag, vad vet vi?

– När inte min man håller tacktalet för denna exklusiva måltid, utan pratar persilja, får jag väl framföra vår talan och stora tack. Ni har med denna helg låtit oss bli guidade i vår egen vigsel för några år sedan och som kronan på verkat av ett par fantastiska vänner som helt klart får en guldstjärna nere i högra hörnet efter den drömlika färden till en änglamark som

148

jag inte trodde fanns men som Sigurd hittade i Everts fotspår och till tonerna från hans luta. Tack!

Helgen rann undan fort, som alltid när man har trevligt. På söndag morgon, med gårdagskvällen i nära minne av olika art och i stark åminnelse, checkade man in på Kopenhagen Airport för ett litet skutt hem till Arlanda. De såg att SK 1420 till Stockholm Arlanda nu stod på den stora elektroniska tavlan och man kunde nu checka in och bege sig till gate 8.

Inte långt efter alla dessa mått och steg med säkerhetskontroller och bordingcard, satt de nu i deras Airbus A319 på väg hem och mot en ny dag, dagen därpå. Allt som varit så rosenrött och avspänt, låg fortfarande kvar som ett rosa skimmer på näthinnan.

Men, ännu var det inte dags för att återgå för den grå vardagen . Det var söndag och denna dag tänkte man helga som den vilodag det var. Behovet var stort.

27

Det var ett evigt sorlande i korridoren utanför sammanträdes-
rum 22K plan 10. Det var fullspikat och lapp på luckan, om
det varit någon av de gamla folkparkerna eller matinébiogra-
ferna från förr. Nu väntade man in Sigurd och Sivert.

När Sigurd och hans vapendragare väl kom, utbröt ett rygg-
dunkande och grattande på hög nivå. Man hade skaffat en
större modell av gräddtårta för att fira lite. Kaffe hämtades i
vanlig tågordning efter devisen, först till kvarn får först mala.

– Tack alla, hemskt mycket tack! Tur att inte fru Svanstrand är
med, då hade hon fått torka tårar igen för all er vänlighet. Det
är med värme jag skall framföra detta till hustrun när jag
kommer hem ikväll. Tack igen, men nu jobbar vi.

– Ja sa Sivert, både jag och Sigurd har ju läst igenom era pro-
tokoll under tiden vi var nere i Köpenhamn. Ni har fått en del
pusselbitar att trilla på plats helt klart, vilket vi noterat. Bra! Vi
ska försöka bena ut en sak i taget. Jag tänkte bara som hastig-
ast, eftersom ni förhoppningsvis har läst de PM vi skrivit då vi
spontanjobbade lite när vi ändå var i Köpenhamn.

Vi hittade till slut en av de sexklubbar på Isdegade som Mads Ullman och hans kompanjon, Jens B Sörensen drev på denna lite undangömda och obskyra gata i Köpenhamn. Ett stenkast ifrån Hovedbanegården. Vi, av en ren händelse faktiskt, träffade en av värdinnorna på Ullmans klubb.

Det gick ett sus genom församlingen och lite menande blickar och muntra miner. Jo, jo som av en händelse...

– Alltså, återupptog Sivert nu med en lite allvarligare min, så råkade vi alltså av en händelse, träffa en av värdinnorna på den enda klubb Ullman nu till synes drev, i syndens näste. Vi hade stått utanför klubben och tittat på affischer, då hon, den troliga värdinnan på klubben, kom ut för att bjuda in oss. Vi hade som motfråga undrat om Mads jobbade idag?

– Nej han är ledig och kommer i mitten av nästa vecka.

Hennes svar kom utan betänketid och lät därför väldigt äkta, inget hon försökte skarva ihop.

– Visst, sa Sigurd, vi fann det lika märkligt som ni nu gör om ni läst det PM som Jonna och Tessan skrev efter sitt bevakande av Mads Ullman på Lidingö, för att se om han befann sig på hemmaplan och i så fall hur han använde sig av dagen. Men som ni vet, som läst deras PM, hade en granne berättat att han inte var hemma utan befann sig i Köpenhamn. Han skulle komma hem i mitten av nästa vecka. Ni märkte skillnaden. Två divergerande uppgifter om samme person. Då undrar man, *var* befann han sig? Det gör i alla fall Sigge och jag.

– Men, jag tycker nog inte det är så konstigt. Klubbvärdinnan sa att "han är ledig och kommer i mitten av nästa vecka" medan grannen berättade att "han inte var hemma utan var i Köpenhamn." Jag menar bara sa Anton, han kanske var i Köpenhamn, värdinnan sa ju inget om att han var "hemma i Lidingö". Han kanske har en bostad även i Köpenhamn, vilket jag mycket väl kan tänka mig. Herregud, han måste väl få röra sig som han vill. Har vi sökt hans bostad i Köpenhamn?

– Nej, det har vad jag vet, inte skett. Det har inte heller varit relevant. Kanske får vi ett uppdrag av Krister då han i sin tur fått besked från eko-roteln. Och då kan det handla om var Ullman är skriven, i Danmark eller i Sverige? I förlängningen kanske detta med Ullman, hamnar på danskarnas bord. Det kan ju vara skönt för oss om vi kan avföra honom och hans eventuella inblandning i Gertrudes plötsliga hädanfärd.

– Får en annan lämna en synpunkt som Sigurd och jag talade om under helgen i Köpenhamn?

– De får du, sa Anton.

– Bra, jo det intressanta är, som du var inne på Anton, "han kanske har en bostad även i Köpenhamn" var något som stod på vår agenda också. Det var därför vi tyckte det var intressant att han inte befann sig på klubben och inte heller i sin bostad på Lidingö. När vi sedan läste det PM som Gugge och Janne skrev efter sitt samtal med Ella Pineda Ortega, kom detta förhör att bli intressant. Sigurd nämnde något om att lämna över denna efterforskning till den danske Politi.

– Jaha! sa Anton. Ni tror att tant Ella Pineda Ortega har en liten lya i Danmark och då troligen i Köpenhamn?

– Exakt, vad vi tror Anton. Det var vårt enkla adderande som kom fram till detta antagande när vi var där över och hade läst Gugges och Jannes pm om förhöret av lilla fröken Ella Pineda Ortega. Hon hade ju talat, om än i aningen diffusa ordalag, att hennes gamla mamma var jordad. När hon var liten fick hon höra när hon undrade var hennes mor var, att hon hade gått bort! Hon hade då trott att hennes mor var död. Det tror hon än idag, men är osäker. Om man läser Gugges rader från deras förhörsprotokoll lite noga, får man samma känsla.

– Betyder, sa Anton med en suck, att vi får vänta igen på vad andra skall hjälpa oss med när dessa har tid och lust?

– Så negativt kan vi ju förstås också uttrycka oss, men jag tror nog de kollar upp våra önskemål på snabbast möjliga vis. Jag har talat med dem om att det liksom brådskar, sa Sigurd. De lovade att kolla redan idag och det tycker jag låter lovande.

– Okej, jag lägger mig platt inför de, sa Anton.

Anton har en väldigt utvecklad mimik och utnyttjade sin talang med att imitera "vågen". Genast blev det lite gladare miner på mötet. Anton var ett energiknippe och idéspruta med en mångfald av infallsvinklar och kreativitet som Sigurd värderade högt i gruppen.

– Om vi fortsätter genomgången så har vi även "pinnen" som dragit sitt strå till stacken, om jag får säga så, för att klargöra vad som hänt i trapphuset den aktuella tiden. Han verkar ju något excentrisk. Men egenheten ligger ju nära geniets genialitet, därför inte så konstigt således. Vi har ju sett hans enorma CV redan vid unga år. Ibland är ju världen liten om vi ser på den studerande ynglingen en trappa ovanför "pinnen". Han är ju diabetiker vilket ju var "pinnens" specialvetenskap i läkarskrået. Lite underligt att det var "pinnen" som fann drygt en och en halv meter tvättlina på sitt våningsplan vid hissen som han tog reda på för att slänga nere vid miljöstationen. Men efter att ha legat på hans hatthylla och han läste i tidningen om en tvättlina i samband med Gertrudes frånfälle kom han tänka

153

på den stump han hade liggandes på hatthyllan. Vem tänker på att titta på hatthyllan om man går ut när man inte använder huvudbonad och inte äger någon hatt? Därför, hade den blivit liggande några dagar. Men nu befinner den sig hos NFC för att söka dna och andra spår, samt om det är samma tvättlina som saknas i torkställningen hos vårt offer. Jag har frågat Wilbur vad han ansåg då han fick se linstumpen om han trodde det var den som saknades? Han sa direkt att "jag sätter en hundring på att det är exakt denna bit vi saknar".

– Har inte grabbarna Karlsson snackat om att göra en rekonstruktion i offrets lägenhet med tankar på vad man använt tvättlinan till, undrade Anton? Jag har snackat lite löst med Viktor om just detta.

– Ja det stämmer, sa Sivert. Grabbarna vill göra en rekonstruktion med deras teori för att se om den håller.

– Sigurd tog åter upp sin tråd om att det hade varit lampor tända i lägenheten i flera rum. Bland annat i köket, vardagsrummet, sovrummet, badrummet samt hallen, där en av det tre lamporna i takkronan, var trasig. Jag skulle därmed vilja påstå att det inträffade hade skett efter mörkrets inbrott. Hon hade ju haft ett nattlinne på sig, därför är denna slutsats inte särskilt svår att dra att det var sent på kvällen som hon halkade på badrumsgolvet och slogs medvetslös. Nu är det ju ännu den ljusare årstiden varför jag tippar på att det hänt mellan 21:00 och 23:00 mellan tummen och pekfingret. Det stämmer för övrigt ganska bra med vad Emma Winston sagt och även Tryggve Ekholm, våra rättsläkare menat. Det hade ju inte funnits någon liklukt i lägenheten då vi kom.

– Står det i något protokoll, undrade Janne?

154

– Jag vet mig inte ha sett Ekholms protokoll någonstans från den första besiktningen av kroppen, sa Tessan.

– Nej, det stämmer, sa Sivert. Protokollet därifrån har hamnat lite fel tyvärr vilket är beklagligt och har bromsat oss en del i vårt sökande. De finns nu att tillgå. Där talar man om att döden kan ha inträffat så pass sent som klockan 23:00 - 23:30 för hon hade ganska stor kroppstemperatur fortfarande då vi fann henne på badrumsgolvet. Fortfarande famlar man på rättsläkarstationen ute i Solna om dödsorsaken. Hon hade inga substanser av läkemedel i magen, om man bortser ifrån en så hög promillehalt att hon skulle bli av med körkortet om hon hade fått blåsa. Kanske är det de, som gjorde att hon snubblade på klinkergolvet och tuppade av då hon slog huvudet i.

Emma har konstaterat för övrigt att det är just whisky det handlar om.

– Ni vet att det fanns gott om denna vara i hennes lägenhet. Det är från hennes man Jens, tid i livet. Det är som sagt var en garderob fullastad med denna virre. Det är över 200 buteljer på 1,5 liter Grant's Tripple Wood från Skottland. Bara detta lilla lager är väl värt sjutti papp, sa Anton och log vindögd. Oj, 300 liter Grants! Kanske därför det inte var någon liklukt?

Han satte genast upp båda händerna för att hejda sina kollegers omedelbara reaktion. Som en gest att be om ursäkt för det han slängde ur sig. Inget märkvärdigt i sig, det var ju lite av den polisiära jargongen.

– Jag bara tänkte högt, sa han och log. Sorry om någon tog illa upp.

Ingen hade reagerat, det var som sagt lite av det vardagliga snacket och en del av yrkesspråket.

– Någon som hört den där rullstolsbundna som heter… Eva Rantanen, undrade Sivert vidare?

– Vi har bara kollat hennes knölpåk, sa Wilbur. Ja den käpp hon brukar använda sig av, men som påminner om en knölpåk, snygg å fin. Här har Emma sitt trubbiga föremål!

– Utveckla gärna för oss ovise?

– Så gärna. Eva Rantanen som bor till vänster om vårt offer, är ju rullstolsbunden till synes. Hon har en käpp att stödja sig på som är tillverkad av en gren från en ek. Den är knotig, fernissad och ganska tung, men väldigt snygg. Vi lånade den för att kolla eventuella spår, men den var ny putsad och polerad med en möbelpolish och luktade därefter. Mer rengjord än så kunde den inte vara. En möbelpolityr både rengör och polerar upp ytan, så där kammade vi helt klart noll. Hon hade inte ens frågat vad vi skulle låna hennes käpp för. Kan det varit den käppen man använt som knölpåk för att klubba vårt offer, nu till synes fläckfri och oskyldig som ett offerlamm?

– Motiv?

– Ja, det enda jag kan tänka mig, att få tyst på grannens radiospelande på full volym, Men det är ju inte mycket att komma med som mordmotiv. Nä, jag har ingen aning värt namnet.

– Är Rantanen med sin knölpåk och rullstol trovärdig gärningsperson anser du, avslutade Sigurd?

28

– Nej, jag tror ju inte det. Hon är kanske just den minst misstänkte som gärningsperson, men just därför så kanske hon är den som drar det kortaste strået i slutpläderingen, som det brukar vara i deckarromaner. Den skyldige är, brevbäraren. Så lär det väl vara i engelska tv-serier?

– Ja, rent statistiskt, så pekar det på henne med knölpåken, men i sakförhållandet då? På vilket sätt och på vilket vis, dog vårt offer, undrade Jonna?

– Under dagen ska jag träffa Emma Winston ute på rättsläkarstationen. Inte utan jag är ganska spänd på vad hon har att berätta, sa Sigurd.

– Även vi andra dödliga, undrar också sa Anton. Vi kanske skulle ta och genomföra rekonstruktionen grabbarna Karlsson snackade om tidigare. Finns väl lite vi måste bygga upp i vår studio kan jag tänka mig. Sivert kommer säkert ringa vår rekvisitör för att plocka fram den rekvisita vi behöver.

– Eftersom jag var där på Stationsvägen vid den aktuella tidpunkten, så tror jag mig veta vad vi i första hand ska beställa.

Om jag säger ytterdörr med brevinkast av standardtyp, en hoprullad gångmatta ca 1,20 gånger 6 meter samt 5 meter vit tvättlina i plast av normal standard, så låter väl det ganska okej? Eller är det någon som vill lägga till något?

– Ja, sa Wilbur. En av de viktigaste detaljerna förutom dörren och tvättlinan. Stolen!

– Naturligtvis. Kan vi nöja oss med en vanlig pinnstol?

– Absolut, sa Wilbur. En vanlig pinnstol blir hur bra som helst, det är ju i slutänden själva funktionen vi vill testa.

– När vill ni ha det här överstökat då?

– Ja så fort vi får och du kan boka en tid i studion. Men jag tror gubben i studion vill ha lite tid för att plocka ihop våra önskemål. Dörrar i alla dess funktioner och utseenden, har vi väl en uppsjö av i förrådet, om jag inte minns fel. Ja, stolar och mattor med för den delen. Men det ska till studion också.

– Har gubben en Studebaker Starliner, en 53'a? undrade Anton intresserat på tal om ingenting?

– Gubben, sa Sivert lite frågande? Allt är som det där relativa du vet, som han sa en gång, farbror Albert. Han med den berömda formeln om relativitetsteorin. Vår rekvisitör du talar om som gubben, är hela 51 år Anton. Benämningen "gubben" kan därmed inlemmas i den relativa formeln. Fyra år yngre än dig, tror jag.

– Okej, det kan jag ta. Men vad då, relativitetsteorin?

– Kan det räcka med en allmän relativitetsteori? Den speciella delen tar er kunskapsnivå till en professors kunskap.

– Räcker bra med den allmänna i så fall, sa Anton och gjorde tummen upp. Sigurd sa ingenting, men känner man honom rätt skulle den speciella varianten passa honom bättre.

– Okej!

– Shoot old man, sa Anton och flinade. Shoot!

– Skyll er själva, sa Sivert och startade föredragningen med hjälp av sin laptop. Alltså, den allmänna relativitetsteorin publicerades av Einstein år 1915. Den använder matematik från differentialgeometrin och tensorbegrepp för att beskriva gravitation.

Lagar för allmän relativitetsteori gäller för alla observatörer även om de accelererar inbördes. Allmän relativitetsteori är en geometrisk teori som postulerar att närvaron av massa och energi "kröker" rummet, och denna krökning påverkar fria partiklars banor (och även ljusets bana) som en effekt vi tolkar likt en gravitationskraft. Teorin kan användas för att skapa modeller av universums evolution och är därmed ett avgörande verktyg för kosmologin. Detta kan beskrivas med en känd ekvation som jag dock inte tänker gå in på här. Två händelser som en observatör anser är samtidiga, uppfattas som icke samtidiga av en observatör i rörelse i förhållande till den första observatören. Teorin tar inte hänsyn till gravitationseffekter.

Därför Anton, är din benämning "gubben" på vår medarbetare och kollega, relativ. Om vi tänker oss till en egen ålder i vilken vi befinner oss.

– Jag fattar precis sa Anton och harklade sig. Jag är äldre än vad vår rekvisitör är. Det var bara från scratch mitt vanliga snackande som blev en gammal leghorn höna av hennes fjäderdräkt. Låt oss gå vidare, Sivert.

– Då kan vi snegla på motivet, vad är motivet? Någon?

– Motivet måste ju vara stålar.

Tessan hade färgats lite av Jonnas jargong. Det verkar ju finnas en uppsjö av slantar.

Samtliga i sammanträdesrummet satt som nickedockor och vippade medhållande på sina skallar.

– Okej, men om vi istället siktar in oss på gärningspersonen då? Kan det finnas någon utanför den ring vi dragit runt dem vi förhört, någon som vi missat? Jag menar, hantverkare, postbud, störningsjouren eller liknande, undrade Sivert vidare?

– En fråga Sivert, som kan vara något jag missat i vanlig ordning. Det gäller Stefan Karlsson, han som är drogberoende och brorson till offret. Är han, eller har varit medveten om att han skulle bli den ende arvtagaren om hans faster skulle dö?

– På den frågan har vi inget svar.

– När Gugge och jag förhörde honom på Maria, verkade han inte ha någon vetskap om hans eventuella arv om hans faster skulle tacka för sig. Så vi har inte den känslan att han skulle vara särskilt medveten om att det skulle finnas några miljoner i potten om fastern skulle suckat färdigt, sa Janne.

– Stämmer med min tanke, sa Sivert. För hans del kommer det nog som en skänk från ovan. Han har ju även alibi för tidpunkten då han var med sina vänner Bärsan och Blomman vid Trädgårdstorp i Tullinge med någon 2,8 pilsner och lyssnade på musik.

– Vad är Trädgårdstorp för något, undrade Jonna?

– Ja, vad ska man säga? En slags festplats i hembygdsanda. Det var ett gammalt dagsverkstorp under Tullinge gård för länge sedan. Man har på senare tid byggt ut torpet med en loge. Logen är det ursprungliga godsmagasinet som fanns vid Tullinge gamla järnvägsstation och flyttades till Trädgårdstorp när man byggde en ny station. Logen är festsalen med plats för musik och dans och som samlingslokal för hembygdsgillet.

– Kan ju verka lite underligt om Stefan och hans polare drog till det där torpet och hembygdsföreningen. Det rimmar illa.

– Man kan ju tycka så, men det är vad Bärsan och Blomman berättat var de uppehöll sig tillsammans med Stefan. Det kanske var ett band som spelade den kvällen som de tre gillade. Inget konstigt i det i så fall, eller?

– Exakt, sa Jonna. Vad vet vi? Det skulle betyda att vi i vår jakt kan blunda för Stefan genom hans alibi, har jag tolkat det rätt då?

– Mer rätt kan du inte ha, Jonna sa Sivert och log. Vi följer lagen, har han alibi för den aktuella tidpunkten, så har han.

– Kanske vi skulle kolla vilket band det var som lirade den kvällen för alla eventualiteters skull och fråga Bärsan om bandet, ja Blomman med i så fall?

– Jo det finns ju bra och dåliga alibin. En del kan synas vattentäta men efter ett tag anar man hur det sipprar lite falskt sladder mellan fingrarna.

Sammanfattningsvis. Vi kollar Stefans alibi en gång till. Frågor vi bör ställa oss är naturligtvis att kolla vad det var för band som spelade denna afton på Trädgårdstorp. Sedan stämmer vi av detta med de tre själarna. Klart som de beryktade korvspadet men de behöver jag ju egentligen inte dra här, detta begriper ni ju. Men kan vi få någon ur hembygdsföreningen att minnas någon av dessa tre ifrån kvällen, anser jag vi är i mål. Självklart tycker ni, men min erfarenhet säger att det är så lätt att missa detaljer ty jag har ju varit med några år, så därför mitt självklara snack. Vi gör så och min magkänsla säger mig att

161

Stefans alibi håller, de tre musketörerna var på Trädgårdstorp den ödesdigra kvällen.

– Bra Sivert. Men, var inte det tre musketörerna, fyra? Man kan faktiskt hamna i en invand lunk som Sivert sa och då missar man det där man inte får missa, hängde Anton på. Kanske dom drog till Trädgårdstorp för att det var någon eller några, i bandet de kände som lirade denna kväll och gillar den typen av musik. Kan vi hitta någon gemensam nämnare där, är det mycket vunnet och Sivert, du kan pusta ut. Det kommer bli lika glasklart som en sexa Kron. Jag ska kolla det där med bandet, för jag har lite kontakter i den branschen. Okej?

– Kanon Anton. Du tar den biten, andra kollar med Hembygdsgillet i Tullinge. Är vi klara för nu?

Alla runt bordet hade nickat.

– Då avrundar vi här och hoppas Sigurd har med sig något positivt från rättsläkaren Winston på Solna rättsläkarstation.

Alla nickade igen och reste sig för utgång...

29

– Hej Emma! Annars är det lugna gatan?

– Hej du! Kommer du ensam, sa hon och försökte se bakom ryggen på Sigurd när han steg in?

Hennes tjänsterum, var ett litet kontor i omedelbar närhet intill Jack The Rippers lokal där hon till stor del, även om inte alltid, vistades om dagarna.

– Hon återtog, lugna gatan sa du? Om du bara anade. Du har säkert blundat när du klev in på våra lokaler. Men det gör faktiskt de flesta vågar jag påstå, så du behöver inte skämmas.

– Jag tror dig och jag tror mig förstå antydningen. Vi utomstående är nog lite kräsmagade vad gäller rekvisitan och inredningen i dina lokaler, om du ursäktar?

Emma Winston, var överläkare på rättsmedicinska läkarstationen ute i Solna.

– Vill du ha kaffe, te, mineralvatten eller?

– Bra som det är Emma. Jag har inga trängande behov, fel tid, fel plats, men rätt sällskap förstås.

– Bra Sigurd. Då kör vi.

– Jag kan säga dig direkt att de svar jag fått ifrån NFC inte gett mig mer kött på benen. Jag har bara fått saker och ting vidimerade för mig och det har väl varit bra i och för sig.

– Du vet alltså fortfarande inte varför denne Gertrude Katarina – Sörensen, dog?

– Ledsen för det Sigurd. Men ibland blir inte allt riktigt som man tänkt sig och även en patolog och rättsläkare kan liksom solen, ha sina fläckar, du får faktiskt ursäkta. Men vi har funnit att leverns sockerreserv var utlöst av någon anledning för att höja offrets blodsocker och därmed hennes glukos. Varför hjärnan sänt denna signal att höja glukosnivån, kan vi inte belägga i bevis, bara gissa.

– Vad har ni gissat då? Det här bli värre och värre, men de sa han inte naturligtvis.

– Vår gissning landar på att hon trots allt varit diabetiker.

– Jamen, samtalet med hennes husläkare berättar inget om någon diabetes. Han berättade ju istället hur bra hon i själva verket mådde. Inget alls, absolut inget alls om någon diabetes.

– Nej just det, han gjorde ju inte det minns jag från protokollet. Det är detta som är så mystiskt, tycker vi. Allt pekar på att hon haft för lågt blodsocker eftersom leverns reserv på hormonet, lösts ut och var tömt.

– Men denna reserv löser väl inte ut för ro skull?

– Nej helt riktigt, så är det ju. Men ett för lågt glukosvärde gör att man svimmar för att i nästa steg, om man inte kommer under läkarvård, hamnar i koma. Utan läkarvård i denna situation är man i värsta fall på väg att avlida.

En frisk människa har sin egen insulinproduktion som via de langerhanska cellöarna på pankreas som finns i bukspottkörteln men har en nedsatt funktion vid diabetes. Eftersom levern reserv på socker var tömt, hade troligen levern fått en signal ifrån hjärnan som sett till att så att säga, öppna kranarna till glukosreserven.

– Frågan kvarstår? Vad var orsaken till att denna signal ifrån hjärnan öppnade slussarna?

– Bra fråga igen.

– Möjligen kan det hårda slagen mot huvudet, trubbigt föremål och fallet mot klinkergolvet med medvetslöshet som följd, rubbat hjärnans signaler på ett onaturligt vis. Du skall veta att det är frakturer på skallbasen.

– Märkligt, men jag minns inga yttre skador som blödningar och liknande?

– Det behöver heller inte vara på det viset, en fraktur på skallbenet kan uppstå utan att blodvite uppstår.

Vi kanske inte skall gå in på en massa medicinska terminologier och läkarvetenskaliga utsagor. Vi håller oss på mattan och på ett generellt plan tycker jag. Man ska inte krångla till det.

Du är kriminalkommissarie i grova brott och jag är rättsläkare. Vi förfogar över olika kunskapsområden, men jag gillar ditt intresse helt klart och det är alltid trevligt när någon visar så stort engagemang som du gör, Sigurd.

– Jag vill verkligen inte klampa in på ditt område med en pekpinne i handen, även om jag kanske låter så. Jag är bara intresserad och försöker sätta mig in i så många detaljer jag kan. Men det är bara välvilja i botten.

– Det är jag tacksam över. Jag kan väl säga som så att det vi inte vet, eller förstår, det tar vi reda på genom läkarkollegor. Du vet säkert själv att varje människa är ju ett unikum. Du vet ju själv att ingen människa är den andre lik. Ingen uppträder, ser ut eller har samma själsförmögenheter som din nästa. Den ene får ett slag i huvudet med ett trubbigt föremål och blöder som en stucken gris, nästa spräcker skallen men där syns endast en bulnad, för att tala svenska, där blödningen istället sker innanför kraniet.

– Intressant, men trots detta med en spräckt skalle, så är detta förhållande inte dödsorsaken har du berättat tidigare, även om du då bara såg bulorna i hennes huvud.

– Naturligtvis är ett spräckt kranium väldigt allvarligt men vi anser det är något annat som orsakat vårt offers öde. Vi funderar en del över om hon utsatts för någon förgiftning? Hon hade ju en ganska så stor mängd alkohol i kroppen. Vi mätte upp 1,0 promille i levern, och det var en ganska avsevärd tid efter den tidpunkt vi anar hon avled vid. Jag vill påstå att den siffran i realiteten är ett mörkertal. Mitt antagande att den troliga promillehalten vid hennes frånfälle, låg vid det dubbla, det vill säga 2,0 promille.

– Hur pass påverkad är man då, av den mängden?

– Vid 2,0 promille har du både svårt att tala sammanhängande och gå upprätt. Man kan säga att du är ganska så bladig, om jag får använda det uttrycket, Sigurd?

– De får du, sa han och log trots omständigheterna.

– Tack! När du tar dig en rejäl skvätt whisky, som i det här fallet, men det gäller naturligtvis all sorts alkohol, så transporteras alkoholen via tunntarmen till levern vilken bryter ner en viss mängd med hjälp av särskilda enzymer. Men det fanns även mindre ansamlingar av de alkoholnedbrytande enzymerna på andra ställen i kroppen.

166

– Men hon var ju ingen drinkare, av vad vi funnit vid dörr-
knackning och annat. Hon hade ju förvisso ett väldigt stort
lager med whisky i en garderob i lägenheten som var kvar
efter hennes framlidne makes hobby. Jag kan tänka mig hon
börjat tuta lite då hon kände sig otrygg i bostaden, det blev
något som lugnade hennes nerver kanske. Vad vet jag? Det
var bara en hypotes till hennes möjliga drickande

– Alkoholen i kombination med något annat, kan vara orsa-
ken. Med den promillehaltalkohol hon hade uppmätt i levern,
så sänker den hennes blodsockerhalt av glukos så att en signal
skickas ifrån hjärnan till levern för att öppna dess sockerre-
serv. Alkoholen frigör ju olika ämnen i din hjärna som signal-
substansen dopamin och endorfiner. Hormoner som får dig
att må bra och som gör att du känner dig mer avslappnad.
Och rent generellt kan man säga att vi tål alkohol olika.

– Ja, i vårt fall var hon ju ingen kraftig person på något vis.
Snarare tunn än tjock, och ovan vid alkohol, antagligen.

– Jo, det är så vi ser det också. Hon kan ju varit bra i gasen,
för att inte säga, aprak!

– Hade vi känt till denna lilla parentes när vi var kallade till
platsen, tror jag inte vi hade suttit här nu utan avskrivit hän-
delsen som en olycka i hemmet som ju är platsen för de flesta
olyckor. Vi talade om det på en gång med känslan att, vad
hade vi där att göra? Sedan kom den där magkänslan att allt
nog inte var som det borde vara, makligt krypande. Allt ver-
kade därmed tvärvänt.

– Ja, vi känner på samma vis. Vi letar just nu efter något slag
av förgiftning och har skickat en trevare till samarbetsländer i
Norden i första hand.

– Länder som möjligen haft något liknande vårt fall. Utbyte av erfarenheter, således.

– Men, det här låter ju väldigt intressant. Jag tänkte säga spännande, men tycker inte det var riktigt passande, Emma.

– Och sedan när blev du så finkänsligt, Sigurd?

– Alldeles nyss!

– Se där ja. Men för att dra lite till i den ulltråd vi nystar på om förgiftning, måste man vara underkunnig om giftdosens storlek, organismens olika känslighetsgrader samt frågan om det kan härledas till och såsom giftmord, självmord eller olyckshändelse? Det tarvas en hel del planering med andra ord. Man bör ha någon form av kunskap, handlag och tillgång på giftsubstanser. Du kan inte gå raka vägen till färghandeln eller apoteket för att handla lite arsenik, exempelvis. Olika gifter har olika verkningsgrad. Om det gäller självmord, som vi inte spekulerar i här, är det annars bestämda modeinriktningar som förekommer i valet av gift.

– Men, detta låter ju inte klokt, i sig. Förlåt att jag avbröt.

– Tidigare rörde det sig om starka mineralsyror, senare om karbolsyra och liknande som arsenik, fosfor med flera.

Nu är det uteslutande narkotiska ämnen och koloxid. Vår rättsmedicinska undersökning har inte visat på något av de gifter jag talat om. En annan faktor är också hur lång tid efter att döden hade inträtt, obduktionen påbörjades och prover togs för att ett gift i stoftet kan konstateras. Det handlar om tid. En del bryts ned väldigt snabbt och är därför svåra att spåra.

Giftmord i vårt land är mycket ovanligt. Så därför har vi strukit den jakten på gift i kroppen.

– Inget ifrån den tekniska undersökningen av platsen, visar på något giftmord.

– Kan vi avrunda med att undersökningen fortskrider och då med förtur varför leverns sockerreserv plötsligt tömdes?

– Så skulle vi kunna sammanfatta det som, ja.

– Oj, sa Sigurd när han var på väg att lämna Emmas lilla kontor och pekade på något som såg ut som en pokal på en hylla. Den var i tenn, trodde han och glas. Vad har du fått för fin pokal, undrade han med ena handen på dörrhandtaget?

– Ingen pokal, sa Emma. Vi fick ett sådant där vinglas en jul av ledningen på jobbet. Det fick väl ni också? Du vet, årets julklapp från vår chef länspolismästaren.

– Det har inte vi fått, sa han. Men den är snygg. Jag är lite samlare av sådana här prylar i tenn och glas. Jag har snapsglas, sedan har det stannat där. Det här glaset var snyggt. Någon aning om var de kommer ifrån? Var handlar man ett sådant här?

– Det där är någon tennsmed i Kalmar som tillverkat. Nu väntar man på glas nummer 2 till nästa jul. För vad ska man med bara 1 glas till?

– Så rätt så rätt, Emma. Låter som Britta och jag får göra en helgtripp till Kalmar. I så fall ska jag handla fyra glas, sa han och blinkade.

– Kör försiktigt sa hon när han lämnade henne...

30

– Mads Anker Ullman, 38-03-10 som är folkbokförd i Köpenhamn sedan 1965. Han har en adress, håll i er, c/o Ella Pineda Ortega, Vesterbrogade 28 4tr Köpenhamn, Region Hovedstaden 1.

– Vi behövde inte hålla i oss särskilt mycket Sigurd, sa Anton. Det låg liksom i luften. Barren på Lidingö då? Han snackade ju glasklar svenska då vi var där Sivert och jag, för att höra lite med honom. Inte en brytning där, så man kunde hålla i sig.

– Vad gäller fastigheten på Lidingö, där han står som adressat, så är det bolaget Ullman & Sörensen, som är skriven ägare. Alltså, företagets fastighet. Men en A. Ullman c/o Ullman & Sörensen, är postadressaten, förklarade Sigurd. De är nu det är intressant med deras separata inbördes avtal om bolaget Snusk AB. Vad innehåller det avtalet då? Eko-roteln jobbar, som jag sa tidigare, på den biten. Om avtalet är en olägenhet och kanske ett aber för Ullman, ser han möjligen till att denna handling och avtal, går upp i rök. Han kanske har ett introvert tunnelseende och tror det räcker.

– Borde det inte i så fall finnas ett likalydande avtal hos Sörensens? Kanske den husis skulle vara något, tyckte Anton?

– Vi kan inte göra en husrannsakan utan brottslig misstanke.

– Åh, dessa regler och bestämmelser aldrig får man vara glad. Men vad säger Fastighetsregistret som väl ändå är Sveriges officiella register över hur marken i vårt land är indelad och över vem som äger vad?

– Riktigt, Anton. Informationen används av dem i många verksamheter, bland annat för kreditgivning och identifiering av rätt ägare vid fastighetsförsäljningar. Till fastighetsregistret hör också den digitala registerkartan som de uppdaterar löpande. De som för hand sköter fastighetsregistret och skriver in ny fastighetsinformation, får god hjälp från andra myndigheter med att hålla registret aktuellt. Kommunala lantmäterimyndigheten, Skatteverket samt landets kommuner, bidrar regelbundet med att samla in och uppdatera fastighetsrelaterad information. Så, uppgifterna om Ullman & Sörensen och fastigheten på Lidingö, är säkert korrekt även om man kan ana en skatteteknisk investering genom att låta företaget äga fastigheten. Det luktar Ullman lång väg, om jag säger så.

– Är det därför det är bostadsbrist när det är företag och inte vanliga hyresgäster och så vidare, som upptar bostäderna? Jag skämtar lite där, kanske är bäst att tillägga, fortsatte Anton.

– En del vet inte ens om att det faktiskt numera kan vara en möjlighet att låta bolaget köpa bostaden. Detta var tidigare förbjudet i vissa fall genom särskilda stoppregler. Men dessa stoppregler är numera slopade sedan många år. Det är således ett alternativ som är möjligt och nu som det verkar Mads Ullman utnyttjat, eller om det var Jens Sörensens idé ifrån början.

171

Hur som helst, så äger inte Mads Ullman denna bostad, det gör företaget Ullman & Sörensen. Det finns dock en vanföreställning om att det alltid är förmånligt skattemässigt, att låta bolaget betala inköpet av bostaden. Men det behöver inte alls vara på så vis. Det finns en hel del som man både bör känna till och följa om företagets bostadsköp för ägaren, så det inte blir en negativ överraskning. Det gäller inte minst skattekonsekvenser. Tror deras företag haft hjälp av en revisor.

Är man införstådd med detta, kan det absolut vara ett tänkbart alternativ att låta företaget köpa bostaden för vinstmedel, i stället för att köpa den privat med lånade eller beskattade vinstmedel. Det finns ju flera sätt att tvätta pengar på idag än bara med såpa.

– Är du utbildad jurist undrade Tessan efter Siverts föredragning?

– Nej då, jag har bara läst på om vad som gäller när vi nu vet att Ullman är mantalsskriven i Köpenhamn på en adress som tidigare tillhört gamla Ella Pineda Ortega 47 år ung. Idag påstås det att hon vilar på Västra Kyrkogården, men vi vet inte om det stämmer. Det är Skandinaviens största kyrkogård.

– Vad, sa Tessan! Det trodde jag var Skogskyrkogården här i Stockholm?

– Anton hade en fråga, påpekade Jonna och log.

– Kom igen Anton, sa Sigurd. Jag är idel öra?

– Kan vi inte fortsätta dagens genomgång i konferensrummet som har luftkonditionering? Jag menar, vi har ju semestertider och förhoppningsvis står de rummet tomt? Här är det varmare än nere i bastun på vårt gym. Det är väl ändå dags för lite java time?

172

– Jamen, jag ska genast kolla och så tar vi en bensträckare samtidigt.

– Tack Jonna, sa Janne...

– Nu ska det sitta fint med lite varmt kaffe, sa Anton och blinkade med ena ögat mot Jonna, som bara log.

– Is te kanske, sa hon i samma leende?

Man hade 23,3 varma i lokalerna och det var 28,7 utanför fönstren så det var lite påträngande hett att tänka klart. Men med lite java, som Anton uttryckte det, fick man en liten extra kick. Koffeinet kan skärpa våra sinnen när vi behöver det som mest. Jonna brukar kvickna till och presterar då på topp men allt beror på hur mycket koffein, drycken innehåller.

– Ja, då kör vi igen och här var det betydligt svalare och skönare, sa Sigurd. Som ni förstår var det ledigt här...

Man tog upp en liten spontan applåd medan Sigurd log lite pojkaktigt.

– Jag tror vi har ett knippe lösa trådar att nysta vidare på, sa han och såg sig om bland sina närmaste utredare. Rent konkret skulle jag vilja veta hur det förhåller sig med alibit för Stefan. I dagens läge är ju han den ende arvingen till alla miljoner. Alltså, synnerligen viktigt att det är ett vattentätt alibi och inget som några sammansvetsade satt ihop.

– Jo, sa Anton. Jag har kollat vilket band de kunde vara och det blev ju bingo direkt. Tror Janne och Gugge snackat med hembygdsföreningen också, sa han och titta på Janne som nickade. Bandet heter, Blåbandet. Det är ett ungdomsband som vill uppmana ungdomar att ta ställning för nykterhet.

– Låter som IOGT eller liknande, ansåg Sivert... förlåt att jag avbröt, sa han och satte upp händerna som visuell ursäkt.

– Alltså, fortsatte Anton. Man tycker helt enkelt att "sprit e skit" som är ett av deras budskap. "Våga nobba nubbe" är också i deras linje och man kan köpa deras t-shirt med denna text för att stödja verksamheten Blåbandet.

En annan slogan är, "har du tröttnat på alla fyllefester? Önskar du att alla barn har rätt till nyktra föräldrar?"

Ja, på den kanten håller dom på och för att bilda sin gemenskap mot droger, startades bandet, Blåbandet. Och det är så att ett par i bandet är polare till våra tre musketörer, Blomman, Steffe och Bärsan. En av dem hade samma kurator som Stefan Karlsson går hos. Vendela Grense är en kurator och beteendevetare vid Södertälje Sjukhus. Stefan går där för sin trassliga uppväxt. Morsan skiljde sig för att dra till Mallis medan pappan försvann i tsunamin i Thailand.

– Ja sa Janne och tittade på Gugge, om han fick dra deras snack med Blomman och Bärsan vilket band det var som spelade på Trädgårdstorp denna sensommarkväll.

– Vi fick tag i Blomman först och hon såg lika opåverkad och fräsch ut som tidigare. Hon som varit slav under rödvinets yra vid sitt konstutövande. Hon målar väldigt fina akvareller, på tal om hennes konstutövning. Synd på så rara ärter, sa han om hennes missbruk. Men är i avtagande behov.

– Ja hängde Gugge på, som om hon ville ha en släng av den goda sleven när den ändå var på gång, även hon. Blomman berättade att hon, Bärsan och Steffe, var gamla vänner med Leffe och Timo i Blåbandet.

Och när vi senare fick tag i Bärsan, han jobbade på ett snickeri i Västberga där man tillverkade limbalkar, så sa han direkt att Timo, som lirar trummor i Blåbandet och Leffe, var gamla

174

polare. Han berättade också att Leffe, gick hos nån på Söder-tälje för att snacka om sitt drogmissbruk. Han ville inte gå hos socialen eller Maria som han först blev erbjuden stöd hos. Så blev det då Blåbandet för han kunde lira gitarr.

– Det här låter ju för bra för att vara sant. Jag kan se fyra stycken som verifierar att Stefan Karlsson befunnits sig på Trädgårdstorp under tidiga till sena kvällen i Tullinge, långti-från Stuvsta och Stationsvägen. Min undran kvarstår dock eftersom Corona pandemin härjade.

– Man bekräftade din fundering, Sigurd. Men, musiken spela-des utomhus och det fanns en viss lättnad publikt sett.

– Nu låter det i mina öron som vi kan avskriva Stefan Claes Göran Karlsson.

– En tråd till jag funderar över, sa Sivert? Vad säger grabbarna Karlsson om er rekonstruktion av det där med dörren som gick inåt där den var blockerad med allehanda heminrednings-detaljer. I mitt protokoll från den tekniska undersökningen så stod allt tätt invid dörren då hemtjänsten försökte ta sig in och som därför överlät till polisen att öppna dörren med lite större styrka bakom, än hon från hemtjänsten förfogade över.

– Jodå, vi har gjort de tester vi tänkte och de stämmer.

– Du menar att era tankar ni haft om tillvägagångssättet, utföll rätt även i praktiken?

– Precis, sa Wilbur. Jag hade ritat lite på de där en kväll och redan som skiss blev jag övertygad om att det måste utförts på detta vis. Men, som med allting annat, det tar lite tid att for-mulera rekonstruktionen i skrift. Jag kommer bifoga den skiss jag gjorde för att åskådligheten blir betydligt större då.

– Kan du uppdatera mig, sa Sigurd?

175

– Vem var det som hittade den där tvättlinastumpen och var gjordes fyndet, exempelvis?

– Jo, det kan jag göra. Det var "pinnen" som hittat den där vita stumpen på runt en och en halv meter vid hissen en halvtrappa nedanför honom. Han tog rätt på den så ingen skulle snubbla på den i trappen eller halka på den och sedan slänga den nere på miljöstationen till höger utanför porten. Han hade ju glömt bort tåten som han sa, för han hade lagt den på hatthyllan i sin lägenhet och på hatthyllan tittar man ju inte. Jag äger ju ingen hatt dessutom, berättade han.

– Just, så var de, sa Sigurd. Tack! Då kommer det en rapport om er rekonstruktion så fort ni hinner, antar jag?

– Ja, ett protokoll är på väg, kan man väl säga.

– Hemligheten ligger nog i den där affärsöverenskommelsen, sa Jonna. Det är min fulla övertygelse. Ett dokument jag tror löser hela fallet. Även vi kommer klart kunna se, utan några dimmor, motivet.

– Nu låter du som den där Saida ifrån Bredåker i Boden som sa sig kunna se övernaturliga saker på -80 talet, hon spågumman du kanske minns Jonna, sa Anton?

– Okej, sa Sigurd, ordning i klassen. Då startar vi upp jakten på dokumentet, om det nu finns något, och låter locket ligga på. Jag ska kanske lyssna med Krister Wickström vad han tror om en husis hos vårt brottsoffer.

Varför har vi inte gjort en husrannsakann där tidigare, tänkte han?

176

31

Sigurd tog med sig sin vapendragare in på sitt tjänsterum för att som de snillen de blev, då det spekulerade i olika fall. Det blev en vana. Det var bra med Sivert som Sigge använde som bollplank för sina tankar. Därför blev oftast deras möten med spaningsfolket och brottsutredarna bra och väl förberedda. Man slösade inte på en massa krut och tid i onödan som kunde användas på bättre sätt än för bara löst pladder.

– Ja vad tror du, sa Sigge med blicken vänd mot Sivert?

– Vad vill du höra, bra eller dåligt?

– Helt okej för mig med det som är bra, de räcker fint.

– För det första, så var det väldigt bra att ta tag i en husis hos vårt brottsoffer. Om man betänker att dom en gång tjänade stora pengar så hade exempelvis inte Sörensen sina slantar i byrålådan. Det finns såklart ett kassaskåp i bostaden. Jag tror att Wilbur, eller om det var Viktor, som nämnde något om ett kassaskåp, men jag har inget minne att dom skrev ner det i sitt protokoll från den tekniska undersökningen dom gjorde. Det var väl så att den biten inte låg på deras bord, liksom. Tror mig veta dom räknade med en senare husis.

För det andra, fortsatte Sivert, har jag kollat som hastigast vad man som företagare bör göra för att säkra företaget genom livförsäkringar, äktenskapsförord mellan makar och lite sådant.

– Har du något konkret att berätta om vad som i så fall skulle gälla även dessa två herrar och deras verksamhet och affärer?

– Ja, det skulle jag kunna ha om jag tänker till lite. Jag tror nämligen att Frida i sitt företag har någon form av avtal samt att vi har äktenskapsförord. Det finns en mängd regler för hur ett aktiebolag ska drivas och det står bland annat i aktiebolagslagen och i den obligatoriska bolagsordningen. Delägare i ett bolag riskerar ändå att förr eller senare hamna i knipa om de inte skriver ett aktieägaravtal. Därför tror jag det finns något avtal mellan Ullman och hans kompanjon, Sörensen. De har säkert gjort upp hur en situation ska hanteras och ha det lättare att hålla sams den dagen då något inträffar. Det kan vara sjukdom, dödsfall och så vidare.

– Nu låter det även i mina öron som att det finns ett avtal mellan dem. Kanske det finns ett bankfack som du sa, att de har dokumentet i ett kassaskåp. Både Ullman och Sörensen, var för sig, naturligtvis. Det gäller att få tag i detta dokument, om det inte redan är förstört, för att se vad som gäller.

Jag är ganska säker på att Krister köper detta direkt. Han har säkert helt klart för sig vad som gäller ett företag med bara två ägare, då är det ju mer lätthanterligt. Krister förfogar över jurister på åklagarämbetet, så denna del behöver vi inte fördjupa oss i som tur är. Man kan ju inte vara bra på allt, Sivert.

– Har du sett, Sigge! Nu är det lite tätare trafik på Bromma Airport igen när man släppt på restriktionerna för pandemin.

– Du har så rätt, men jag brukar inte tänka på dessa flygande maskiner. Men för dig är det väl annorlunda. Så fort du ser ett trafikflygplan, tänker du väl på gränspolischefen Pernilla Öste ute på Arlanda, kan jag tro.

– Och varför skulle de vara så, menar du?

– Man känner väl sina löss på gången, gamle vän. Men du har ju din Frida, glöm inte bort henne du.

– Gör jag inte Sigurd. Jag är glad att jag har henne, ska du veta.

– Då väntar vi på klartecken och gängse papper ifrån Krister så vi kan genomföra en husrannsakan. Tror du vi kan nöja oss med grabbarna Karlsson?

– Ja det tror jag nog. På tiden denna husis kommer upp på agendan Sigurd så vi vet mer svart på vitt var vi står. Vilka har vi att, eller vem kanske jag ska säga, som kan öppna kassaskåpet. Det är med all sannolikhet inte ett vanligt Franz Jäger. De är ju idag så tekniskt avancerade så man kan hicka. Styrs med laser eller med en kod från en dator. Jag tror ju i och för sig att om det är ett kassaskåp i den lägenheten vi ska till, så är det inte en sådan teknik vi behöver bekymra oss över. Om det finns ett kassaskåp, är det med all sannolikhet daterat runt -70 talet, eller i varje fall dess början.

– Jo, jag har en tekniker på gång för ändamålet. Han finns här på firman Sivert, sa Sigge och log.

– Men vad bra, det hade jag ingen susning om.

– Vi har de bästa här på firman. Jo, nu ska ju min chef gå i pension, byrådirektören Jakob Hacksell. Han var mycket bra. Det troliga är att den som kommer istället, är minst lika bra.

– Det låter spännande, vem är det Sigge?

– Det är en kvinnlig chef.

– Jamen säg, vem då?

– Gränspolischefen ute på Arlanda, Pernilla Öste!

– Du skojar Sigge, det är inte sant. Du bara djävlas med mig?

– Nej, det är sant. Pernilla hade tröttnat på travandet i alla byggnader på Arlanda. Nu fick hon en förfrågan från länspolischefen som bad henne att söka tjänsten. Den förfrågan kom som på beställning när hon ändå hade ledsnat på det monotona och med den höga riskfaktorn jobbet förde med sig. Efter bara två dagar, så skrev hon sin ansökan om den lediga tjänsten. Så om två månader har vi henne här i huset, Sivert!

– Jag har inte fattat de än. Men hon är ju så superduktig så jag förstår länspolismästaren mer än väl. Nu kanske man ska städa skrivbordet och kamma sig, sa han och log?

– Gör det, gamle vän. Det skadar aldrig. Själv ska jag bara rulla ut röda mattan. Vill du hjälpa till?

– Absolut, Sigge… absolut!

– Okej, då återgår vi.

– Återgår till vad?

– Var hade du tankarna nu, bäste bror?

– Nu, ja jo… nu är jag med och på banan igen. Du hade en kunnig dörröppnare, är det med någon huvudnyckel, eller?

– Nej, han kör inte med någon kofot. Mera som lite talk, gummihandskar och ett stetoskop. Nej, jag skojar. Jag vet inte vad, hur eller så han gör, för att öppna äldre kassaskåp som jag tror det handlar om här. Samma uppgift har jag lämnat till den danska polisen, de Danske Politi.

– Men vi har väl inget på Ullman som ger oss tillträde till hans lägenhet och kassaskåp?

– Helt rätt, men det kanske blir, om vår husis faller väl ut på Stationsvägen och Sörensens plåtskåp innehåller de jag vill se och vi finner. Undrar på tal om det, hans hustru Gertrude hade tillgång till detta kassaskåp? Vi kanske hittar fingrar i skåpet som berättar hur det är fallet med den saken i så fall. De hänger på vad vi kan hitta hemma hos Sörensens, helt klart. Vi vet ju att det finns en del whisky i en garderob, men det är väl inte helt olagligt att ha ett barskåp utformat som en garderob, hemma? Några speglar och en liten ljuspunkt, och där har du det ultimata barskåpet.

– Nej just de, det är inte olagligt att ha ett barskåp. Sedan ska de danska kollegorna topsa vår danske vän Mads Ullman. Det har dom redan fått i uppdrag samt att de ska skicka topsen till Linköping för att de ska plocka fram hans dna. Här hemma ska vi topsa Stefan Karlsson under dagen. Tror det är folk på väg just nu. De ska vara Janne och Gugge i så fall. Men de tu är säkert klara med den lilla detaljen. Hos Janne och Gunvor, sitter det inte fast. Prylen handlar ju om vem som är far till Ella Pineda Ortega. Mads eller Jens, eller ingen av dem. I förlängningen en arvsfråga om du undrar. Men min magkänsla säger mig att han heter Mads Anker Ullman, köpman inom porrindustrin. Och precis som du nu tänker, så handlar topsningen även naturligtvis, Ortega. Heter pappan Ullman, missar Ortega ett fett arv i denna omgång.

– Det rör sig, om man säger Sivert.

– Ja, det gör ju de, sa Sivert och liksom skruvade på sig. Inte utan att han kände sig lite obekväm, lite besvärad. Plötsligt hade allt blivit så påtagligt och inte utan lite överraskande.

– Din chef, Jakob Hacksell hette han väl?

181

– Ja, de är rätt. Ingen jag känner personligen, men han har varit bra. Han finns där, men gör inget väsen av sig för det behöver han inte. Ovanför honom sedan, så sitter Länspolismästaren.

– Honom har jag inte ens hört talas om, än mindre råkat. Var sitter han idag, Hacksell?

– Oj, knappt jag vet själv var han har sitt tjänsterum, bara att de är i andra delen av vårt stora hus, höjdarna håller till. Han sitter ihop med tre andra småpåvar tillsammans med vår Länspolismästare. Vill minnas det är ett femtontal, höjdare i olika utformning och streck på axelklaffen. Tror de är i den nybyggda delen, våningen högst upp, vid Kungsholmsgatan hela gräddan sitter. Dom har egen restaurang för bara höjdare. Polisinspektörer göre sig ej besvär bör du kanske känna till om du skulle råka ha vägarna förbi. Det är precis som i lumpen, om du minns. Officersmäss och underofficersmäss samt matsalen och markan, för fotfolket.

– Du har som sagt så rätt, så rätt. Det rör sig. Det ska jag också göra, röra på mig. Måste läsa vad grabbarna Karlsson fick ihop av sin rekonstruktion vid Stationsvägen i Stuvsta.

32

Sivert hade mycket riktigt rätt i sina tankar om ett PM ifrån deras tekniker som handlade om den rekonstruktion av vad man trodde hade hänt. Det var ju de där med tvättlinan från torkställningen i badrummet, då Wilburs teori hade börjat se dagens ljus och konstruktion. Nu ska vi se vad de skriver:

"Protokoll 410812:1A fört vid rekonstruktion av trolig händelse där hypotes provats för dödsfall av Gertrude Katarina Karlsson - Sörensen 41-08-12 med Dnr:212182 Stationsvägen 2B 8 tr. Stuvsta, Huddinge.

Deltagare vid rekonstruktionen var: kriminaltekniker Viktor Karlsson, kriminalinspektör Jonna Edelman, kriminalinspektör Gunvor Larsson och kriminalinspektör Janne Klinga.

Den uppmonterade lägenhetsdörren, var en modern konventionell ytterdörr. En så kallad enkeldörr, av klass 3 typ i klassen för säkerhetsdörrar. Identisk med den dörr som fanns på Stationsvägen med brevinkast och baklucka, där c/c måttet, med avstånd från tröskel, var 62 cm. Dörrens tjocklek, 6 cm. Den tvättlina som saknades i badrummet, hade en längd av 3,50 m.

Vi använde oss av en tvättlina av polypropulen, det var inte exakt av den typ som fanns i badrummet på Stationsvägen, men vi ville testa den hypotes och princip vi hade fastnat för, inte för den exakta sortens tvättlina. För att få metoden så verklig som möjligt, så hade vi använt oss av en köksstol för enkelhetens skull, i verkligheten var det en annan typ av stol. En hoprullad gångmatta som var ganska tung, ingick i hur provet skulle värderas, och var av samma typ som i verkligheten. Man kan säga att det var vad som behövdes för att scenografin skulle bli den rätta. För att principen i vår hypotes, skulle kunna genomföras på ett så korrekt vis som möjligt."

När Sivert hade kommit så långt i protokollet från Karlssons rekonstruktion, ringde hans telefon.

– Ja, Fredriksson!

– Hej Sivert, sa hans chef. Jag fick nyss en ganska intressant uppgift som tål att diskuteras vid vårt nästa möte. Stör jag förresten?

– Nej, du stör inte. Och vad har du fått reda på, Sigge?

– Jo jag funderar på att bli undersköterska.

– Är du påstruken, Sigurd? Mitt på blanka vardagen!

– Nej då, inte alls.

– Vad är det du menar då med att bli undersköterska?

– Jo, som du vet är ju hon på Stationsvägen, Ella Pineda Ortega, undersköterska på Karolinska.

– Ja, jag har hört något om det, ja. Men vad har det nu med din fortsatta yrkesutövning att göra? Visserligen är skriet stort efter sjuksköterskor, men du har väl ingen utbildning som en undersköterska, mig veterligt?

– Vad tjänar en undersköterska, Sivert?

– Tja, inte vet jag. Kanske runt en sjutton tusen efter skatt i Stockholm, jag vet inte. Är det någon enkät "gissa mitt jobb" eller?

– Ponera, eller anta, att det är som du säger med månadslönen för en undersköterska, har man då med den lönen, råd med en Merca, där prisnivån ligger på drygt fyrahundratusen spänn?

– Oj! Jag har inte hickat färdigt än. Jag inbillar mig att min lön är en bra bit över en undersköterskas månadslön efter skatt, men någon Mercedes Benz skulle jag inte klara på min egen lön utan bistånd av hustru Frida som boss och egen företagare. Då menar jag att det är ju inte bara en Merca man ska fixa avbetalningen på. Du har ju alla dina andra årliga, månatliga och för att inte säga, alla dagliga löpande utgifter.

– Nej, det känns lite magstarkt och svårsmält för att vara en ensamstående undersköterska, Sivert.

– Tjuvhåller du på något, för du har inte slagit av på ditt vanliga glada humör. Det finns alltså mer?

– Ja, det finns lite mer. Själva poängen.

– En enkel fråga, hur fick du nys om denna bil? Jag tror ju inte hon har ringt dig för att berätta om bilen.

– Nej, hon gjorde ju inte det de lilla livet. Det var parkeringskontoret som hörde av sig om denna bil, denna Mercedes.

– Hade hon parkerat på en handikapparkering?

– Det skulle ju varit en grej förstås, men så var det inte. Bilen hade stått tre dagar på VIP parkeringen vid Globen. Man har tillstånd att parkera den där, men inte som långtidsparkering som i detta fall under tre dagar. När man kollat reggen, såg vem som var ägare och vem som hade nyttjandeförmånen för bilen, fick man lite vibbar och ringde mig.

– Du menar att den som rattar bilen är intressant för oss på något vis?

– Jamen bra, Sivert. Du går från klarhet till klarhet. Trodde vi hade kommit överens om att det var vår undersköterska?

– Snart kanske du berättar också vem som är ägaren av bilen om det nu inte händelsevis är den samme?

– De ska jag göra... snart. Nej jag skojar, det är Mads Ullman.

– Men Gudars skymning... Varför lånar han ut den bilen till Ella Pineda Ortega? Men nu förstår man lättare varför hon kunde köra bilen när hon inte behövde stå för kostnaderna.

– Bra tanke Sivert, jag har nyss frågat mig samma sak själv.

– Kan man bli religiös för mindre, Sigurd?

– Jag har naturligtvis en fundering om varför Ortega har tillgång till bilen. Hon har ju körkort, men äger ingen bil. Har man bil tänkte jag, har man större rörelsefrihet kom jag fram till. Vad säger du om den slutledningen Sivert?

– Outstanding, Sigge! Bravo... snacka om att gå från klarhet till klarhet. Pappa har lånat ut bilen till sin lilla dotter?

– Bara en fundering, ingen tanke jag har belägg för. Men jag har skickat iväg våra små turturduvor Jonna och Tessan till Lidingö för att så att säga hålla kollen om min tanke stämmer. Hur de tänker lägga upp själva kollen och den biten, lägger jag mig av förklarliga skäl inte i. Jag har talat med deras chef Annica Nielsen om min önskan att låna dessa två tjejer ett tag till, för nu är det ju span det handlar om.

– Och det gick såklart bra?

– Helt rätt, de gick såklart bra. Det vara bara att bjuda igen, som hon sa.

– Fan vad hjulen har satt fart nu helt plötsligt.

– Ja, vet man bara åt vilket håll de ska snurra, så brukar det rulla på ganska skapligt. Men, jag anar mig till en uppförsbacke, det brukar alltid finns en uppförsbacke, Sivert.

– Ja, bara vi inte är ute och cyklar. Kommer vi till uppförsbacken, får vi väl stå och trampa? Vi ska glädjas när vi kan. Vi har haft det ganska trögt ett tag.

– Jo, låtom oss glädjas. Halleluja, som Anton skulle sagt.

– Var det bra så annars? Jag håller på och läser igenom protokollet ifrån Karlssons rekonstruktion med tvättlinan och brevinkastet, så jag tänkte i så fall fortsätta med det.

– Bra, hör av dig när du läst färdigt, eller så tar vi det på mötet i morgon om det inte brinner i knuten.

– Bra, ha det fint Sigge!

– Du med, hälsa Frida!

Sivert hade markerat i protokollet från Karlssons var han höll på att läsa och återgick därför till markeringen.

Hm, ”…det var vad som behövdes för att scenografin skulle bli den rätta. Vi använde oss av den längd tvättlina som vi fann saknad från torkställningen, eller torkhissen i badrummet. Det handlade om 3,5 meter. Vi knöt torklinan, eller klädstrecket runt stolsitsen. Bilderna vi tog tidigare kom nu väl till pass så allt blev så exakt som möjligt. Knuten vid ryggstödet på stolen, precis som det alltså såg ut i lägenheten. Vi ställde stolen med ryggstödet mot dörren med en så pass stor dörrspringa att vi kunde ta oss ut i trapphuset. Innan vi gick ut i trapphuset, lade vi på den hoprullade mattan på stolsitsen och tog tampen på tvättlinan, runt 1,5 meter och trädde den inifrån lägenheten ut, bakifrån genom brevinkastet, ut i trapphuset. Med dörren öppen med cirka 40 centimeter, hade vi drygt en meter lina som stack ut genom brevinkastet på utsidan av dörren, alltså i trapphuset. Så stängde vi dörren och tog tag i tvättlinan som på insidan av dörren var fastknuten runt stolen. Vi fick ta i ganska kraftigt för att dra in stolen med mattan ovanpå ända till dess det tog stopp mot dörrens insida. Vi kunde se stolens ryggstöd genom brevinkastet. Följden av experimentet utföll precis som vi räknat med. Från trapphuset hade vi dragit i tvättlinan så ryggstödet kom att hamna mot dörrens insida och stolen därmed blockerade ytterdörren. Det var på det viset vårt brottsoffer berättat för grannar att hon hade gjort då hon kände sig otrygg. När vi sedan skulle öppna dörren för att gå in, fick vi knuffa på ganska rejält för att barrikaderingen skulle flyttas så vi kunde kliva in. Att inte hemtjänsten orkade pressa upp dörren, förstod vi därmed. Stolen hade hasat med den tunga mattan ovanpå. Vår teori stämde. Grundprincipen var exakt på det viset som om någon utomstående genomför detta för att liksom, städa upp efter sig. Med en kniv eller sax, troligen en kniv på grund av snittytan, kapades tvättlinan som hängde ut vid brevinkastet när vi dragit in stolen mot dörrens insida. Sedan petades bara den lilla bit som satt i själva brevinkastluckan in och bakluckan i inkastet stängdes. Det var den avkapade biten av linan som "pinnen" hade hittat en våning nedanför vid sidan av hissdörren. Det var en stump på cirka 1,50 meter och av exakt samma typ av tvättlina, samma snittyta som på den lina som satt kvar runt stolen.

Vi tyckte att det övriga bohaget som hon försökt barrikadera dörren med, inte var relevanta vid denna rekonstruktion. Vi skulle kunna göra om denna rekonstruktion och då med övrig rekvisita i form av bohag. Vi kan säkert låna exakta bohagsdetaljer ifrån sterbhuset om åklagaren vill ha en genomgång och rekonstruktion av hur vi anser, en icke helt obetydlig del dock, händelseförloppet gått till. Det vill säga hur gärningspersonen lämnat brottsplatsen på ett ganska så genomtänkt och för en lekman, raffinerat, iskallt vis. Det pekar alltså på att det inte varit en spontan händelse utan tvärt emot, en noga planerad reträtt. Någon som känt till och haft vetskap om hur bostadsinnehavaren blockerade sin dörr och med vad. Sedan finns det utrymme för gärningspersonens händighet och kunnande för själva utförande. Summa summarum, vi anser med rekonstruktionen att möjligheten finns att tillvägagångssättet utförts på detta vis. Därmed vill vi inte ge sken av att det är så det gått till. Rekonstruktionen berättar bara att möjligheten finns, det är förklaringen till varför dörren var blockerad från insidan och ingen gärningsperson fanns kvar i bostaden."

Jaha ja, tänkte Sivert. Det var ju en synnerligen avancerad reträtt av en mördare. En i mitt tycke mycket iskall, mördare ur en intressant synvinkel. Man måste ju haft matjord i fickorna för att inte någon skulle komma med hissen eller ta trapporna. Nu ligger ju våningen på en halvtrappa och har därför inget hissplan. Någon med viss kännedom om hur trapphuset används och hur hissen används, månne? Då räknar man in de boende och vilka som har besökt offret, samt känt till dennes barrikaddering. Utomstående med motiv men med alibi, Stefan Karlsson. Han har ju berättat hur hans faster förklarat sin otrygga känsla och visat hur hon spärrade sin ytterdörr från insidan. Ja, om nu inte hemtjänsten är inblandad? Nu får väl Krister ta en funderare.

Ja, om han anser det behövs en ytterligare vinkling av detta med det exakta bohag som låg innanför dörren. Det var ju en mindre uppsjö av inventarier och bohag som finns bild dokumenterat genom Wilbur och Viktor. Mitt minne, i och för sig i sakta avtagande, berättar ändå om att det innanför dörren i offrets lägenhet hade legat en dammsugare, en pinnstol, en prydnadskudde med fransar... tror jag, samt en så kallad långborste och en ljusstake i smide. Trearmad vill jag minnas. Möjligen har jag missat några saker. Jo, en gångmatta som var hoprullad, ganska tung och en kasse med böcker.

Ska bli intressant att höra vad mötet anser i morgon. Och, inte minst vad Krister säger. Men det blir då. I morgon är en annan dag som idag inte kan berätta vad den har i sitt sköte.

– Dagar... få leva, sa han högt men för sig själv, ty där fanns ingen åhörare, ingen som lyss till hans nyspunna poem.

33

– Vi har i alla fall tur med vädret, sa Jonna när de hade suttit ett tag på parkbänken som de funnit uppe vid vändplatsen på Utsiktsvägen.

De hade fin överblick av villan vid nummer 22 på höger sida av vägen och utsikt över färjetrafiken till S:t Petersburg, Riga och Mariehamn som sakta och majestätiskt kom glidande.

– De var maffigt, fortsatte Jonna. Fan, här har vi ju det bra!

– Om det hade regnat då, sa Tessan?

– Men lilla vän, du var mig en sann positivhalare. Då hade vi kunnat sitta med fönsterbord på färjan mot S:t Peterburg istället förstår du väl, vad? Nej, då hade vi fått häcka i bilen en stund för att tillfredsställa våra begynnande sittsår. Som du säkert anat, kan vår uppgift dra ut på tiden. Vi kan väl tänka så här? Hur ofta behöver man vattna blommor om sådana finns? Att kolla posten om en veckolåda finns? Det är som att titta till en lägenhet, villa eller liknande bostad? Man kanske vill synas på ägan för att det inte ska se övergivet ut och dra till sig blickar av nyfiket slag. Det får med andra ord inte se obebott ut. Då är det bra om en dyrbar bil skulle stå på garageuppfarten någon dag. Varför, behöver man någon som "tittar till" sitt boende medan man är på annan ort? Du serverades svaret alldeles nyss.

– Ja, den stora anledningen man först tänker på, det är ju posten. I det här fallet finns ju inte den numera vanliga låsbara veckopostlådan. Märkligt att man bara har en liten låda? Men hans post kanske är eftersänd? Det gäller såklart inte paket. Sedan vet jag inte om det kostar något, men det är inget i så fall som skulle bekymra Ullman. Det har han säkert råd med.

– Rätt på alla delar, sa Jonna och log.

Har man råd med en sådan där barre, sa hon under samma leende medan hon pekade på Ullmans stora villa, har man råd med några spänn för en eftersändning av posten, tro mig. Så är det bara.

Tessan vände huvudet åt höger och tittade förbi Jonna. Där var ju en gångväg som fortsatte upp genom en liten skogsdunge på bergknallen bredvid dem. Någon kom gående på gångvägen och både Tessan och Jonna blev plötsligt väldigt upptagna av sina mobiltelefoner som de började knappa på. Jonna tog på sig sina stora solglasögon. Gångvägens andra ände, var vid en busshållplats för att ta sig in till stan eller andra delar av Lidingö. Kanske kom den som såg till Ullmans hus lite diskret med buss, tänkte hon? Från Södra Kungsvägen då i så fall, bussen går in till Cityterminalen i Lidingö Centrum. Den som kom var en äldre dam som bara hade ägnat de båda spanarna en kort blick med en nick som följd. De hade nickat tillbaka och Jonna log sitt bästa varma leende mot damen, som försvann vidare ner och bort på Utsiktsvägen

Hon hade fortsatt bort en bra bit, innan hon så öppnade en grind på vänster sida av vägen och försvann ur sikte.

– Hon såg lite dyrbar ut, viskade Tessan!

– Varför viskar du, fnissade Jonna?

– Ja just de, varför viskar jag? Och så fnissade även hon. Du, tror du möjligtvis att den som ser till Ullmans hus, kommer med buss?

– Nej, det tror jag inte. Men vi borde flytta oss härifrån nu ett tag så vi inte drar ögon på oss. Vi gör så här. Jag går iväg på gångvägen så får jag samtidigt lite koll på var den exakt tar vägen och hur långt det är till busshållplatsen. Vi har ju inte hört någon större trafik från de hållet, eller?

– Nej, jag har i varje fall inte hört någon buss och de borde man väl göra.

– Exakt! Sitt kvar här nu och håll kollen på tjugo tvåan, så drar jag iväg en stund. Blir säkert borta någon halvtimma.

– Om du hittar någon butik, får du gärna handla med dig ett par äpplen så har vi något att göra ett litet tag.

Leendet satt där igen, varmt och tilldragande medan hon gjorde tummen upp.

– Lägg äpplena i en påse, man vet inte vad som kan hända om någon får se dina äpplen. Ormar kan vara lömska.

– Riskfritt, tror inte på det där med lustgården. Jag har även blått bälte och det räcker länge mot lömska ormar.

Jonna försvann iväg på gångvägen och Tessan vände blicken mot Ullmans villa längre ner på vägen. Bänken hon satt på, låg säkert på två hundra meters avstånd. Så där med egna tankar snurrande, så undrade hon mer än en gång, hur man kunde ha råd med en sådan stor villa som såg lite dyr ut. Där fanns det där nu vanliga, "extra allt" som det väl heter i snabbmats-branschen där det innebär ytterligare tillägg av samtliga tillbe-hör såsom ost, tomat, lök, räksallad etcetera. Här såg det ut på samma vis. Tujor om tre i varje grupp, granitmuren i tre etage, gatstenslagd uppfart till garaget av trolig bohusgranit. Markiser vid varje fönster med automatik. Den där automatiken mindes hon att Anton pratat om då de var där och träffade Ullman och fikade. Inget runt huset verkade vara standard, utan de var det där lilla extra allt, hela tiden. Sedan bor han inte där, utan i Köpenhamn! Kan knappast vara gratis att bo där heller. Det måste vara en lukrativ affärsidé de där med strippkrogar och lättklädda brudar. Kanske inte idag på samma vis som på -70 talet förstås, men det funkar tydligen även idag. En ny gene-ration är på uppväxt med visst drag åt det frivola, hade hon läst. Idag verkar ju varenda brud ha en man i byrån i en ask bland andra grejer, som hon sjöng en gång.

På håll, långt bort på vägen, såg hon Jonna komma. Hon pas-serade precis villan där damen nyss hade försvunnit in. Så hade hon stannat och vänt sig mot villan och sköt upp sina stora solglasögon i hårburret. Det såg ut från Tessans håll som om hon talade med någon. Typiskt Jonna, tänkte hon. Hon snackar med allt och alla. Äpplen verkade hon i alla fall köpt med sig för hon hade en påse i ena handen. Så... äntligen, började hon släntra vidare upp mot bänken där Tessan satt nyfiken och väntade.

– Men hallå, sa hon. Har inte vi setts tidigare?

– Jo sa Jonna och sträckte fram handen, Jonna Edelman!

– Berätta, jag håller på att rämna i alla mina beståndsdelar av nyfikenhet?

– Det var damen som gick förbi här för ett tag sedan, jag talade med.

– Du är bara så galen!

– Hon hade kommit med bussen, berättade hon för mig efter ett tag. Jag berättade bara för henne, när hon lite försynt frågade vilka vi var och vad vi gjorde där, att vi håller på med ett reportage om färjetrafiken och om hur den möjligen stör de boende på Utsiktsvägen. Hon bad om ursäkt för sin fråga och sa att man vill ju gärna hålla reda på vilka som rör sig där på vägarna i villaområdet, som man inte känner igen.

– Men det var väl bra av henne sa Tessan, att hon håller reda på alla skumma typer?

– Jo, hon var lite om sig och pratglad vilket jag tacksamt tog emot. Hon berättade om ett par ungdomar, eller vad hon skulle kalla dem hade hon sagt, som kommer i en fin bil, en Mercedes och stannar på uppfarten till herr Ullmans hus.

– Det här bli bättre och bättre, Jonna.

– Och ännu bättre om du inte avbryter mig hela tiden. Jo, i alla fall så frågade jag om det var ofta hon kunde se okända ansikten på Utsiktsvägen? Nej, så var det inte. De var de där två ungdomarna och så då dig och din kollega. Ullman själv har jag inte sett på ja, jag vet inte när? Här verkar ju vara hur fint som helst att bo, hade jag fortsatt. Snygga fina villor och lugnt och inget nedklottrat. Förlåt hur var namnet, frågade hon? Jonna Edelman, sa jag. Inez Stjernfeldt sa hon, tackar!

Medan Jonna berättade tog det var sitt grönt äpple och gav sig hän åt ett litet mellanmål.

– Vad är det för äpple, undrade Tessan?

– Ett grönt, Granny Smith, tror jag det hette, mormor Smith!

– Granny Stjernfeldt, sa Tessan och log. Tack för äpplet!

– Hur många dagar har vi suttit här, sa Jonna plötsligt?

– Vi kom ju tidigt i morse.

– Kolla, det kommer en Düsseldorf sakta rullande!

– Håll i mig, Jonna?

– Den kommer absolut köra upp på Ullmans garageuppfart ska du se. Då är vårt spanade strax avslutat.

Så var det också. Jonna fick rätt. Denna blanka till synes dyra Mercedes Benz svängde in mot Ullmans garageport. Ur bilen klev två personer, en man och en kvinna. Med vetskap om innehållet i deras tidigare utredning och tillgång till fotografier, kunde båda två lätt konstatera att det var Ella Pineda Ortega 29 och Ediz Nesrin 21 som nu stod på garageuppfarten bredvid en som de trodde, väldigt kostsam Mercedes Benz av senaste modell. Helvit men utan kikarsikte.

– Jonna tog sin mobiltelefon och ringde Svanstrand.

– Ja, kommissarie Svanstrand, svarade han?

– Hallå chefen, läget, sa Jonna?

– Jo tack, det är bra. Och själv?

– Fina fisken. Härligt väder, härlig utsikt här på Lidingö.

– Och du har på tungan?

– Jo, precis nyss parkerade en dyrbar Merca på Ullmans garageuppfart. Den som klev ur bilen heter Ortega, det var hon som körde och passageraren var unge herr Nesrin.

– Strålande! Då kan ni utgå. Uppdraget slutfört. Kan ni slå några rutor på platsen vore det bra. Det skulle Krister gilla.

– Men bäste kommissarien, vem tar du mig för, en nybörjare? Du kommer få bilder så du kan gödsla med dem. Något annat tror du innan vi stänger?

– Nej, inte så här på rak arm. Jag tror du kan stänga butiken, Jonna, ja. Bra jobbat!

– Tack chefen!

– Då kan vi utgå, Tessan. Sigge var nöjd och tackade för ett bra jobb. Man kan väl säga att inte nog med att vädret föll oss i smaken, så kom våra objekt redan första dagen. Med oflyt, hade vi fått sitta här och häcka hela veckan.

34

– Jaha ja, här har de närmast sörjande redan samlats. Det bådar gott inför dagens predikan.

Svanstrand kom i korridoren mot församlingen som i vanlig ordning höll igång korridorsnacket som om de väntade på en filmförevisning i småskolan.

– Eftersom värmen är påtaglig och vi tänker bättre under svala förhållanden, har jag fixat ett annat rum, det blir lilla föreläsningssalen längst bort i korridoren som har bra luftkonditionering. Följ mig, eller rättare Sivert, som är den som har nyckeln till salen.

Som den ystra grupp det tydligen var, tog några upp en spontan applåd, andra tjattrade vidare som typiska förstagluttare i plugget så som Sigurd mindes det från småskolan hemma i Mjölby.

– Sivert låste upp och klev åt sidan med en välkomnande gest med handen som väl skulle betyda, var så goda, kliv på.

– Välkomna till dagens möte... och så lite ordning i klassen om jag får be? Bra! Vi ska köra direkt med var vi står.

– Vad är det som senast tilldragit sig haver, tänkte jag börja med. Eller min vana trogen, Sivert gör föredragningen han är betydligt bättre på de än vad jag är. Sivert, var så god och tag plats och sats.

– Ja, jag tänkte då börja med topsningarna vi har haft på gång. Janne och Gugge tog ju en liten tur ut för att träffa Stefan Karlsson för att låta honom peta runt med topspinnen i gapet. Han tyckte inte det var något problem, tvärt om sa han.

– Hur hittade ni honom, undrade Anton? Förra gången var han väl på Maria kliniken, var fanns han idag?

– Ja, Janne eller Gunvor, var hittade ni honom?

– Han har ju en adress egentligen som han står som mantalsskriven för på Wollmar Yxkullsgatan på Södermalm. Han har en liten tvårummare där, riktigt trevlig förresten. Utanför protokollet, kan nog den killen komma på fötter. Han går ju hos en samtalsterapeut vid Södertälje sjukhus som heter Vendela Grense som verkar väldigt bra och verkar få styrsel på Stefan. Förlåt, det blev en lite längre utläggning på en kort fråga.

– Alldeles utmärkt utläggning måste jag säga. Jag tycker det är väldigt bra och framför allt trevligt om ni kan arbeta på detta emotionella plan. Kan vi rädda Stefan från förfallet, har polisen gjort en insats värd namnet. Bra jobbat säger jag och jag är ganska övertygad om att facket håller med.

– Alltså, återtog Sivert, det var i hans lägenhet på Wollmar Yxkullsgatan man topsade honom. Han tyckte som sagt att det inte var något problem. Nu kan man testa hans dna mot det dna som funnits, vad han förstod, på sin faster och finna att han inte har med hennes död att göra. Men det var fortsatt ledsamt och tragiskt för hans del. Varför fick hon inte leva?

– Förmodar utan att behöva fråga egentligen, men detta prov finns nu nere hos NFC i Linköping?

– Rätt, Anton!

– Om vi då tar våra danska kollegor och deras topsning av vår danske köpman Ullman, finner vi att inte heller det var några större problem.

– Konstigt, det trodde jag det skulle bli, sa Janne.

– Det var så enkelt att efter lite slagningar hos den danske politi, så fann man Ullman daktad. Där fanns då foto på vanligt vis, samt alla fingrar plus som grädde på moset, hans dna. Man har skickat dessa uppgifter till NFC så får de kolla upp med det dna vi är intresserade av. Som ni minns kanske, och om ni var med på pluggets naturlära, ja som det hette på min tid, så handlar det om att för att bli ett barn, fordras det två personer, precis som man bör vara för att dansa tango. I detta fall en av varje kön. Modern har vi ju, det vill säga gamla fru Ella Pineda Ortega. Men det står, fader okänd i rullan. Vi har en idé, men ingen vetskap. Våra vilda spekulationer handlar ju om Mads Ullman eller Jens Sörensen. Jens kan vi ju av förklarliga skäl inte topsa, därför har Stefan fått ta på sig den delen. Gertrude och Bo Göran, som är Stefans far, var ju syskon och hos dem finns således spår i ett dna på en krånglig väg.

– Ursäkta en frågvis yngling, sa Anton. Men, varför var Ullman daktad, vad hade han haft för sig för att bli daktad?

– Bra fråga sa Sigurd. Jo det handlar om hans lilla rörelse på Isdegade i Köpenhamn och hans nattklubb. Där fanns både bokföringsbrott och misstanke om penningtvätt och ytterligare något som krävde topsningen.

– Detta såg man inget spår av då vi träffade honom, sa Anton.

– Hur menar du nu, undrade Janne?

– Ja han verkade så världsvan, så gästvänlig så ödmjukt tillmötesgående med våra frågor.

– Jo men det kanske är så att i de lugnaste vatten... och så vidare, sa Sivert.

– Gott folk, vi travar vidare. I sinom tid lär vi få vetskap om hans betydelse för sitt dna.

– Men Sigurd, bara en liten knorr till vad gäller farbror Ullman.

– Visst Sivert, passa på när du är igång. Ursäkta att jag jäktade på.

– Han har typ 2-diabetes, Ullman alltså. Det är ganska märkligt i vårt fall. Ja inte att Ullman har diabetes, men att det sammanklumpat sig på något mystifikt vis. Alltså, om vi tar det från början, så berättade unga Ella Pineda Ortega att hennes sambo, den unga studeranden Ediz Nesrin, också har diabetes. Om vi sedan kryddar det med att "Pinnen", det vill säga överläkaren i diabetelogi, René Pinné, har en vida utbildning och forskning i ämnet Diabetes med utbildning inom endokrinologi. Vi kröner det nu med Mads Ullman som har diabetes. Sällan bra eller ger förtroende med så många gemensamma nämnare i samma portuppgång, om ni förstår min andemening? Bara tillfälligheter förstås.

– Säg nu inte att även vårt offer, Gertrude Sörensen också hade diabetes, sa Anton med viss skepsis?

– Nej, så är inte fallet. Emma på rättsmedicin, var inne på den delen tidigare men fann inga belägg för det. I och för sig lägger sig sådana substanser och planar ut inom några timmar, men läkarjournalerna från hennes vårdcentral, talade inte heller något om diabetes, tvärt om. Hon hade perfekta blodsock-ervärden.

Hennes värden låg runt 5,2 millimol vid glukostester. Inte många som har så låga värden vid den åldern utan att tänka på vad de petar i sig av söta praliner och annat sötat godis.

– Är vi klara nu om vem som har, eller inte har diabetes?

Nickandet var samstämt. Som att dra i ett endaste snöre till flera marionettdockor.

– Bra, då vill jag ha in alibin för René Pinné och Ella Pineda Ortega samt Ediz Nesrin. Det är inte så bråttom alls, räcker bra om de finns med vid morgondagens möte. Naturligtvis kommer jag nöja mig med deras berättelse vad de pysslat med den aktuella tiden. Vilken tid det handlar om, har ni ju sedan tidigare i ett pm. Bara läsa innantill. Skulle någon säga sig ha alibi, så är det ju inte värre med de än att ni naturligtvis kollar hur det förhåller sig med den saken. Ni har säkert, vakna som ni är, observerat att varken Vikke eller Wilbur är närvarande vid dagens möte.

Gruppen började se sig om och fann att de inte fanns med runt bordet. Har man nu blivit så van att man inte reagerade på detta, var troligen den gemensamma tanken?

– Det är så man missar detaljer, fortsatte en något munter chef. Det går slentrian i allt. Man var van att de brukar sitta med. Det är så vi missar bevis, signalement, färger och former bara för att vi är vana att Herr Gårman är grön, medan Herr Stårman, är röd. Det ska bara vara så. Men nu är det så att de pysslar som bäst i detta nu, med en husis på Stationsvägen med skylten Sörensen, på brevinkastet. Krister hade i går eftermiddag översänt nödvändiga papper på en husrannsakan.

202

Vi fick även de handlingar om behövdes och var lite krångligare att få ut då det var lite fler instanser som skulle säga sitt innan vi fick tillstånd att även öppna kassaskåpet.

– Låter både bra samt, måste jag säga, överraskande med ett godkännande att få öppna kassaskåpet. Då får vi hoppas på att för oss rätta prylar finns där som gör att vi kan få samma tillstånd i förlängningen för en husis i Köpenhamn i farbror köpman Ullmans lya.

– Kan detta bli en bra början på dagens prövningar? I så fall tycker jag vi gör eld - upphör här och drar ut på fältet för de som har jobb där. Höger vänster om – marsch!

Svanstrand tänkte i samma andetag på sin fiktive kollega med befälsgraden furir, gruppchefen Will Knott. Han var bara så fast för figuren i romanen, *I månens klara sken*. Han ruskade på sig och såg efter sina tappra krigare som trängde sig ut genom dörren där Sivert symboliskt föste ut dom mot nya betesmarker.

35

– Du, vi får köra iväg till den där stora parkeringen vid centrum, sa Viktor när de närmade sig Stationsvägen. Fan vad de bygger överallt, sa han i nästa andetag. Dit vi ska, bygger man på både den östra och västra sidan av huset, men de har en bra bit kvar upp till den nivå vi ska till så vi behöver inte oroa oss för fönstertittare.

– Kranskötaren då? Han sitter väl i den nivån som vi ska till.

– Äh, han fattar ändå inte vad vi gör. Har vår dörröppnare kommit ännu tror du?

– Enligt Sivert så skulle han säkert vara på plats före oss. En morgonpigg kis, klockan är ju i alla fall bara kvart över tio, sa Wilbur och gäspade demonstrativt.

De tog sina väskor när de parkerat på den stora parkeringen utanför matkedjan och de bar iväg med en väska i var hand mot sin adress.

– Ska vi slå vad om låssmeden kommit? Den som förlorar, bjuder på fika? Okej, sa Wilbur. Jag tror han är där redan. Då håller jag emot, sa Viktor.

De petade upp den något tröga porten och klev in i den lite murriga farstun. Det stod ett par rullatorer innanför porten och några flyttkartonger.

De fick trycka ner hissen som småningom anlände och de hörde den metalliska rösten säga "Entréplan". De klämde in sig i den tubliknande trånga hissen och tryckte på våning nio.

De sa ingenting till varandra under uppfärden utan tittade bara på den grå hissväggen som gled förbi med våningsdörr efter våningsdörr, till dess den metalliska rösten berättade "Våning nio". De klev ur hissen med sina väskor och fick gå halvtrappan ner. Våningsplan åtta, hade ingen avsats för en hissdörr. Man fick antingen åka till plan nio och gå en halvtrappa ner, som nu Karlsson grabbarna gjort, eller så åka till våningen åtta och släpa på väskorna en halvtrappa upp. Valet var således inte särskilt svårt.

När de närmade sig våning åtta via trapporna i trapphuset, satt där en kille i trappen med en större svart läderväska bredvid sig. Viktor halade upp sitt legg för killen i trappen. Han reste sig och log...

– Samma här, sa han. Nils Jönsson tekniska roteln Kungsholmen. Märkligt att vi inte setts tidigare. Men jag är förstås sällan inne på firman.

– Tjena sa Wilbur. Jönsson... ifrån Skåne, undrade han? De hälsade på varandra med en hand i luften.

– Från Ystad, sa han.

– Då tar vi och kliver på, sa Viktor som precis hade öppnat dörren. Svart som vanligt och ingen grädde, undrade han mot Wilbur?

Jönsson hade tittat på Viktor uttryckslöst.

205

– Precis, och tack för kaffet!

– Hur gör vi nu så vi inte krockar med varandra, undrade Nils?

– Du lägger helt klart beslag på klädkammaren.

– När du är klar, hängde Wilbur på, med själva lucköppningen tipsar du oss om detta, sedan är du ledig för idag Nisse.

– Om det vore så väl, sa Jönsson. Men, vi kör efter den mallen den låter bra och passar mig fint.

– Du kör såklart med munskydd och handskar, eller hur undrade Wilbur vidare som tagit över svadan. Vi vill inte blanda en massa dna i onödan liksom fingrar, om du förstår.

– Jag har varit med förr, sa Jönsson lite indignerat.

– Bra då kör vi så det ryker, Vikke. Vi börjar med garderoben så får vi se om där kanske finns något matnyttigt. Dricka lär ju finnas i överflöd, men det matnyttiga skulle vara betydligt bättre.

De öppnade garderobsdörren och där såg de minst 100 kapsyler på lika många buteljer som pekade på dem. De låg liksom skavfötters.

– Ska vi göra husis så ska vi, sa Viktor.

– Yes, pal, sa Wilbur. Vi vet ju inte vad som kan dölja sig under denna trave. Smart drag egentligen. Man behöver ju inte något kassaskåp på det viset, fortsatte han sin fundering. Jag menar, vem fan står och flyttar undan över tvåhundra buteljer med fin whisky? Vi kommer upptäcka det. Sedan ska vi trava tillbaka dem. Kommer ta hela dan, antagligen. Kanske inte finns ett skit när vi kommit till botten.

– Nää, kanske inte, men då vet vi i så fall att det inte fanns något bakom, eller under alla pavor. Kanske bäst vi från början gör ett överslag på hur stor plats på golvet detta kommer att ta så vi inte behöver flytta om en massa buteljer efter en stund. Och du, vad tungt det kommer bli. Vi ska flytta på i runda slängar 300 liter wirre för hand, runt 400 pannor plus!

– Tur att det bara är en dubbelgarderob. Undrar varför han sparade, eller samlade på wirre och av samma märke, Grants?

– Finns folk som samlar på allt. Traktorer, telefoner, gamla lie orv, Märklintåg, men bara på godsvagnar och lok. Vad det ska vara bra för, se de vet jag inte. Eller säg frimärken, som vår egen Svanstrand pysslar med, eller kanske pysslade med. Vad ska han göra med alla dessa små klisterlappar, Wilbur? Något egenartat kanske. Jag samlar själv på erfarenheter. Det tar inte lika stor plats som traktorer eller rostiga gamla mopeder.

– Håller du koll på räkningen Vikke?

– Jamen vad tar du mig för? Klart jag gör. Vi har snart tömt den vänstra delen av barskåpet. Vi är upp i 134 stycken, 135, 136… vi närmar oss slutet på denna halva av garderoben. Tänk om de haft en klädkammare, Wille?

– Snacka inte en massa skit, langa på…

– Sådär! Nu har vi tömt den vänstra sidan av dubbelgarderoben och har exakt 159 stycken i dubbla led. Någon har tullat på en flaska. Kanske den som står ute i kylskåpet i köket.

– Då tycker jag vi gör så här, nu travar vi tillbaka rubbet innan vi tar den högra sidan av godisskåpet. Men vi tar fem minuter och kollar hur det går för Jönsson.

De rätade på ryggarna och masserade handlederna medan de klev in i klädkammaren där kassaskåpsdörren stod på vid gavel. Men Nisse syntes inte till. De gick ut i köket, och där satt han och snackade i sin mobiltelefon samt blossade på en cigg.

Deras dörr öppnare vinkade med handen att de skulle sätta sig medan han snackade färdigt i mobilen.

– Och du sa bara "sesam öppna dig" förstår jag, som den gamle vedhuggaren Ali Baba en gång gjorde och så var det öppet å klart?

– Ja, så skulle man kunna förklara hur de var. Eller rättare sagt, svårare än så var det inte. Det var ju ett gammalt kassaskåp och sådana är för dagens öppningsceremoni, som regel ganska enkla att öppna, med typ den där trollformeln. De här gamla skåpet i armerad stålplåt, som var ett Rosengrens tillverkat 1907, behövde bara några vänliga ord så var de klart.

– Hur lång tid tog det för dig att öppna skåpet?

– Ja, jag är ju ingen Charles Ingvar Jönsson, men det tog nog en kvart – tjugo minuter, de gjorde det. Man har tacklat av.

– Ni är inte släkt Charles Ingvar och du, undrade Vikke?

– Nej, vi är ju inte de. Kan jag utgå nu?

– Jamen visst, bara ta filttofflorna samt stetoskopet och lämna de övriga åt oss. Tack för hjälpen Nisse, sa Wilbur!

– Så lite så, grabbar!

När Nils Jönson avlägsnat sig pustade grabbarna Karlsson ut och begav sig åter till platsen för kassaskåpets plats.

– Fan, de hade ju en klädkammare, sa Viktor? De missade jag tidigare, eller glömde bort. Då är jag tacksam som sagt att de nöjde sig med det lilla barskåpet.

De kollade med stora ögon in i skåpet, ett grågrönt skåp med ljusgråa slingor målade runt hörnen som en murgröna. Viktor fotograferade innehållet och dess exteriör med ett flertal bilder. Där låg några pärmar, men den mesta delen av kassaskåpet var en hel del travar med bandade sedlar. Inga mynt, bara sedlar i större valörer. Femhundringar och tusenlappar var de vanligaste. Inget narkotikaklassat alls, vilket ju kändes bra i sig. Nu sökte dom dna innan de tittade i pärmarna. Troligen blir de tvungna att tömma kassaskåpet på rubbet och ta med sig alltsammans upp på roteln. Det kan ju hur som helst inte ligga kvar där de låg. Det blev nya handskar och munskydd igen. Svanstrand hade ju talat sig ivrig över något kontrakt eller avtal mellan de båda kompanjonerna Ullman och Sörensen. Detta kunde avgöra i första hand om det blev någon husis på samma vis i Köpenhamn hemma hos Ullman, eller inte. I andra hand handlade det om arv, men de var ju inte deras bord. Man packade ner allt i en flyttkartong och Wilbur tog hissen ner med guldet och pärmarna i, medan Viktor väntade till dess han kom upp igen så de kunde få med sig väskorna också.

Wilburs mobil gav ifrån sig en signal...

– Ja, chefen! Wilbur speaking!

36

– Hallå Wilbur, hur går de?

– Men de går bra, vi sitter här med plåtskåpets tjocka dörr på vid gavel. Det är numera tomt.

– Berätta, har ni hittat något vi har användning för?

– Ja, i garderoben räknade vi in… hur många var det, Viktor?

– Exakt 319 stycken 1,5 liters flaskor Grants whiskey!

– Du hörde vad? Det var 319 flaskor wirre och de kan vi väl ha användning för? Nä jag skojar, det var vad de lilla barskåpet innehöll. Inget annat. Plåtskåpet vi sitter vid nu, innehöll en massa buntade svenska sedlar i olika valörer men mest tusingar faktiskt. Sedan fanns det två pärmar med handlingar i. Den ena innehåller så att säga, bara hushållspapper. Deklarationer, räkningar, fraktsedlar av möbler och en del kvitton från Bukowskis. Sedan, den andra pärmen, det var en typisk bolagspärm. Den innehåller bara en massa som handlar om deras affärsverksamhet, lokaler, hyror osv vad vi tror.

– Inget kontrakt eller så dem emellan?

– Lugn å fin, jag skulle komma till de.

– Det finns något som liknar ett diplom, eller något. Påminner om ett färdigtryckt kontrakt. Verkar vara från en revisionsbyrå. Inget hempul i alla fall. Det kan jag inte i min vildaste fantasi tro av de proffsiga utförandet att döma.

– Låter som våra jurister får en del att jobba med.

– Ja absolut. Som du vet är vi ju bara gräsrötter på området juridik.

– Ni tar med er allt upp eller hur, sa Svanstrand?

– Absolut chefen. Vi har just packat ner allt i en flyttkartong och kört ner det till bilen. Plåtskåpet står kvar här ensamt med ett fånigt tomt uttryck. All wirre är återställd i garderoben så som vi fann det.

– Har ni dokumenterat allt på något vis?

– Vi har i erforderlig ordning nerskrivit i protokoll med allt vi gjort och funnit, samt plåtat en väldig massa. En bild säger ju mer än tusen ord så det kan bli ett bra komplement med några bilder på guldet. All whisky tillfaller ju någon rättmätig ägare som kan bada i drickat. Det är ju totalt 478,5 liter Grants whiskey. Det kommer med lätthet att fylla ett badkar, så nog kan man bada i det allt.

– Okej, Wilbur. Försök hålla tassarna borta och pallra er hit när ni är klara. Försegla gärna dörren när ni lämnar. Det kan ju vara så att vi behöver göra någon ytterligare undersökning eller liknande. Jag har ju inte fått något svar ifrån Krister ännu om han vill få se er rekonstruktion av tillvägagångssättet vid dörren hur någon lämnat lägenheten på ett diskret genomtänkt vis. Det kan ju i och för sig bero på vad som står i pärmen om deras bolag. Kanske är det en avgörande bit som han vill få genomförd. Det kan vara avgörande bevis.

211

– De är helt okej för oss, chefen. Vi är redo och kommer att kunna använda exakt rätt typ av klädstreck som vi kan ta ifrån torkhissen i badrummet. Rätt stol och hela köret finns ju där på plats.

– Jo du Wilbur, det har kommit ett svar ifrån NFC också. Det gäller den där lilla plasthylsan, eller vad de var. Minns du hur stor plasthylsan var?

– Inte på rak arm, men jag knappar nu på min platta för att kolla. Den var liten, de minns jag. Och du har fått något svar, menar du?

– Exakt!

– Positivt svar?

– Ja, det tycker jag nog.

– Nu ska vi se, här är de… plasthylsan var 15 mm x 4 mm och transparant. Jäkligt svår att se på klinkergolvet, minns jag. Tror de var mer av en händelse och tur, än skicklighet.

– Då är det samma vi fått besked om, för den har exakt de mått som du nu berättade. Jag har talat med Emma om detta fynd och svaret vi fått från NFC, om hon kan ha en susning om vad det är för plasthylsa.

– Och de kunde hon förstås. Fan, vi borde vetat det själva. Jag har sett en sådan där hylsa tidigare men trodde det var ett skydd för borsten på en makeuppensel.

– Ett skydd är det i alla fall om än inte för en makeuppensel, Wilbur. Det är ett inre nålskydd för en injektionspenna.

– Tycker jag låter underligt. Varför låg den i hennes badrum?

– Jo, man kan tycka så. NFC fann lite substans av det preparat som troligen funnits i den där injektionspennan. Emma sa att det alltid brukar finnas en liten droppe i hylsan.

212

– Är det här ett fall framåt, tycker du?

– I vilket fall som helst så kan vi börja dra i repet som sitter runt säcken.

– Då vet du troligen också vad de där var för droppe eftersom Emma så kategoriskt kunde säga att det alltid, undantagslöst, fanns en droppe vätska i nålskyddet på, den lilla plasthylsan.

– Stämmer Wilbur. Och den lilla droppen var insulin!

– Insulin?

– Exakt detta läkemedel. Vad använder man insulin för? Jo, om man har diabetes.

– Men diabetes hade ju inte vårt offer!

– Nej, hon hade ju inte de har Emma berättat, liksom hennes vårdjournal ifrån Landstinget. Men det finns andra i huset som har diabetes.

– Du menar den där kisen som studerar och har hjälpt vårt offer med olika tekniska prylar, tv-apparaten, persienner osv. Han har ju varit ett flertal gånger hos henne.

– Ja, då kan han väl ha tappat den där lilla oansenliga prylen? Hur som helst, ni tar med er rubbet upp på firman, så får vi se vad nästa steg blir allt avhängt av vad som finns i bolagspärmen. Kör försiktigt!

Wilbur satt kvar en stund och tittade lite förvånat på sin mobiltelefon som om han inte förstått någonting. Men så ryckte han på axlarna och log mot Viktor.

– Sigge bad oss köra försiktigt?

– Han tänkte väl kanske på vad vi har i flyttlådan, de där pärmarna och alla stålar. Hur mycket tror du det kunde röra sig om? Jag menar i rena kontanter?

– Tja, ett antal tusen spänn var det väl… några hundra tusen, skulle jag tippa.

– De får väl någon uppe på Kungsholmen räkna igenom.

– Men du! Sigge berättade om den där lilla plasthylsan vi fann i badrummet. En liten transparant pryl som låg på golvet. De var ju egentligen bara en tillfällighet att vi hittade den hylsan skulle jag vilja säga. Men, det är väl tillfälligheter som gör en bra kriminaltekniker?

– Vad är det med den nu då?

– Hylsan var ett inre nålskydd som man använder på en injektionspenna för insulin.

– Någon har eller hade diabetes, är det de du vill säga?

– Strålande Vikke!

– Men du, den där på hemtjänsten då?

– Ja?

– Hade inte hon också diabetes, eller var hon bara från Chile? Hur som helst, kan ju hon strött lite nålskydd omkring sig?

När de skulle ta hissen ner, det vill säga, halvtrappan nedanför deras brottsoffers lägenhet, då de stötte på "Pinnen" vid hissdörren. För våningsplan åtta.

– Hur går det, hade han undrat?

– Ja, går och går, sa Wilbur. Vi tar en dag i taget.

– På så vis. Själv ska jag längst ner med hissen till miljöstugan. Man samlar på sig en massa plastförpackningar och annat i den meningen. Jag försöker sortera så gott man förmår. En del bryr sin inte ett dugg om detta. Häromdagen, låg de tre golfklubbor bland metallskrotet. En drive med ett skaft som nästan var dubbelvikt. Någon har troligen haft kort stubin. Men, lycka till då grabbar.

– Du tror inte vi kan följa med och titta på de där klubborna?

– Visst, de är bara följa mig.

– Tack, ja jag har fått den där motionsformen med golf på skallen, om man säger. Försöker förstå hur själva motionen fungerar. Jag såg ju mest folk som gick omkring i kanten av fairway och letade i buskar och högt gräs. Kan väl inte bli någon motion av det? Men jag har bara två klubbor sedan tidigare. Ett putter och en järnsjua. Du vet möjligtvis inte vem som ägt dessa klubbor innan de hamnade i miljöstationen?

– Ledsen men jag gör ju inte de. Kan möjligen varit Sörensens för de skulle i så fall stått i en sådan där korg man har för paraplyer och spatserkäppar och liknande. Den stod i hallen vid klädhängaren i ett hörn.

– Du menar alltså uppe hos Gertrud?

– Ja, det skulle jag nog vilja påstå. Man tänker inte på det eftersom det oftast hängde någon kappa där och skymde det där paraplystället. Nej nu far vi, sa Pinnen och satte nyckeln vid hissknappen för nedra botten och vred om.

Hissen masade sig nedåt och Wilbur tittade på Viktor för att eventuellt få någon reaktion från honom. Vikke hade bara nickat lite diskret. Vad som rörde sig i huvudet på honom var svårt att säga. Troligen funderade även han på det där med golfklubborna som kan ha varit Sörensens men nu låg nere i miljöstationen för metallskrot.

Hissen bromsade in lite mjukt och den metalliska datorrösten förklarade, "Nedre botten, källarplanet".

Pinnen petade upp dörren och lyset tändes i källarutrymmet.

– Den här vägen sa han och visade med handen samt tog täten.

Lysrören gav ett fint ljus så de såg plastlådan där man skulle slänga metallskrot ganska direkt.

– Ja titta efter där, sa Pinnen, medan jag slänger mina plastdelar under tiden.

Det tre golfklubborna låg fortfarande kvar. Ingen annan hade fattat tycke under tiden och i morgon skulle de som tömmer alla kärl komma med sin lastbil från tippen.

– Kolla på den här träklubban, sa Wilbur och höll upp den med latexhandskar på. De är en Stadium, träklubba 1, eller driver som man också säger. Och den är aningen krokig mitt på skaftet som du ser. Precis som om man skulle slagit någon i skallen med den, sa Wilbur.

– Nä, sa Viktor! Du menar alltså...

– Ja, jag skojar inte Vikke. Men det beror på att jag fuskat lite i detta motionerande att leta efter bollar i buskarna. Vi måste plocka med oss dessa tre klubbor. De är helt klart av den ålder att det mycket väl kan ha använts av Jens Sörensen. Denna driver är en typisk träklubba värd namnet.

– Man känner sig aningen utanför. Jag kan ingenting om det där. Vad menar du, förklara gärna?

– Jo tidigare så var verkligen själva klubbhuvudet på en driver tillverkat av trä. Hårt träslag, oftast ek. Idag är det titan man använder och gör ihåliga klubbhuvuden som fylls med skum. Skaften är grafit eller stål. Den här träettan, har ett stålskaft. Nu är vi inne på en överkurs som vi inte behöver. Du Vikke, vi fann väl inga andra golfprylar uppe hos vårt brottsoffer?

– Nää, klubborna fanns ju inte där. Dessa har ju pinnen sett här i miljöstugan senare.

– Okej, då tackar man för hjälpen sa Wilbur vänd mot pinnen.

216

– Så lite så, sa pinnen och vinkade med handen när de lämnade miljöstugan och fastigheten.

– Vi tar med oss klubborna om det är okej, sa han.

Pinnen hade bara vinkat lätt med handen och gjort tummen upp.

– Ja, någonstans ska man ju börja, sa han och nickade mot klubborna Wilbur bar på. Lycka till!

Teknikerna Karlsson gick mot sin bil med tonade rutor och med tre golfklubbor i nypan. I bagageluckan låg innehållet från kassaskåpet och väntade och fick nu sällskap av tre golfklubbor.

– Sa inte Emma något om ett trubbigt föremål som orsakat skadorna på offrets kranie? Kanske var det Ekholm, förresten?

– Skit samma just nu. Nu får du köra oss tillbaka till Kungsholmen, sa Wilbur och kastade över bilnycklarna till Viktor. Svanstrand väntar!

37

De lastade över flyttkartongen till en liten pirra i garaget och stoppade golfklubborna i en mindre sopsäck i plast innan de drog iväg med pirran mot hissarna. Båda förberedde sig på en del pikar när de kom genom korridoren senare uppe vid Svanstands tjänsterum och hade en plastsäck med golfklubbor. Men all illa dold sarkasm och flinande undermeningar, uteblev.

Wilbur knackade på dörren till Sigurds krypin. Den röda lampan vid dörrposten, slog om till grönt.

Han öppnade dörren och de körde in dagens skörd på den lilla bagagepirran.

– Välkomna efter er lilla golfrunda, log Svanstrand och slog ut med armarna som en illusorisk björnkram när han såg golfklubborna sticka upp ur säcken. Skojar naturligtvis. Berätta?

– Om du menar klubborna, så träffade vi Pinnen när vi var på väg att åka. Han skulle ner till deras miljöstuga, som den kallas. Där slänger man plast och metallförpackning från hushållet. Någon hade slängt dessa golfklubbor där.

– Och då passade ni på att lägga rabarber på klubborna, sa Sigurd och log lite onödigt infamt?

– Vi tänkte på det där med de trubbiga föremålet Emma talat om. Det trubbiga föremålet som troligen orsakat vårt brottsoffers blåmärken i skallen. Den här drivern, eller trä 1:an exempelvis, sa Wilbur och pekade genom plastpåsen, är lite krokig på exakt det sätt som den skulle bli om man som av en händelse skulle slå någon i skallen med den.

– Talar vi om samma sak nu, undrade Sigurd? Det låter nämligen för bra för att vara sant.

– Jo, vi gör nog så, fyllde Viktor i. Pinnen sa sig ha sett att dessa klubbor stått i hallen hos Sörensen i ett paraplyställ. Nu hade han dagen innan vi sågs, sett dem ligga i miljöstationen för metallskrot. Och resten är historia.

– Ja, sa Wilbur. Vad tror du om att skicka dessa klubbor till NFC... eller något?

– Absolut. Detta känns rätt. Ni menar alltså att med denna golfklubba kan man slå ned någon så att den misshandlade somnar?

– Där träffade du rätt chefen, sa Wilbur. Hole in one!

– Okej, då gör vi som så. Jag ska ringa någon som får se till att dessa klubbor genast skickas till Linköping. Inte utan att man känner sig lite lyckostimulerad. Det är mer stolpe in för tillfället, än ut. Jaså, det är alltså så här sådana där klubbor ser ut på nära håll. Jag har ju bara sett de på tv, inte på det här viset.

Strax knackade det på dörren och in kom en inspektör ifrån tekniska roteln för att ta hand om klubborna. Han var förberedd och kom med både munskydd och latexhandskar. Vi tar och kör ner klubborna till Linköping med bil, sa han.

– Alldeles utmärkt. Kör försiktigt!

– Vi kanske skulle lämna över alla stålar till någon med förtroende som kan handskas med slantar utan att vara klåfingrig.

– Vi förseglar helt enkelt en plastpåse och ser till att lämna in den nere på banken, så kör dom pengarna i deras sedelräknare. Då får vi även ett kvitto från banken och ett nytt emballage, vad nu banken har för något i den vägen, samt förseglat såklart på återvägen. Så den vägen ska vi traska och inte behöva räkna pengarna själva. Maskinen sabbar inte heller ett DNA på pengarna, om det nu skulle finnas något.

– Här har du pärmarna också, när du ändå är på gång.

Svanstrand gnuggade händerna. Han satt som om han gjorde ett överslag vilken pärm han skulle börja med.

– Vi börjar med den tråkigaste och spar det bästa till sist, ja ja. Inte vet jag, bara hoppas och tror.

– Halleluja, sa Wilbur sin vana trogen!

Viktor och Wilbur satte sig ner för att titta på...

– Är det okej om vi hämtar oss lite kaffe, det har liksom varit full muff hela förmiddagen?

– Jamen visst, grabbar. Hämta ni ert kaffe, gör de så tittar jag lite i pärmarna under tiden.

Viktor och Wilbur lämnade Sigurd åt sitt till synes entusiastiska och hängivna bläddrande bland hushållspapperna. Han hade tänt upptaget lampan vid sin dörr, så nu var det skarpt läge.

– Såg du, sa Wilbur. Som en grabb på julafton som öppnar ett paket med det efterlängtade Märklin tåget. Ett ånglok med två gröna personvagnar och en slinga med räls. Lyckligare har jag inte sett Sigge på länge?

220

– Ska du välja kaffe nån gång, det börjar bli kö efter oss?

Wilbur hade vänt sig om och såg att där stod ytterligare en kollega för att få sig en mugg kaffe när det var hans tur.

– Håll ut, sa Wille vänd mot köslutet. När man väntar på något gott...

– Då verkar det som, man får vänta länge. Snabba på lite nu. Jag har en del att stå i, utan att behöva göra det i en kö för lite kaffe, sa siste mannen i kön som egentligen var en kollega ifrån span som förirrat sig till fel våningsplan.

Viktor puffade Wille i ryggen för att få honom öka takten.

– Öka för fan, Wille!

– Ja ja, maskinen jobbar inte snabbare än så här. Det är din mugg jag kör ut nu, sa han vänd till Vikke. Han vände sig åter om mot deras köslut och sa, nu kan farbror få sig en mugg byggkaffe, starkt som fan. Det är framkört och klart!

När de klev in till deras chef igen, satt Sigge fortfarande och bläddrade bland hushållspappren.

– Tänk, här finns ett större knippe kvitton för inrop hos Bukowskis. De var nog bland annat de där tavlorna jag såg. Minns från besöket i lägenheten både en Matisse och en Claude Monet. Jag har för övrigt själv en målning av Monet. Claude, tillsammans med Auguste Renoir kan man säga, var pionjärer för impressionismen. Ni kanske skulle investera i några av dessa herrars verk? Så gjorde i varje fall Jens B Sörensen.

– Och var har du plockat upp de där med impressionismen då, chefen?

– Lätt, det står här på kvittot en kortare beskrivning av konstnären som Bukowskis bjöd på som bilaga till kvittot.

221

– Så, sa Viktor. Det var inte bara kontanter han bar på, ja eller på senare tid även vårt brottsoffer och som nu kanske kommer att ärvas av Stefan Karlsson, hennes brorson?

– Stämmer bra. I övrigt var det mycket riktigt som Wilbur berättade på telefon när ni hade fått kassaskåpet öppnat.

– Du menar innehållet, undrade Wilbur?

– Ja, precis. Här finns i snygg ordning deklarationer tio år tillbaka i tiden. Här finns deras skolbetyg från flera år. Här hittar vi även medlemskapet i Ågesta Golfklubb som ju ligger nästgårds i Farsta. Det finns rubbet här av privata familjedokument. Ett inbördes testamente, men inget om deras arbete med företaget eller kontakt med Ullman.

– Och andra pärmen, företagspärmen?

– Ja den innehåller exakt det jag hade hoppats på. Ett avtal mellan kompanjonerna Mads Anker Ullman och Jens Bo Sörensen, samarbetsavtalet inom deras bolag.

Det här bli ju något för vår åklagare, att gotta sig i med sina jurister hjälp. Här får man inte missa en stavelse för jag anar att det är en jurist som upprättat deras avtal och då finns inget utrymme för felaktigheter.

Men läser man bara rakt av, så står det faktisk så här, jag citerar "Detta samarbetsavtal har denna dag 25 mars 1970 ingåtts mellan Mads Anker Ullman 38-03-10-2367 Vesterbrogade 28 Köpenhamn, Danmark och Jens Bo Sörensen 40-11-04-5223 Stationsvägen 2B Huddinge, Sverige.

Parterna förbinder sig gentemot den andre att inte yppa företagets affärsidé och verksamhet för utomstående.

Parterna ska två gånger per år gå igenom ekonomi och samarbete.

Om någon av Parterna vägrar, ses det som ett väsentligt avtalsbrott.

Om någon av Parterna avlider, övertar den andre Parten dennes ägarandel och eventuella uttagna aktier i företaget om den avlidne saknar egna arvingar/arvinge."

Ja, sedan det där med underskrifter och annat.

– Oj, sa Viktor. I mina öron låter det tillkrånglat, men jag är heller inte så bra på de där med juridik.

– De finns sedan en bilaga där man redovisar det där finstilta, men det får som sagt åklagardelen bena ut.

– Och rent konkret, vad innebär detta nu då, Sigurd?

– Det innebär att eftersom nu Gertrud Katarina Karlsson – Sörensen olyckligt halkat i sitt badrum och tillskansat sig allvarliga skador varpå döden inträtt, så är arvtagaren Stefan Karlsson, Gertruds brorson som sagt var.

– Drogproblemaren?

– Ja så kan man ju också säga, Viktor.

– Från att ha lånat fickpengar av faster Gertrud, blir han nu hastigt men mindre lustigt, mångmiljonär som det verkar.

– Det låter alldeles för enkelt i mina öron chefen, sa Wilbur och kliade sig i den väl tilltagna kalufsen. Man får ju i så fall lätt för sig vem som skulle kunna vara gärningsmannen. Men, om man utför en sådan här sak... borde man inte då vara insatt i vad som står i samarbetsavtalet innan?

– Ja, svårare än så behöver det inte vara. Vem känner till vad som står i detta samarbetsavtal mer än vad Sörensen gjorde?

– Bra fråga där, sa Wilbur. Man anar ugglor i mossen även om de inte hoar så man får ont i öronen direkt. Nu måste vi tänka!

223

– Första tanken är att överlämna denna pärm till Krister. Han kanske vill göra en husis i ett kassaskåp i Köpenhamn?

– Vad säger han om det då, tror du?

– Har ingen aning. Men den Danske Politi har sökt Ullman utan större framgång. Dom vet inte för dagen var han befinner sig. Vi har haft lite trevare ute efter en husis eftersom jag trodde just på det vi fann i Sörensens kassaskåp. Vi vet inte om han känner hur vinden blåser och har flytt fältet. Han verkar helt enkelt, færdig med øllet.

– Varför skulle han känna vartåt det blåser eller lutar?

– Vi har ju hans DNA vilket han säkert förstår som matchar DNA på Ella Pineda Ortega, hon som är sjuksköterska.

– Du menar alltså att hon är Ullmans dotter?

– Exakt!

– Men vad väntar vi på?

– Att först och främst Ullman ska dyka upp. Ni har möjligen något att pyssla med efter er husis, jag menar protokoll och sådant.

– Right, sa Wilbur och började gå mot dörren och fick Viktor med sig. Du vet var vi finns, sa han då han stängde dörren om Sigurd Svanstrand, deras kriminalkommissarie och hans nyfunna pärmar.

38

Även nästa dag var i stort sett den föregående lik. I en norr-förort, hade man eldat upp några bilar i ett parkeringsgarage. I en annan förort, söder om Stockholm, har någon blivit av med sin halskedja, klocka och mobiltelefon genom ett överfall och misshandel. Inne i City hade en cyklist blivit påkörd vid Kungsbron av en taxi och på Söder hade en gående, som kor-sat gatan via övergångsstället vid Rutger Fuchsgatan, blivit påkörd. Båda hade förts till sjukhus. Cyklisten till Karolinska, mest för omplåstring, medan gångtrafikanten hade förts med blåljus till Södersjukhuset. Det var det vanliga skörden av händelser mitt i veckan. Den ena med smärre skador, den andra med allvarliga men icke livshotande skador.

Cyklisten hade en mängd vittnen mot den taxi som mejat ner honom då taxin gjort en U-sväng över heldragen linjemarke-ring på Kungsbron, man hade både taxinummer och namn.

Med gångtrafikanten var allt inte lika självklart. Vittnen fanns, men mer än så hade det inte varit. Polisen rubricerar händel-sen som en smitningsolycka. Ingen hade sett någon registreringsskylt på bilen som alla ansåg föraren som skyldig. Men alla vittnen hade varit samstämmiga om att det varit en vit Mercedes.

Man hade också varit eniga om att den såg ut att vara av dyrbart slag och senaste årsmodell.

Svanstrand skakade på huvudet. Ingen hänsyn, konstaterade han. Den fan måste vi klämma åt. Gissar det finns skador på bilen så den kan vi nog hitta. Rutger Fuchsgatan, den går väl från Ringvägen, funderade han? Måste sätta en drake på detta med blåslampa i näven. Anton, såklart!

– Anton, sa Sigurd och lyfte mobilen.

– Jag lyssnar, svarade Anton!

– Var är du nu, undrade Sigurd i telefonen?

– Söder om Globen?

– Anton, du har väl sett om smitningen vid Rutger Fuchsgatan i går kväll?

– Ja, vilket jävla folk de finns. Tur att snubben som blev påkörd inte hamnade under bilen, då hade det blivit kylrummet på SöS. Var det inte på den gatan som Stefan Karlsson bor, eller?

– Låter bekant. Skippa det du har på gång. Se till att jaga skiten ur den som mejade ner gångtrafikanten och smet därifrån.

– Tar jag som ett hedersuppdrag, sa Anton och grinade elakt. Kan jag hämta mitt basebollträ först?

– Anton... skärpning!

– Skojade bara. Ett uttryck bara för mina känslor mot skitstöveln i bilen. En Merca, vad?

– Exakt. Du har allt på plattan.

– Härligt chefen, lita på mig. Vill du ha in fanstyget i ett stycke eller gör det något om det är i delar?

– Litar på ditt omdöme, Anton.

– En liten sista fråga bara.

– Shoot!

– Är jag ensam på detta, eller?

– Jag tror du klarar detta utmärkt på egen hand. Tessan och Jonna jobbar på Lidingö igen. Men du kan om du behöver, ropa in Gugge och Janne.

– Fint som snuset chefen, over and out!

Svanstrand vinkade endast lätt med handen medan han började bläddra i bolagspärmen igen. Han tänkte se om det stod något mer om deras samarbetsavtal innan åklagarna och deras räknenissar tar över rubbet.

I det finstilta kunde man få en bredare insikt i hur avtalet dem emellan var utformat tror jag, tänkte han och läste...

"Vad händer om en av ägarna skiljer sig? Hur kommer man ur ett dödläge om ägarna inte är överens? Vad är företaget värt?

Vid skilsmässa ska tillgångarna delas lika mellan de tidigare makarna och här ska värdet av eventuella aktier räknas in. En delägare som skiljer sig riskerar att hamna i ekonomisk knipa när den äkta hälften ska lösas ut. Ett vanligt sätt att gardera sig mot detta är att skriva in i kompanjonsavtalet att aktierna är enskild egendom. Om det ska ha någon verkan krävs samtidigt att makarna har ett äktenskapsförord.

Om en delägare dör övergår aktierna till dödsboet. Vanligtvis skriver man in en rätt och en skyldighet för kvarvarande delägare att lösa in den avlidne kompanjonens aktier. För att säkra att de har råd med detta brukar klausulen kombineras med att parterna tecknar en livförsäkring på varandra.

Kompanjonsavtal - aktieägaravtal används oftast synonymt."

Jaha ja. Det kanske finns tecknade livförsäkringar dem emellan också? Som kanske faller ut med si och så många miljoner vid kompanjons frånfälle? Det här blir större och större. Inte nog med att vi utreder ett mord, det handlar även om bedrägeri samt ekobrottslighet av omfattande art.

Svanstrand fortsatte att läsa...

"Vad händer om en av ägarna skiljer sig? Hur kommer man ur ett dödläge om ägarna inte är överens? Vad är företaget värt?

Om en delägare går bort är det viktigt att veta vad som händer med aktieinnehavet. Tillfaller det barn eller en partner? För att delägarna ska ha en rätt att lösa ut arvtagaren krävs det att det finns en hembudsklausul. För ett aktiebolag heter avtalet aktieägaravtal och för ett handelsbolag kallas det för ett kompanjonsavtal. Har man till exempel ett handelsbolag med bara två delägare (så kallat fåmansbolag) kan det hända att man inte lyckas lösa en konflikt."

Överlåter nog med varm hand detta till Krister och hans hejdukar på åklagarenheten. Han kommer säkert sedan ge direktiv om han vill ha någon husundersökning i Köpenhamn i Ullmans bostad. Vilken slipad list som nu började dagas.

Han behövde inte fundera längre för hans telefon ringde.

– Ja, Svanstrand, sa han?

– Anton här! Jag har varit uppe på Södersjukhuset för att jag hoppades kunna få tala med den som blev påkörd på övergångsstället av en smitare.

– Jaha, vad bra. Men du kunde väl inte tala med honom redan?

– Nej, det var just det jag skulle komma till. Han ligger nedsövd och väntas vara så ett dygn till.

– Han har en benfraktur liksom en armfraktur.

– Kunde läkarna säga något om hans framtid?

– Jo, de kunde dom. Han kommer bli helt återställd. Lite rehab med kryckor till en början, men redan om sex veckor tar man bort gipset och då kan man säga rehabiliteringen börjar på riktigt med hjälp av sjukgymnast. Om ett år, är hans ben och arm helt återställda.

– Så han kommer alltså att bli helt återställd?

– Ja, som jag sa tidigare, det kommer han att bli.

– Har du fått några personuppgifter på honom så vi kan börja någonstans att skriva in honom tillsammans med smitningen?

– Ja, håll i dig chefen.

– Ja, jo jag ska försöka.

– Han heter Stefan Claes Göran Karlsson med adress Wollmar Yxkullsgatan. Du vet, han med drogproblem och som tidigare hade en faster på Stationsvägen i Stuvsta.

– Nä, de är inte sant?

– Jo, det är de. I mitt tänk handlar smitningen helt klart om ett mordförsök. Nästa tanke är vilken biltyp som observerades av vittnen i samband med påkörningen.

– Ja, en vit Mercedes, sa Svanstrand? Ett egendomligt sammanträffande må jag säga med den vita Mercan som Jonna och Tessan observerat på Lidingö vid Ullmans hus, den som Ortega rattade? Det var ju också ett fordon av sen årsmodell.

229

– Läkaren sa att det var tur att han inte hade blivit överkörd och hamnat under bilen, då hade det varit osäkert om han hade överlevt. Han hade inte haft, på min fråga, alkohol i blodet och inga andra drogklassade substanser heller, för den delen.

– Nu rubricerar jag den tidigare smitningen till mordförsök.

– Min tanke också som sagt var, chefen.

– Anton, en fråga till. Du sa att han inte hamnade under bilen, hur gick själva olyckan till?

– Enligt de vittnen som fanns vid tillfället, berättade dom att han hade flugit snett över bilen och landade på trottoaren vid de där konditoriet som ligger där bredvid. Gateau, tror jag det heter. Så hans armbrott plus en del skrubbsår, hade troligen uppstått då han våldsamt hade landat på trottoaren. Lite cyniskt kan man säga att de inte blev någon fullträff således för den som hade avsett ett helt annat resultat. Detta sagt utanför protokollet, Sigurd.

– Okej, nu ska vi jaga ifatt en vit, lite dyrare, Merca som troligen kan ha någon buckla eller skada på bilens högra sida av fronten. Hur som helst, bra jobbat Anton. Häng på vidare och försök få snacka med vårt senaste brottsoffer, Stefan Karlsson så fort han väckts upp ur sin slummer. Tack så längre!

Hans telefon ringde direkt igen…

– Ja, Svanstrand?

39

– Hallå, sa Svanstrand igen!

– Ja hej, Sigurd!

– Men hej, vad trevligt att höra av dig, Emma.

– Hej, här hör jag själv inte så mycket. Man håller på att bygga om, öka ut och allt vad det är. Just nu arbetade man med en slagborrmaskin av den största modellen som det verkar, driven av en kompressor antagligen av oväsendet att döma. Men nu är det lugnt ett tag, hoppas jobbarna gått på rast.

– Du har något du vill förmedla eller fråga om, förstår jag?

– Ja, jag har ju äntligen det, sa hon. Det gäller vårt brottsoffer 45-03-21 Gertrude Katarina Karlsson – Sörensen.

– Jag är med, kör på Emma!

– Vi tror oss nu veta med bestämdhet vad hon avled av, eller på vilket sätt hon dog.

– Låter som musik i mina öron. Ja av kompositören Frans Liszt då om du inte misstycker, skyndade Svanstrand att säga.

– Alltså, återupptog Emma, så tror vi oss nu äntligen hittat svaret. Vi tror att lösning låg alldeles för nära.

– Ja ibland får man gå över ån efter vatten helt i onödan. Oftast är det enkelheten som är bäst och mest rätt.

– Nåväl, vi tror hon dog av en injicering, insulin.

– Men jag vill minnas att vårt brottsoffer inte var diabetiker det tror jag till och med du sagt tidigare?

– Det stämmer. Hon var inte diabetiker och det var därför hon dog av en större dos insulin. Vi sökte efter injektionsnålens lilla märke i hennes hud på de normala ställen man injicerar. Magen, låren, skinkorna… men inte ett märke efter en injektionsnål på dessa ställen. När man sitter på svaret eller har facit i hand, kan man förstå att det injicerats på annan kroppsdel av en icke kunnig.

– Hur kom ni på detta nu då helt plötsligt, sa en något irriterad kriminalkommissarie?

– Ja, jag förstår din indignation Sigurd. Vi hade ju detta på känn väldigt länge egentligen men vi ville inte torgföra något som sedan visade sig vara en undermålig teori, om du förstår. Sådant kan ju föra in er och ert strävande i fel banor. Men nu kom ju den där lilla plasthylsan, det vill säga det inre nålskyddet som tillhör alla pennkanyler, avgöra det sista steget. Den sista pusselbiten, då den visade sig härröra ifrån en insulinpenna, var denna lilla plasthylsa som låg på klinkergolvet i badrummet. Teknikerna lämnade ju den lilla oansenliga plastdetaljen till NFC som fann insulinet i hylsan. Om man inte är diabetiker och får en hög dos insulin injicerat i kroppen så uppstår hypoglykemi som innebär att blodsockret blir för lågt i kroppen. Resultatet är helt avhängt av hur stor dosen är. Om man inte är diabetiker och får en hög dos insulin injicerad, kan det få förödande resultat. Som nu vårt brottsoffer utsatts för.

Insulin är ju ett naturligt ämne i kroppen och försvinner dessutom på några timmar, så enda sättet att se om det är en överdos av insulin som gjort att någon avlidit, är om man kan se ifall levern har utsöndrat sockerreserven eller inte. Nu vet vi sedan tidigare att så var fallet, men inte orsaken.

– Detta låter ju väldigt intressant Emma. Saker som inte vi vanliga asfalttrampare och plattfötter har en aning om. Se där lite ny lärdom att lägga på mina axlar. Finns det något dokumenterat av liknande handlande. Jag menar, finns det exempel på att någon överdoserat insulin varpå döden följt?

– Ja, det finns ju det. Insulin har bevisats i domstol ha använts som mordvapen flera gånger, även det sista åren. De betyder inte på långa vägar att det är vanligt, men visar att det är de facto möjligt.

– Men inte i Sverige väl? De borde jag i så fall känna till tänkte jag.

– Det mest uppmärksammade fallet är den kanadensiska sjuksköterskan Elizabeth Wettlaufer som förra året dömdes till livstids fängelse efter att ha erkänt mord på åtta personer på ett äldreboende, med just överdoser av insulin. Jag vet inte mängden insulin hon injicerade, tyvärr. Men vi ska komma ihåg att insulin inte är något gift, det är något vi alla har i kroppen. De som har för lågt producerande av hormonet, får använda sig av injicering av insulin.

– Trots att man är en ganska luttrad kriminalkommissarie, finner jag detta i olustigaste slaget.

– Ja, det finns än värre, Sigurd. Den så kallade "dödsängeln" Beverly Allt, mördade fyra barn på ett barnsjukhus i Lincolnshire England för så sent som 1991. Hon använde fler substanser, men främst insulin. Hon dömdes till 13 livstidsstraff och är inlåst på en sluten psykiatrisk avdelning. Här i Sverige har vi forskare som vill studera "onaturliga dödsfall" hos personer med diabetes. Det här fallen vittnar om att insulin använts som mordvapen och att insulin även använts vid självmord och dödsfall som rubricerats som olyckshändelse. Det finns människor som vidhåller att insulin är fullkomligt omöjligt att överdosera, men dessa riskerar människors liv.

Om man som icke diabetiker får i sig en dos som är avsedd för en diabetiker, så är risken överhängande att blodsockret sjunker farligt lågt eftersom du redan har insulin i kroppen som håller nere din blodsockernivå. Det är alltså mycket farligt att ge insulin, säger jag som inte är någon läkare på det viset, även i mycket små doser till någon som inte har diabetes. Skulle man ge en "normaldos" riskerar man att döda en frisk person. Jag känner till en person som tog sitt liv med insulin, vilket obduktionen visade. Jag har inte den minsta aning om hur stor dosen var, men troligen riktigt stor för att vara säker på att hon skulle lyckats. Vi hade också en obducent som lyckades upptäcka stickmärket och sedan framkom det att sambon hade diabetes. Men utan stickmärket, hade man aldrig kunnat säga vad dödsorsaken var och hade inte rubricerat det som mord. Ett annat fall var en kvinna i Upplands Väsby som försökte mörda sin man med just insulin och blev dömd för de. Mannen fick bestående hjärnskador av mordförsöket, och hon dömdes till ett mycket långt fängelsestraff. De var i mitten av -90 talet. Så nog finns det fall med insulin som mordvapen, även om de inte är mångtaliga.

– Oj, de är tur man sitter. Knappt jag tror mina öron.

– Nej, det är så även för mig. Men kontentan av vad jag berättat, är som sagt att vad vårt brottsoffer vi talar om, avled av var en större mängd injicerad insulin.

– Man kan också förtydliga detta påstående med att säga att hon mördades, med en överdosering insulin.

– Men du, har inte slaget i skallen haft något med frånfället att göra?

– Det trubbiga föremålet, var inte av obetydlig art, men var i sig inte dödande. Slaget var ringa, det har vi sett på röntgen. Skallbasfraktur är i första hand en klinisk diagnos, då det kan vara lätt att missa denna typ av fraktur på datortomografi. Det är viktigt att känna till att förekomst av fraktur är en riskfaktor för att utveckla operationskrävande intrakraniella hematom, såsom epi- eller subdurala hematom och kontusionsblödningar. Dessa påföljande skador har i allmänhet högre prioritet och styr den fortsatta handläggningen.

Commotio, eller hjärnskakningen, var en kortvarig medvetslöshet med minneslucka. Under den tidpunkten, den korta medvetslösheten, har troligen någon injicerat insulinet med en injektionspenna av konventionell art. En injektionspenna innehåller 100ml, eller mer handgripligt, 1dl. Det är mycket insulin de. Jag kan tänka mig att gärningspersonen tömt en hel penna insulin i vårt mordoffer, för att vara säker på resultatet, det vill säga, 100ml. Inom denna mening tror jag modusoperandi, befinner sig… jaha ja, nu är rasten tydligen slut, för nu börjar de där bergsprängarna igen.

– Ja, jag hör i telefon hur de väsnas.

– Så sammanfattar jag det… om du hör mig, ha det väldigt bra Sigurd!

– Detsamma, om du hör...

Vilka morbida människor det finns, tänkte han och snurrade runt på sin stol ett varv. Bara de här fallet, anser jag skulle resultera i 13 års livstidsstraff, minst. Sjukligt!

Motiv för den som gjorde de? Tja, pengar naturligtvis, eftersom jag håller i facit och det verkar ju finnas en hel del av den varan.

Nä, dags att rycka upp sig. Jag får börja med en mugg kaffe. Han reste sig och gick med dröjande steg ut till kaffeautomaten i korridoren. Utanför hans stora fönster låg regnet på och piskade intensivt fönsterblecket med ett smattrande. Regnet fördystrade helhetsbilden ytterligare.

Några blixtar lyste upp kontoret innan ett formidabelt åskliknande dån mullrade över hustaken och följdes av en ny blixt. På väg mot kaffeautomaten hade han tänkt att de måste ha ett morgonmöte och stämma av var vi nu står.

40

Trots morgonmöte, var det många som ställde upp. Annars kunde det vara lite si och så med den saken. Man skyllde på viktigare saker och att de kunde läsa protokollet efter mötet om de inte kunde närvara. Men, nu var det gott om folk. Kärntruppen ställde alltid upp, så var det bara.

Svanstrand hade märkbara spår av de fall man höll på med ristade i sitt ansikte. Han sov nästan ingenting alls. Hans Britta jobbade ofta kvällar och nätter och de träffades inte lika ofta som tidigare. Inte så att de höll på att glida ifrån varandra, men svackor fanns väl alltid i alla äktenskap. Bara detta är överstökat, ska det säkert hitta tillbaka till sina mysiga middagar på balkongen, trevliga söndagsfrukostar och han tänkte lova sin hustru att bjuda henne på Operan så fort de kommer igång i normala gängor. Britta tyckte om La Bohème som är en opera i fyra akter med musik av Giacomo Puccini, som var den opera de skulle uppleva tillsammans i så fall.

Med dessa tankar och lite gladare ihåg, stegade han vidare i korridoren mot mötesrummet. Men först, kaffeautomaten.

Han svängde runt hörnet mot den öppna dörren där sorlet inifrån skvallrade om att han troligen var sist till kvarn.

– God morgon alla utvilade, inledde han med.

Samstämmiga röster runt om och han kände en tillhörighet som värmde upp honom ytterligare.

– Okej, sa han. Som ni ser har Fredriksson stolpat upp mötets hållpunkter som vi ska gå igenom punkt för punkt. Men innan vi travar på i ullstrumporna... oj, den vara gammal sa han och log. Innan vi drar i gång, ska jag bara berätta att fallet vi jobbar med, Sörensen på Stationsvägen avled av en överdos insulin. Jag har fått detta bekräftat nu från rättsläkarstationen.

– Kan hon väl inte ha gjort, sa Janne. Hon var inte diabetiker enligt den husläkare vi talade med på vårdcentralen. Hon var i stor sett kärnfrisk. Hade fortfarande aptit på livet och hade inte kastat in yxan.

– Jag var lika undrande, sa Svanstrand över detta som du, Janne. Men Emma berättade att en som inte är diabetiker men får insulin injicerat i sig, blir medvetslös och utan undsättning avlider personen. Det finns flera exempel på att insulin är ett dödligt vapen och används även för självmordsbenägna. En vanlig frisk människa har ju insulin i kroppen av nödvändig mängd för att hålla blodsockret på rätt nivå. Injiceras då insulin, blir kroppens blodsockernivå så låg att personen svimmar och sedan hamnar i medvetslöshet med coma och död som resultat. Därför dog, Gertrud Katarina Karlsson – Sörensen av en överdos, insulin. Hon klubbades först medvetslös och under sin medvetslöshet, fick hon insulinet injicerat. Det kända fall som finns i ämnet, berättar också om hur svårt det är att finna insulin i kroppen. Så är det, ta detta till er.

– Då kommer vi väl till en följdfråga, sa Anton. Vem höll i den där insulinsprutan. Vem injicerade?

– Men, sa Svanstrand. Jag tror det är där vi är nu, innan vi går igenom Fredrikssons punkttabell här, sa han och pekade med handen över whiteboardtavlan. Sivert, du kan väl dra en punkt i taget och ni övriga hänger på kreativt som vanligt.

– Då börjar vi på punkt 1. Har någon kollat Ella Pineda Ortegas alibi, undrade Sivert och såg sig om?

– Där har det nog blivit ett missförstånd, sa Janne. Gugge och jag skulle jobba på det, men hann bara börja när vi körde brorsonens alibi så långt det bara gick.

– Kan man säga att ni jobbar på den biten, eller?

– Vi jobbar på den biten, ja!

– Bra! Då har vi den där gossen som pluggar och är sambo med fröken Ortega, det vill säga Ediz Nesrim. Vad pysslade han med måndagen och tisdagen den 16 – 17 augusti? Har ni kanske honom också på gången, Janne?

– Äger nog sin riktighet i det, Sivert. Vi skulle köra honom samtidigt med Ortega. Gäller bara att hitta någon helt utomstående som kan verifiera deras berättelse. Vi jobbar på den biten också. Vi borde såklart vara klara med det, men de kommer. Smitningen på Söder, tog ju sin tid också.

– Jamen, det är ju alldeles strålande i så fall. När kan ni vara klara, tror ni?

– Man törs ju inte säga dag eller tidpunkt, sa Gugge, för då smyger sig väl allt. Men vi kommer lägga all energi nu på vad de haft för sig och vilken eller vilka, som kan styrka detta. Jag är rädd för det där vanliga, "vi var hemma och såg på tv". Och de gjorde man tillsammans, ja ni vet?

– Då kommer nästa fråga, är det ni som ska lyssna med "Pinnen" också om hans eventuella alibi?

– Gugge log, nej den biten har inte vi på vårt samvete.

– Men, när ni ändå är på gång, vad säger ni, kan ni inte ta den farbrorn också. Han är ju som regel hemma i alla fall och är lätt att få tag på. Kan väl ta en max fem minuter att lyssna med honom om hans vistelse den aktuella tidpunkten?

– Vi tar honom också, sa Gugge.

– Kanon, sa Sivert. Bra där!

Svanstrand höll ett vakande öga över församlingen och antecknade ibland något eller så ritade han en fyrklöver eller något annat blomliknade. Prästkragar brukar annars fylla hans papper han använt vid sina möten. Fullklottrat med prästkragar. Han gör så medan han intensivt lyssnar och memorerar mötets riktning. Han är en väldigt bra lyssnare, de kan man inte tro med hans plitande på sin blomsteräng under tiden, men så är det.

– Har vi klart med lyssnandet av samtliga inblandande i så fall, undrade Anton?

– Är det något du saknar, undrade Sivert?

– Ja, både hon med knölpåken och så hon på hemtjänsten.

– Hemtjänsten är ju också ifrån Chile, hängde Sigurd in. Det kanske inte har med saken att göra, bara ett egendomligt sammanträffande. Kanske finns någon tråd av bekantskap dem emellan. Fundera på detta, gott folk, fundera!

– Kan vi anse punkt 1 vara avbetad i så fall, undrade Fredriksson?

– Det verkade som om samtliga nickedockor var ense för de nickade jakande i takt.

240

– Då tar vi telefontrafiken. Vi har ju först och främst Ullmans telefontrafik att kolla upp. Och ja, vi har ju tillstånd om husrannsakan hemma hos Ullman i Köpenhamn, då kan vi också kolla upp hans telefontrafik, sms och annat som ni vet.

– Varför plockar vi inte upp Ullman om han nu har en massa otillbörligt på sig, undrade Jonna?

– Det beror på sa Svanstrand, att vi inte vill väcka den björn som sover. Vi vill ha dubbel koll så inget plötsligt spricker vid en rättegång, om nu Ullman är den fula fisken i detta nät. Vi är ju inte hundra ännu på att han fiskat ensam. Vi vill ha allt glasklart. Ponera att vi plockar in Ullman och visar vad vi har på hand därmed, så kanske hemtjänsten på Smörblomman, Elejandra Pérez, vidtar sina mått och steg om hon är inblandad. Detta bara som en ren hypotes alltså. Därför gör vi inte någon större trålning efter Ullman.

– Har span börjat med mobilspaningen?

– Är inte hundra, men jag ska ta reda på det medan ni tar en bensträckare och de där vanliga, kaffe och korridorsnack. Vi tar alltså 15 minuter bensträckare, utgå!

Svanstrand klev med raska steg in på sitt tjänsterum och tände upptaget lampan vid sin dörr.

Letade efter sina cigaretter som han för länge sedan slopat, de var bara den vanliga reflexen. Tända ett röka och lyfta telefonluren. Nu blev det bara telefonen…

– Ja hej, Annica, sa Svanstrand när han hörde att hon svarade, hur är det?

– Nämen, det är bra Sigurd. Själv då?

– Det där jämna plågorna, du vet.

– Var är de som värst?

– Jo det är de där med mobilspaningen vi tidigare talade om. Har ni dragit igång, eller väntar ni på tillstånd?

– Vi har både tillståndet och har dragit igång. Känns de bättre nu?

– Oh ja! Tack för den fina nyheten. Mitt folk undrade nämligen och då tänkte jag… jag ringer Annica Nilsen och kollar hur långt span avancerat. Men de är alltså full rulle?

– Precis. Vi kämpar på. Om du inte har något annat, så måste jag ila nu, Sigurd?

– Inget annat, tack igen!

– Så lite så, hej!

På tillbakavägen till deras pågående möte, tog han vägen förbi kaffeautomaten för en mugg till, även han. Alla satt förväntansfulla när han åter klev in och stängde dörren efter sig.

– Ja sa han då kör vi vidare. Anton, på din fråga kan jag nu svara, ja. Man har dragit igång mobilspaningen på Ullmans mobiltelefon.

– Har man inte en ganska avancerad teknik för detta numera, jag menar med att hitta mobiltelefoner även om de bara kör med betalkort?

– Jo, sa Jonna. Vi kan kolla i vilket hus mobilen befinner sig och till och med vilken våning. Det har gått framåt i utvecklingen, fortsatte hon. Vi kan kartlägga information från mobiltelefonerna och kombinera GPS- koordinater med mappningen. Då kan vi se hur mobiltelefonerna har rört sig och exakt när den varit på ett visst ställe. Ganska intressant att jobba med mobilspaning. När vi åker runt på en brottsplats kan vi se vilka mobiltelefoner som varit aktiva. Det kan vi göra genom att delvis replikera täckningskartan om det behövs, genom den mjukvara vi har i datorn. Med den här metoden kan vi med stor precision säga var en telefon har varit. Lite läskigt kan man tycka. Vi får nämligen ny data två gånger per sekund. Två gånger per sekund! Helt otroligt, men det gör metoden väldigt exakt vad jag förstår förklarade Jonna vidare.

– Hur länge har ni haft denna superproffsiga utrustning?

– Ja se de, kan jag däremot inte svara på. Jo förresten. Jag vill minnas vi hade möjligheten redan år 2004. Men dem vi jobbar mot, gör också allt de kan för att hitta på motmedel. Men en stor fördel är alltså att vi idag enkelt kan se vilka telefoner som har varit i närheten av en brottsplats. Tekniken ger också möjlighet att välja ut en telefon och följa just den, men det krävs en samtalslista ifrån mobiloperatören för att det ska vara möjligt. 3G- och 4G-tekniken i kombination med att det kommit många nya mobiloperatörer har gjort att det blivit mer komplext att använda den mjukvara vi har idag att tillgå. Vi kan bara spåra en operatör i taget. Med nya 5G ökar våra steg.

– Med all byråkrati, måste ni inte ha tillstånd för att göra dessa intrång i människor integritet?

– Stämmer. För att få information om vem som är kopplad till en särskild mobiltelefon behövs en husrannsakan mot mobiloperatören.

– Ska vi anse oss nöjda med detta så länge? I så fall vill jag bara tacka Jonna för föredragningen. Den kom lite oväntat men väldigt lärorikt. Bra initiativ att få inblick i tekniken.

– Ja, då tar vi nästa punkt, sa Fredrikson och pekade på tavlan. Det gäller en överklagan mot ett eventuellt arv från fru Berith Karlén – Karlsson i Palma de Mallorca. Hon bestrider att hela arvet endast skall komma hennes son tillhanda.

– Mer en kul anekdot, eller har hon hinkat för mycket Cava?

Till och med Svanstrand log en del åt Antons fundering eftersom han ju förhört henne i Mallorca och hade fått en inblick i vem hon var. Hon hoppas bara, utsiktslöst, få en del av kakan. Damen i fråga är ju Stefans biologiska moder, men mer än så har hon aldrig varit.

– Jag föreslår vi stryker hennes svagsinta och vrickade så kallade överklagan. Hon finns ju inte ens med i släkten som skulle kunnat påräkna sig ett arv, sa Anton. Var kom denna överklagan ifrån?

– Svanstrand vinkade lätt med handen och sa att han fick skrivelsen från Krister. Han hade undrat vad detta var för skämt?

– Ja, skämt var det, sa Anton, på två olika vis. Nästa punkt!

– Ja nästa punkt är om Ella Pineda Ortega hade nyckel till vårt brottsoffers lägenhet sedan gammalt, då Jens levde? Jag har försökt hitta detta svar i tidigare protokoll, men inte lyckats sa Sivert och såg aningen olycklig ut.

– Jag tror inte det är någon idé att fråga henne. Vad ska hon svara har ni tänkt, ja jag har nyckel? Men den som tagit sig in, måste haft nyckel. Ortega, den sammanboende studenten eller Pinnen? Det är nämligen inom denna trio jag tänker hitta min brottsutövare. Men, jag är inte bra på att tippa V-75 heller.

– Okej, svar på ställda frågor mottas vid nästa morgonmöte. Även nya frågor. Anton… skulle du upp till SöS idag för att få tala med Stefan efter påkörningen?

– Stämmer chefen, men jag har tid på mig. Dom skulle gå ronden nu klockan nio och sedan skulle jag få besked om han kunde tala med mig. Jag inväntar således ett litet pling från någon vårdande person på Södersjukhuset.

– Det råkar vara så att där arbetar min hustru, på narkosen.
Nej, nu drar vi ut på fältet och jobbar ikapp.

Det sedvanliga sorlandet som när man släpper ut en skol-
klass på rast och då tänkte han närmast på hur det var i skolan
nere i Mjölby. Säkert inte på samma vis idag tänkte han. Ingen
vill ut på rast. Dom vill hellre hänga inne och köra spel på sina
plattor. Ett jäkla gissel de där med datorspelen i fickformat.
Det är ett större sug med de där spelen för eleverna, än för att
försöka klara av läroplanen.

Ja ja, allt har antagligen sin tid, igår är inte idag.

41

I vanlig ordning satt nu Sigurd och Sivert, på Sigurds tjänsterum och tittade på medan regndropparna letade sig nerför det stora fönstren i väster. Flyget från Bromma Airport brydde sig inte om det ihållande regnet utan kämpade på för fulla propellrar upp genom luftlagren. De startade idag från bana 12 kunde Sivert konstatera, men han sa inget till Sigge för han har inget intresse av sådant. De var en kärra från Brussels Airlines antagligen, för de var en BAe Avro RJ85 med fyra jetmotorer av dubbelströmstyp, men det behöll han också för sig själv. Sigge skulle inte förstå hälften. De satt där tillbakalutade och verkade fundera, men troligen på helt olika saker inom deras intressesfär.

– Jag tänker på det där med Ullman, sa Sigurd och såg tankfull ut. I vissa faderskapsmål har de tidigare varit svårt att med DNA skilja nära släktskap som till exempel far eller farbror. Men med den nya tekniken innebär det nu att vi kan få svar med mer än 99 procents säkerhet, vilket jag tycker känns bra. Även fall med mer avlägsna släktskap kan nu lösas.

Det kan exempelvis handla om att den utpekade mannen är avliden, men där tester på släktingar kan ge ett rättssäkert svar. Om man vill fastställa faderskap ska talan väckas av barnet, i vårt fall skulle det betyda fröken Ella Pineda Ortega. Men även mamman kan föra barnets talan och begära utredning. Nu är ju det omöjligt eftersom modern inte längre finns i livet. Därutöver är socialnämnden skyldig att utreda vem som är pappa till barnet och kan därför också begära DNA-test. Konstigt i sig, men den aktuella och eventuella pappan, har inte någon rätt att begära DNA-prov, i jämställdhetens namn.

Detta innebär kortfattat att om mamman (eller barnet, via mamman) begär en utredning kan det begäras att DNA-prov lämnas. Om socialnämnden utreder vem som är pappa kan även nämnden begära att sådant prov lämnas. I faderskapsmål kan i rätten, på yrkande av någon av parterna, besluta att DNA-prov ska tas bland annat för att fastställa om mannen det förs talan mot, är pappa eller ej. Det är en väldig massa att tänka på. Jag har kollat de där och fått ännu mer huvudbry. Vem skriver lagar och förordningar egentligen?

– Nu väntar vi väl på NFC om de ska få någon träff på Ullmans DNA sa Sivert, som svar på Sigurds funderingar.

– Stämmer. Jag väntar faktiskt svar ifrån Linköping under dagen till och med. Vad vi vet idag, är ju att gamla fru Ella Pineda Ortega jobbade åt Ullman & Sörensen på deras ena klubb i Köpenhamn utefter Istedgade. Under den tiden blev hon gravid och en gravid strippa gjorde sig inget vidare inom sin verksamhet. Då kunde Jens fixa en lägenhet hemma i Sverige och som granne med honom på Stationsvägen i Stuvsta. Där bodde Pineda Ortega också och födde en dotter.

247

Det var Sörensen som stod för kostnaden och såg till att hjälpa en av deras anställda när det kärvade till sig. Ädelt tycker jag. Andra hade antagligen gett henne sparken.

Gamla Ortega hade flytt som tonåring ifrån Chile i början av - 70 talet när det började bli oroligt i landet. Under 1973 gjorde general Augusto Pinochet och hans junta en militärkupp i Santiago de Chile. President Salvador Allende störtades. General Pinochet började därefter en sjutton år lång militärdiktatur där oliktänkare och vänstersinnade förföljdes.

– Och då menar du att Ortega kom till Danmark som flykting till Köpenhamn?

– Bra Sivert! Precis så är de. Hon kom under vingars beskydd som hette Ullman & Sörensen Snusk AB. Att jobba åt dem som strippa var ingenting mot diktaturstyret i sitt hemland. Det handlade inte ens om valet av pest eller kolera. Här tjänade hon egna pengar, bodde bekvämt, varmt och skönt samt hade mat varje dag. Resten är som sagt historia.

Sivert hade nickat begrundande. En sorglig historia egentligen, tänkte han. Nu bor alltså gamla Ella Pineda Ortegas dotter i samma lägenhet man en gång fick låna av Jens B Sörensen.

Han sneglade på klockan medan en ny kärra steg upp mellan de tunga molnskyarna, mot någon inrikes stad i vårt avlånga land. Hade han bara kunnat följa kärran om den tog av mot vänster eller höger, hade han kunnat gissa vart den skulle småningom landa. Vänster, då var det i första hand Umeå det handlade om. Höger, ja då var utbudet aningen större. Kunde bli både Malmö, Göteborg, Ängelholm eller Växjö. Han tänkte då på sina en gång högtflygande planer på att bli flygkapten. Antagligen är det dessa ränder som sitter kvar.

Han höll på att drömma sig bort i avgångshallen på Arlanda när de fick hjälp av gränspolischefen Pernilla Öste ute på flygplatsen över en kopp fika. De var då vi jobbade med Operation Mona och skulle ner till Beirut. Han mindes första gången han såg henne och hon log mot honom med gnistrande isblå ögon och hur han föll som 1 ton sprängsten. Han ryckte till, som om man somnat. Han hade i alla fall drömt sig bort. Numera satt Pernilla i samma kvarter som han, men i andra änden av huset. Han borde skaffa sig ett ärende till hennes domän. Det är nästan oartigt att inte göra det, om inte annat så oartigt mot honom själv. Han mindes tydligt vad hon sa när de skulle skiljas där ute på terminal 5… "Jag finns här när du behöver mig" hade hon sagt som slutreplik innan han for tillbaka till deras möte på Kungsholmen. "Jag finns här när du behöver mig"…

Pernilla väckte något inom honom, något mycket behagligt. Något mycket behagligt som han inte känt på åratal. Ett slags rus. Han väcktes brutalt genom en fråga ifrån Sigurd.

– Har vi hittat den där vita Mercan ännu?

– Vita Mercan?

– Ja, den som var inblandad i påkörningen av en gångtrafikant på Rutger Fuchsgatan?

– Nej, inte vad jag vet. Märkligt egentligen. Men det är ju bara ett par dagar sedan de hände. Den kanske ligger nedanför någon kajkant. Men, det finns ju inte hur många platser att välja på i och för sig. Ligger ju fartyg och annat vid varenda ledig meter. Men vill man dumpa, så finns det platser att tippa ner en bil på, ja. Allt är avhängt på hur drivna gärningspersonerna är. Den flyter snart upp ska du se, här eller där.

– Ja, Svanstrand, sa Sigurd när hans mobil gjorde ljud ifrån sig på ett gurglande sätt.

– Hallå chefen, stör jag?

– Nej Anton, du stör inte det ringaste. Eftersom du ringer har du något matnyttigt på hjärtat.

– Om det är matnyttigt, kan jag inte avgöra. Men, jag har snackat med Stefan nu som var väldigt lättsnackad. Jag undrade om han hade något, uppåttjack? Nä, sa han och log. Trots att han var hoplappad över halva ansiktet. De var på ansiktet och armen han hade landat efter påkörningen och hans luftfärd till trottoaren.

– Hur mådde han annars?

– Han mådde under omständigheterna väldigt bra. Han åt lite värktabletter, men annars var det okej.

– Mindes han något från påkörningen?

– Jo då. Han såg den vita Mercan komma farande, men han var hundra på att den skulle stanna. Men den hade istället liksom ökat farten. Stefan sa att han hade hunnit steppa lite åt sidan, så det blev nog inte den fullträff chaffisen i Mercan hade räknat med. Jag tog nog med mig höger strålkastare och bucklade till flygeln, antar jag, hade han sagt. Han berättade väldigt tydligt. Det intressanta var att han hade sett att det inte var ett fruntimmer som körde. Men det blänkte i rutan så han såg inte utseendet särskilt väl. Det hade gått så fort allting. Men, det hade varit en mörkhårig som styrt bilen, upprepade han flera gånger. Mer än så hade han inte uppfattat innan han fick åka bil med blåljus, var hans slutreplik.

– Vet du något när man släpper ut honom, undrade Sigurd?

– Jo, jag har lyssnat med ortopeden där han ligger.

– Och ortopeden sa?

– Dom sa att först ska han vara några dagar på deras rehab, sedan ska sjukgymnasten säga sitt och prova ut en krycka för hans högerben man spikat ihop. Vänsterarmen har en lättare fraktur och var inte i behov av varken skruvar eller spikar, berättade man lite frejdigt. Vilken häftig personal de finns på sjukhus. Dom målar minsann inte fan på väggen eller kraxar som olyckskorpar. Dom var positiva och verkar vara så ända till dess det är dags att skruva fast locket på lådan.

– Tack Anton. Har jag låtit lite frånvarande medan du berättade berodde det på att jag antecknat under tiden. Men det kommer väl även ett protokoll, förstår jag?

– Absolut chefen. Nu är det lunchtime. Hej!

– Hej, och kör försiktigt!

42

– Är alla i vår grupp medvetna om att vi letar efter en vit, dyrare Merca, med troliga krockskador i fronten, Sivert?

– Yes! Jag har sänt ut ett allmänt sök efter denna bil. Varje bil även på ordningen, har denna uppgift lappad på instrumentbrädan.

– Bra, medan detta görs... förresten, vi borde fått ett resultat redan. Så jäkla lätt kan det inte vara att gömma en sådan bil, om den inte står i något garage och ruvar, förstås. Kanske någon bilplåtslagare jobbar svart med Mercan lite vid sidan av. Den kan rulla igen med falska plåtar. Men sådant kostar pengar så klart. Betydligt mer än vad en märkesverkstad tar betalt för att fixa en krockskadad Merca. Inget försäkringsärende. Allt för att det ska ske lite diskret antagligen. Som sagt, även i den yttre marginalen kostar det skjortan, om man behöver hjälp och befinner sig i marginalen. Det brukar vara en månadshyra som inte är helt obetydlig, vänskapspriser existerar inte här. Har man dessa pengar, är man välkommen och säker. Påvarna högre upp i hierarkin, menar att de tar risker.

Dessa risker vill de ha betalt för, mycket betalt.

Så fungerar det hela vägen på deras karriärstege och klättrande för dem som inte är höjdrädda.

När man talar om trollen, ringde Sigurds mobiltelefon...

– Ja, Svanstrand, sa han och såg stressad ut. Han ville inte sitta och snacka i mobiltelefonen när han och Sivert betade av läget i deras utredning.

Han vände sig om mot Sivert och nickade lite kufiskt och pekade på sin mobil, precis som han skulle sagt det där om trollen som stod i farstun. Så lade han åter sin mobil på skrivbordet och hade mungipor som gick från öra till öra!

– Dom har hittat bilen, sa han! Vad, tänk dig, Sivert? Våra gubbar har hittat Mercan och en bärgare är beställd för att vi ska få in den i vårt garage till teknikerna. Kan vi kalla det för ett fall framåt eller stolpe in, för en gång skull? Företaget som höll i långtidsparkeringen hade sett den dyra Mercan och dess plåtskador och annat trasigt. Därför ringde dom oss.

– Var, sa Sivert? Var, har man hittat bilen?

– Ute på Arlanda. Ja ja, gå inte igång på det nu grabben. Pernilla sitter ju i vårt hus numera. Antagligen för att komma dig närmare. Nämen, skämt åsido. På långtidsparkeringen ute på Arlanda stod den övergiven och olåst. Där fanns de skador på bilen som vi talat om. Så det är inget misstag, det är rätt bil. Det är samma Merca, jag fick reg. numret, som Jonna och Tessan observerade ute på Lidingö när den körde upp vid Ullmans dyra villa. Ägare, Mads Anker Ullman, Köpenhamn.

– I mina gamla öron låter det för bra för att vara sant. Jag menar då att vi hittat bilen, mordvapnet. Någon har alltså med den bilen försökt ända livet för Stefan helt kallblodigt och förpassa honom till en annan värld bortom horisonten.

– Jag håller med dig till hundratio, Sivert. Så ligger det troligen till. Men vem?

– Nu är jag förbannad, sa Sivert. Må den skyldige brinna i helvetet. Jag uttrycker mig nog inkorrekt nu, men så är det.

– Ja ja, men vem är brottslingen? Ge mig ett namn?

– Ja det är lätt just nu. Ullman såklart!

– Faran är ju att vi låser oss vid ett enda utredningsspår och teori. De finns ju idag faktiskt fler aspiranter. Vi hoppas de kan minska efter jakten på deras alibi för de två dagarna, eller rättare sagt, måndagen den 16 augusti anno 2021 i första hand. Jag tror att våldshandlingen, eller avdagatagandet utfördes sent på kvällen den 16 augusti. Men inte av Ullman.

– Jag vill minnas att Ullman befann sig i Köpenhamn den dag vi fiskar efter, den 16 augusti. Så här rakt av, är den ende jag ser som skulle tjäna storkovan på detta, är arvingen.

– Du menar, Stefan Claes Göran Karlsson?

– Just så! Men han har ju ett väldigt bra alibi och jag är inte hundra på hur pass insatt han var i hur mycket han presumtivt kunde ärva om hans faster dog. Han var nöjd och glad om han kunde gå på dojan varje dag. Hans motsatta upptäckt var ju att han nu inte kunde underhållas med fickpengar av sin faster, Det var hans stora bekymmer. Inte att han plötsligt kunde bada i stålar. Där tror jag inte polletten trillat ner.

– Sedan kan man ju fundera över varför någon ville ta honom av daga genom att försöka köra ihjäl honom med en bil. Är hans morsa på Mallis inblandad? Tänkte hon genom denna dåligt fejkade trafikolycka där utgången skulle blivit en annan

254

och guldet skulle hamna i hennes vida fickor? Jag vägrar att tro det finns sådana människor med detta korta synfält.

– Vad säger du om telefonlistan vi fått från span? Ja, jag trodde det skulle vara fler än bara ett ark.

– Telefonlistan? Vilken telefonlista?

– Den som span hämtat via Ullmans mobiltelefon. Märkligt, egentligen. Jag trodde han hade fler telefoner, dom brukar ha de. En för privata samtal, och en man bara körde över jobbet. Men denna lista är tydligen från ett privat abonnemang.

– Har du någon uppskattning om vad det handlar om, vidden av listorna, undrade Sivert?

– Ja, mycket trafik går till en och samma telefon och det är väldigt korta samtal på mindre än en minut i genomsnitt. Mer än så vet jag inte. Span kör just nu med koll över vilket område telefonen har använts, från vilken mast och till vilket område och mast. De sista dagarnas telefontrafik har varit ganska gles, men det har hela tiden handlat om samma mobilnummer han ringer, eller han får samtal ifrån. Naturligtvis är det ett betalkort hos den han ringer, så vi har ingen aning om vem de är just nu. Men pejlingen kommer ge resultat. Det tar lite tid bara. Allt tar tid och ändå pratar vi om it-teknik.

Vi kommer ha möte i morgon för då vill jag höra vad det finns för alibi hos dem de handlar om. Pinnen, Ortega, hennes boyfriend och hemtjänstens chilenska Alejandra Pérez. Har jag glömt någon nu?

– Nej, det tror jag inte. Tur att du tagit med Alejandra Pérez, så Anton blir glad. Han har funderingar om henne tack vare det är tre ifrån Chile och inblandade, sa Sivert. En slump?

Han observerade att man nu bytt landningsriktning.

Nu är de inte bana 12 längre på Bromma Airport, utan den i motsatt riktning, bana 30 in use, som dom antagligen säger på sitt egna lite kufiska flygspråk. Det är betydligt enklare än man tror det där med nummer på landningsbanorna, kom han på av en händelse. Tidigare hade han ingen aning om hur man döpte landningsbanor, bara orsaken.

Men det som styr vilka nummer, banorna, får, är dess position i kompassriktning. Riktningen på en kompassnål. Han hade testat själv. Stått vid banänden på Bromma flygfält, ute på Ulvsundavägen, med en liten enkel orienteringskompass. Då visade kompassnålen på 30 grader. Svårare än så var det inte, tänkte han. Han ville inte uppta Sigurds tankar med detta om landningsbanor och flyg över huvud taget. Han visade noll och inget intresse. Men, då hade inte Sivert full koll på Sigges hemliga last med flygvapnet och deras kärror med Lansen, Tunnan, Draken, Viggen och Gripen med flera. Svanstrand var även medlem i kamratföreningen F18 i Tullinge. Han tyckte det kändes skämmigt, som att pyssla med modelljärnvägar i gillestugan, om man hade någon sådan. Detta var helt utanför Siverts kännedom. Men vad då, behöver man berätta allt? Trafikflyg var för Sigurd inte lika spännande som exempelvis JAS Gripen, som sysslade med jakt, attack och spaning.

– Hallå, hörde Sivert som i ett töcken Sigurd ropa. Hallå Sivert, ohoj!

– Vad, oj! Jag drömde mig nog bort igen.

Sigurd nöjde sig med att skaka på huvudet. Han visste inte vad som hypnotiserat sin gamle vän och vapendragare.

– Ack ja, vad Pernilla har vridit om skallen på dig. Nej, sa han och höll upp båda händerna som skyddsvall. Detta är din egen lilla affär, Sivert. Inget efter mig sa han och höll upp händerna igen.

Men då kör vi möte i morgon. Nu kommer mötet handla om alibin. Vi får se, eller höra… To be or not To be!

– Vad?

– Ja, ja! Jag tror det är en monolog ifrån Hamlet. Britta har lärt mig lite klassiker om kända citat som i det här fallet, även en monolog. Vi ska gå på Operan när man börjar spela där igen sa han och liksom knäppte med fingrarna. La Bohème, tror jag den heter, av Puccini så mycket vet jag i alla fall, eller kommer ihåg. Jag ska fixa biljetter som en överraskning till min lilla fru.

– Nu kör du på gå-band, du har slutat röka, du tycker det är okej med ett glas vin till skillnad mot tiden i Mjölby… Du har fått intresse för tavlor och konstnärer och nu, på själva toppen, börjar du bli riktigt kultiverad och salongsfähig. Ska ni gå på Nobelfesten också?

– Ja, hur visste du det?

– Det skulle inte förvåna mig att du trivs också, eller?

– Nämen Sivert! Det är klart jag trivs. Jag stortrivs, de rensar min skalle från de dagliga värvet och det behövs verkligen. Jag tror att det är Britta som väckt allt detta som legat latent inom mig och bara velat ut.

– På tal om arbete, Sigurd. Var hittar jag de där samtalslistorna du talade om.

– Jaha ja. Du har fått ett mejl om det ifrån span. Krypterat förstås. Jag ska messa koden så du kan öppna. Det var slarvigt av mig. Nu ska vi se… så, nu är det på väg till dig.

– Som vanligt ska väl ditt mejl bort och vända någonstans där cybervindarna blåser som bäst, eller värst.

– Som vanligt har allt för vår del börjat studsa stolpe in. Ju fler sådana lyckträffar, ju närmare kommer vi till en galoschspark och då sitter vi där med ändan bar eller skägget i brevlådan. Ju fler vinster Djurgården hovar in i vanlig ordning, ju närmare kommer den där halvmissen som gör att pucken går utanför kassen hos AIK av alla gnagargäng, sa Svanstrand. Min mag-känsla säger mig att vi kommer missa någonting. Att vi kommer missa den stora feta smällen. Men, låt oss inte måla fan på väggen med för stora penslar och penseldrag. Låt oss hoppas på bra utdelning vid morgondagens möte där det blir vi som även tar hem bonuspoängen.

Sivert hade redan lämnat sin stol och var på väg att stänga dörren bakom sig. Men, han gjorde en trött tumme upp, innan han stängde dörren om Svanstrand för dagen. Han behövde en lång härlig sömn vid sidan av sin egen Frida där hemma på Siste Riddarens väg. Han somnade nästan vid blotta tanken. Han skulle egentligen inte köra bil nu, han var på tok för trött.

43

– Man blir nästan som pånyttfödd när man ser er pigga och alerta, hungriga att få kasta er över dagens uppgifter! God morgon förresten och välkomna. Alla är här ser jag, vilket är ett gott tecken.

– Woops! Inte Sivert, sa Anton.

– Stämmer, konstaterade Sigurd när han såg sig om. Kanske är de Frida som ligger på hans nattskjorta? Jag ska ringa och kolla läget. Han var ganska vissen när vi skildes igår kväll efter en massa snack, han har jobbat kopiöst mycket.

Korridorsnacket tog fart som vanligt. En del valde att samtidigt hämta kaffe, andra tog även med sig ett wienerbröd med mormors hosta. Dessa bakverk att gotta sig åt, finns det alltid vid morgonbönen som en slags oblat men av profan art.

Färska, frasiga men aningen feta. Hett kaffe och nybakade wienerbröd, stod högt i kurs hos polisen på vilken rotel eller grupp man än befann sig på.

– Sivert är på gång fick jag nyss höra av Frida. Han ansåg vi kunde börja, så fick han jobba ikapp senare.

– Men då kör vi, ansåg Anton.

– Jag är idel öra vad gäller de alibin ni jagat ihop under gårdagen sa Sigurd. Vem vill börja?

– Kanske lämpligt att Janne och jag gör, sa Gugge de var ju vårt lilla uppdrag.

– Jamen så bra, då är jag fortfarande idel öra.

– Vi tar de enklaste först.

– Som katten kring den där heta gröten, luftade Anton. Ta de gärna innan det börjar mörkna.

– Ja sa Gugge, medan hennes ögon genomborrade Anton. Jag har från början undrat när du ska bli vuxen. Nu bevisade du att du har en bit kvar. Kan jag fortsätta utan att den där, sa hon och pekade på Anton, avbryter igen?

– Kör på, Gunvor sa Anton och log.

– Alltså, vi tar de enklaste först, nämligen herr doktorn René Pinné, våningen under vårt brottsoffer. Han var på en föreläsning med påföljande mingel. Platsen hade varit Karolinska sjukhuset i Solna. Han hade tagit taxi hem vid halv två tiden på natten. Vi har även kollat taxin, nummer 737 en Volvo, hos taxiföretaget Taxi Stockholm. Där kunde man lätt verifiera att en taxi har kört från Karolinska sjukhuset klockan 01:33 till Stationsvägen 2B i Stuvsta. På grund av vår policy om integritet kan vi inte berätta, även om vi haft vetskap, vem eller vems betalkort, resan var gäldad av.

– Det betyder att den 16 augusti, befann sig Pinnen på en föreläsning med avslutande middag och senare mingel. Han har också de facto kommit hem dagen efter, det vill säga den 17 augusti. Har jag tolkat din föredragning om Pinnen rätt då?

– Helt korrekt Sigurd, sa Gugge.

– Det känns ju därmed som vi skulle kunna avfärda vår Pinne så här långt i alla fall, sa Sivert.

– Hållrajt, och vad hade lilla fru Rantanen för sig då? Om jag inte tar fel, bodde hon i dörren till vänster om vårt brottsoffer?

– Stämmer chefen. Janne var den som skötte utfrågningen och det tycktes som det var en bra taktisk fint, sa Gugge. Rantanen verkade ha ett gott öga till Janne, men de var en ren chansning. Hur som helst faller det utanför möjlighetens ram, anser vi. Är det någon av er som träffat Eva Rantanen?

Gugge spanade av sina kollegor utan att någon viftade. Det var som en laber sommarvind i luften.

– Jag minns bara att våra tekniker var där och lånade hennes knölpåk. En konstnärligt snidad stödkäpp, kan jag berätta.

Precis som Wilbur en gång berättat, eller om det var Viktor. I vilket fall som helst, rörde hon sig mycket illa med stora problem, som i alla fall vi fick uppfattningen av. Vad gäller kvällen den 16 augusti, så hade hon varit hemma hela kvällen och tittat på tv, Yle berättade hon. Men att hon skulle masat sig över ofärdig som hon är, för att klubba sin granne och genomföra det konststycke som våra tekniker rekonstruerat med att stänga dörren, finns inte på kartan. Hon hade heller inte tillgång till någon nyckel, om hon inte blev insläppt förstås. Lätt att stryka henne som gärningsperson. Hon hade som kronan på verket, en illa värkande portvinstå, berättade hon. Så Janne kunde inte hålla sig utan sa, "jaha, för mycket portvin då?" Sådär på skoj. Men Rantanen hade svarat blixtsnabbt, vet hut unge man. Jag dricker inte portvin, sa hon med ett leende.

– Kan jag då göra en sammanfattning?

– Gör det Sigurd, sa Anton medan han gäspade.

– Även om hon hade varit hemma under måndagskvällen, hade hon inte varit kapabel att genomföra det som utredningen så här långt kommit fram till?

– Vår analys också, sa Janne och gjorde tummen upp.

– Ja, då har vi bara det chilenska paret som bodde till höger om vårt brottsoffer kvar vad gäller alibin. Ella Pineda Ortega och hennes påskjutare, unge Ediz Nesrin. Skiljer bara åtta år mellan dem och det är ju ingen ålder på en gammal häst. Vi kör den biten också, Gunvor. Du har lösa tyglar!

– Tack, Sigurd! Här blir det aningen knepigare. För båda två säger att de tittade på tv hela kvällen. De hade också hyrt en gammal dvd film i en videobutik i Huddinge Centrum.

– Hur vet vi att de kollade på filmen då, undrade Anton lite försynt och log ett snett leende?

– De vet vi ju naturligtvis inte. Vi kan bara lyssna på vad de säger. Även om de skulle visat upp dvd-plattan, fanns det ju inget som berättade att de kollat på filmen, eller när under kvällen i så fall.

– Alltså, så har dom inget godkänt alibi, menade Sigurd?

– Det kan inte vi avgöra. De berättade vidare att de hyrt filmen, men inte kollat på den under måndagskvällen. Ediz berättade att han spelat på V-75 och följde sändningen på tv och kanal 12. Sändningen började klockan åtta, sa han och det har vi kollat. Så långt stämmer det. Sedan hade både han och Ella kollat på en film på kanal 9 som hette, Sagan om de två tornen som började klockan tio på kvällen och slutade fem över halv två på natten.

– Naturligtvis kollade ni med tv-tablån att det stämde. Eller?

– Ja, det gjorde vi. Stämmer precis!

– För mig känns det inte som något särskilt bra alibi. Dessa två kan ju hålla varandra om ryggen och ge varandra alibi. Men man kan ju undra av vilken klass då? Någon?

– Håller med dig Sivert sa Janne. Vi som var där och pressade dem en aning, märkte ju hur de sneglade på varandra och försökte minnas hur de kommit överens att säga.

– Ja, sa Sigurd. Med ganska lång erfarenhet av brottsmål och inte minst alibin, så kanske detta är ett av de tunnaste. Om nu Nesrin kollade på V-75 som han sa.

– Jag frågade naturligtvis, på vilken bana då? Hans svar kom blixtsnabbt, Jägersro, sa han. Precis som om han hade väntat sig den frågan och övat in ett svar. Men i vanlig ordning torskade han på två spikar, påstod han. Jag hade ju kunnat kolla detta ännu mer, vilka hästar det var och så vidare, men jag ville inte genera honom med att ljuga. För säklart kollade jag upp vilken bana det hade körts på när vi åkte därifrån. Gugge rattade och jag knappade på mobilen. Den måndagen kördes V-75 på Bergsåker och Sundsvalls Open. Långt ifrån Jägersro alltså. Det gjorde han på 12:an mellan 20:00 och 22:00 som han sa. Vad gjorde Ella Pineda Ortega under dessa två timmar, kan man undra? Hon hade varit hemma sa hon men var inte med för att kolla travet på tv.

– Okej gott folk, sa Sigurd. Bra jobbat allihop. Vi får ta en överläggning om läget. Jag inväntar en del intressanta uppgifter om Ullman och var han befinner sig. Span har ju koll på hans telefontrafik. Tidigare var det ett och samma nummer han ringt sedan vi började med hans telefonlistor över hans trafik. Nu varierar han detta nummer med ett helt annat, även

263

det med betalkort. Men, vi kör nu med korseld, om jag får säga så. Man läser av koordinater var hans telefon befinner sig. Tidigare var det så att alla hans samtal gått ifrån en och samma GPS-position både när han skickade ett meddelande via sms som när han tog emot ett svarande sms eller mobilsamtal enligt den pejling som genomförts. Detta gällde även den andra mobilen, den med betalkort, nu kallad mobil tre.

Har du fått koordinaterna för de båda telefonerna också?

– Ja, jag har dessa, men det är något som är överkurs för mig. Förstå en gammal man. Men, jag kommer få detta såklart mer i klarskrift inom kort.

– Håll ut, alla mina duktiga spanare och utredare. Vi äter lunch nu och så återkommer vi som inte har något ute på fältet att göra just nu. Jag måste också ha ett snack med vår åklagare som ju nu är den som är vår förundersökningsledare.

I vanlig ordning drog Sigurd med sig Sivert in på sitt tjänsterum innan de tog hissen ner till sitt stamlokus, Bakfinkan och dagens lunchrätt.

– Intressant de där med koordinaterna för Ullmans mobiltelefon, sa Sivert. Det är väl ett resultat av It-tekniken kan jag tro.

– Ja, lite spännande är det. Koordinaterna för hans senaste användning av mobilen visar på att han befunnit sig tolv hundra meter ost om Vesterbrogade i Köpenhamn och den han mycket kort talat med, befann sig trettiofyra kilometer syd/ost Kalmar flygplats. Det betyder, Kalmar Centrum.

– Kalmar har alltså plötsligt dykt upp på vår spaningskarta?

– Ja, så ligger det till.

– Vem kan befinna sig i Kalmar bland våra inblandade?

– Ja detta blir värre och värre.

Dags att tänka till och samtidigt ha is i magen. Ibland är det ju så att när vi har span påkopplad, leder oss ofta gärningspersonen till vårt mål helt ovetandes om vår existens och vår omedelbara närhet.

– Ska vi kanske åka ner nu till finkan och få lite gott i kalaskulan? Man kan inte jaga på fastande mage.

– Låter som påkallat.

Sivert såg sig om vid hissen. Verkar som om de är ensamma från gruppen som äter på finkan? I alla fall idag. När han tänkt tanken, gled hissdörrarna upp och omslöt dem för färden ner till marknivån. Here we come, tänkte han…

44

– Det doftar kalops, Sivert?

– Korrekt iakttagelse. Det stod ju så på griffeltavlan också, då vi var på väg in.

– Då får det bli kalops. Denna anrättning kan vara fantastisk god om kocken har varit på de humöret.

– Låt oss hoppas hans humör är det rätta i så fall.

– Oj, jag tror vi kommer få sällskap vid vårt bord, sa Sigurd och nickade åt höger.

– Jo jag tänkte berätta att kalops är maträtten som beskrevs första gången i Cajsa Wargs kokbok från 1755. Så även de gamla gudarna kunde laga mat, sa han medan han vände på huvudet åt de håll Sigurd nickat. Vad han såg, var Pernilla Öste som nu hade ställt in sin kompass på deras bord. En riktig liten goding och aptitretare, tänkte han.

– Får man ta herrarnas sällskap i anspråk, undrade hon och fyrade av det där underbara leendet som Sivert föll för då han träffade Pernilla första gången ute på Arlanda.

Då var hon gränspolischef som hon trivdes stort med.

Nu är hon chef inne på Kungsholmen och Sigurds närmsta chef. Hon var nytillsatt och fullfjädrad på flera vis. Nu var hon glad att hon tog den erbjudna tjänsten inne på Kungsholmen. Arlanda var annars hennes grej. Hon var gift, kunde hon säga på en närgången fråga. Då menade hon, gift med jobbet på Arlanda. I annat fall, inte. Hon var en aktad och omtyckt chef. Nu var hon säkert saknad och efterfrågad ute på Arlanda.

– Men visst, absolut sa Sivert och reste sig artigt för att försöka dra ut en stol, vilket han naturligtvis inte hann med. Där hade han en liten inbyggd avvaktande försiktighet, inom sig.

– Lunch är detsamma som icke jobbsnack, sa Sigurd med adress Pernilla och en blick på Sivert.

Dom verkade bara ha ögon för varandra, Pernilla och Sivert. Ett kärt möte skulle man kunna beskriva det som. Så jobbsnack kunde han helt klart avstå ifrån.

– Och katten mår bra, sa Sivert som en fin vink till Sigurd som satt där som tredje hjulet under vagnen och Siverts förkläde, när han ställde frågan om katten till Pernilla?

– Katten, sa Pernilla med ögonbrynen som ett frågetecken? Ah, ja jo, den mår fint som bara den nu när matte är hemma varje dag.

– Gott att höra, fortsatte Sivert. Och matpriserna går upp, har jag sett, de visar sig även här på Bakfinkan.

– Varför heter det Bakfinkan, egentligen, undrade hon för att hålla samtalet igång som ett skovelhjul. Det heter väl bakfickan? Någon har varit i vitshusboden tydligen.

– Jag har tänkt samma sak sa Sivert, medan Sigurd mest såg oförstående ut. En massa kallprat bara.

– Låter som en massa munväder utan mening, sa han rakt ut?

– Tyckte du kalopsen var som du förväntat dig, undrade Sivert lite korkat på den utstakade vägen?

– Äh, lägg av nu. Var som folk!

– Bra, äntligen sa Sivert medan Pernilla diskret fnissade. Kolla, visst har väl tjocka Gudrun lagt ut ännu mer, vad?

– Jag ger mig, sa jag ju! Sigurd tecknade med båda händerna upp i luften och vinkade med sin vita servett.

– Jo du, sa Sivert vänd mot Pernilla. Hur exakt kan ni vara med den här pejlingen ni håller på med, ja du vet säkert vad jag menar.

– Du menar med Ullman?

– Exakt?

– Jo men vi har förfinade verktyg i den frågan. Span kan spika trappuppgång, våning och vad det står på dörren.

Man hade avnjutit dagens rätt som alltså var husets kalops som var rätt val. Kocken verkade vara nöjd å glad.

– Någon som vill ha kaffe, undrade Sivert.

– Skulle sitta fint sa Sigurd.

– Då finns det där borta sa Sivert och pekade med handen mot kaffekannan. Jag tar det svart som vanligt. Och du, frågade han med en gest åt Pernilla?

– Jag tar det också svart, utan krusiduller.

– Bra sa han och vände sig mot Sigurd. Du känner dig säkert manad då chefen kallar, Sigurd?

För ovanlighetensskull tågade en något slokörad och tilltufsad Sigge iväg för att hämta kaffe för tre. Sivert lutade sig närmare Pernilla...

– Han viskade, kul att skoja lite med Sigurd. Hade inte funkat om inte du var med. Har du hunnit installera dig ännu?

– Jodå, det har inte varit något problem. Jag hade faktiskt hoppats på ett besök uppe hos mig, sa hon lite med undran på rösten medan hon fångade in hans blick.

– Det var min tanke, men jag ville ha en anledning liksom, sa han lite generat som en tonåring på sin första date.

– Så, jag var ingen anledning då, undrade hon med huvudet lite på sned och det där leendet som fick hans ben att bli som överkokt spagetti.

– Här kommer kaffe, sa Sigurd. Ja, om ni kan slita er förstås?

– Oj, det kommer sitta fint. Tack chefen! Ber att få återgälda nästa gång.

– Räknar jag iskallt med. Men hör nu ni. Jag tänker på maträtten och hur man kan klassa den som. Typisk husmanskost, absolut. Men mer exakt?

– Mat för en karl, sa Sivert som första trevare?

– Inte särskilt romantisk, menade Pernilla.

– Måste berätta, på tal om romantiskt, ja skvallra lite då om Sigurd inte tar illa upp?

– Nej, nej. För Guds skull, kör du Sivert.

– Jo, När vi var nere i Köpenhamn för att spontanjobba och Sigurd och hans Britta passade på att slå ihop så att säga, sina påsar på Rådhuset, blev det sedan bröllopsmiddag. Den skulle man kanske kunna kalla romantisk?

– Oj, men vad trevligt Sigurd. Detta var en nyhet. Gratulerar!

– Tack så mycket!

– Alltså vad jag minns, fick vi en Amuse-bouche som serverades i ett snapsglas med en sexa rökt jordärtskockssoppa med citrontimjan. Ja du hör? Detta var innan förrätten kom, som var gravad oxfilé. My God!

Där låg lövtunna skivor av en enbärs och cognacsgravad oxfilé med getostcrème.

– Inte utan man är spänd på huvudrätten, eller blev det ingen sådan, undrade Pernilla och lutade sig framåt?

– Klart det blev. Men den kommer få vår nyss avätna kalops som något ojämförbart i sig. Olika divisioner, liksom.

– Och det blev?

– Det blev direkt ifrån deras kolgrill, en helgrillad ryggbiff med en mustig rödvinssås, rostad potatis liksom rostade rödbetor. Som tillbehör var det vitlöksmarinerade och smörslungade, champinjoner. En numera pensionerad kollega bjöd på sitt eget vin hela kvällen. Ett portugisiskt vin som enligt kollegan är en gåva till livet. Han om någon, bör veta.

– Ni hade trevligt förstår jag. En resa med både nytta och nöje i bagaget har jag förstått.

– Även om inte denna kalops gick av för hackor, så var denna måltid i Köpenhamn helt otrolig och himmelsk med två Michelin-stjärnor i portföljen. Pärleporten personifierad.

– Ingen dessert, undrade Pernilla med höjda ögonbryn?

– Jo sa Sivert. Men jag har hoppat över den tack vare min knaggliga franska, dåliga minne och att jag kanske glömmer något, men vi bjöds på en Mousses aux framboises et au chocolat, crème et sorbet aux framboises.

– Pernilla tittade bara på Sivert storögd. Och du sa knagglig franska? Det går inte att säga det bättre. Och vilken förträfflig dessert. Tror man haft den på Nobelmiddagen senast, sa hon med fortfarande beundran i rösten över Siverts uttal.

– Som sagt, avslutade Sivert medan de reste sig för ett återtåg till vardagen och arbetet, kanske inte detsamma som kalops.

45

– Jaha ja, sa Sigurd och log. Det blev ju en trevlig lunchrast, eller? Minns vad han sa den romerske poeten Horatius, en gång i tiden "stundom slumrar även den gode Homeros".

– Och vad vill du ha sagt med det, Sigurd?

– Jo uttrycket används vanligen i betydelsen att "även den bäste kan fela". Du tror ju tydligen att gräset är grönare på andra sidan staketet som så många andra fariséer och sättet de tolkar det på då de fick frågan "att älska i nöd och lust?"

– Nu är jag inte med på banan, men det låter som om du vill säga något? Kanske dags att snacka arbete, något nytt från mobilspaningen eller pejlingen?

– Läget är ju så att vi ännu inte vet vem, och nu även inte till vilka, han... om du menar Ullman, ringer. En klen tröst i sammanhanget är att jag inte tror han anar att vi har pejl på hans mobilnummer och följer hans trafik både genom sms och mobilsamtal. Men jag kan samtidigt tänka mig att han plötsligt får tanken att han är avlyssnad och då kanske ser till att skaffa sig en mobil med betalkort.

– Jo, så kan det vara förstås. I så fall har vi inte en susning om hans mobilnummer. Bara om någon med våra kända nummer ringer till hans nya mobiltelefon med nytt mobilnummer.

– Ja, det här har tagit ganska stora proportioner. Från en oförklarlig dödsorsak till denna jakt. Känns ibland lite frustrerande att inte bara få hämta in farbror Ullman, men jag förstår ju såklart Krister och hans tanke med att ha is i magen.

– Ingen susning vem det kan vara med det där nya numret som kommit upp?

– Jo, span har ju koll på det naturligtvis, skam vore det väl annars, men inte namnet på vem som är mobiltelefonägaren, ännu. Span tror detta är ett vanligt nummer som använts innan de började med sina telefonlistor på honom och hans trafik. Kanske leder detta oss ändå, nu med pejlingen, till vem innehavaren är. Vad vi vet sedan tidigare, är att den telefonen befinner sig i Kalmar.

– Har vi något folk i Kalmar från oss?

– Inte i dagsläget. Men de kan bli.

– Hur menar du nu, tänker du skicka ner folk?

– På sätt och vis, sa Sigurd och log. På sätt och vis. Beror på hur man ser på det.

– Och hur ser man på det då, eller rättare sagt, hur ser du på det?

– Jag ser det som så att jag kan ju inte undvara någon av våra utredare eller någon ur spaningsstyrkan, så jag får nog göra en liten utflykt själv så jag inte slösar med min personalstyrka.

– Aha, en semestertripp till?

– Men vad vulgär du låter, Sivert.

Sivert tittade frågande på sin chef.

– Jamen du sa ju själv, utflykt?

– Det var inte ordet, men hur du sa det, "semestertripp"!

– Okej, då inväntar vi bara lite pejling och koordinater så du kan ställa in din GPS i bilen.

– Yes, något sådant hade jag tänkt mig. Det är ju trots allt så att jag inte är känd till utseendet av Ullman, till skillnad mot dig, exempelvis. Britta hade jag tänkt som en slags backup, för den semestrande svensken i sitt eget land. Jag tror vi kommer ses som vilka turister som helst på Kalmars gator och torg.

– Jag förstår. En annan sak, Sigurd. Hur går det för våra tekniker med Mercan som mejade ner Stefan på Rutger Fuchsgatan?

– Nämen, det går väldigt bra. Här har grabbarna hittat både DNA och fingrar. Bilen var körd av en som inte har körkort och bara en sådan sak till att börja med. Vittnen från olyckstillfället, om jag tillsvidare får uttrycka mig så, har lämnat ett bra signalement på hur föraren såg ut och att det även fanns en passagerare som man även här lämnat ett bra signalement på. Signalementet stämmer väldigt bra på samma personer Jonna och Tessan hade kollen på ute på Lidingö tidigare om du minns?

– Man minns, de var ju inte för mer än ett par dagar sedan och så långt tillbaka klarar mitt minne av ännu så länge.

– Bra, så där har vi ganska bra på fötterna. Men varför hade vittnena haft sådan koll? Låter för detaljrikt för att vara vittnen och är inte riktigt i min smak.

– Jo, vi har frågat om just den saken, och de sa att det inte är varje dag en sådan lyxig bil dyker upp, bländande vit. Är man sedan lite bilgalen och gillar bilar, ser man lite extra noga. De lade ju även regnumret på minnet på grund av sitt bilintresse. Enligt dem, vittnena, var det en Mercedes-Benz C63 W212 AMG. Årsmodell troligen 2019, med en prisklass runt en trehundranittio tusen kronor, men där var de inte säkra. Bara något vi kan bocka och tacka för. Kul egentligen, för de var verkligen kunniga dessa bilnördar. Deras iakttagelseförmåga stämmer nämligen exakt med den bil vi har i teknikernas garage. Själv vet jag inget om priset på en sådan bil, men det är heller inte särskilt intressant.

– Det låter som fröken Ortega och den där Nezrin, är några vi ska ha under uppsikt.

– Sivert, vi har dem under uppsikt och mer än så. Span har satt en överrock på dessa två, bara så att du vet. Jag tror våra kolleger Jonna och Tessan, har det uppdraget. Men, Krister avvaktar som sagt var på åklagarkammaren.

– Det är den där isen i magen som spökar för vår förundersökningsledare anar jag. Det låter som så i alla fall. Har du något datum för din resa ner till Kalmar?

– Kommer avgöras så fort jag får platsen utstakat för mig, troligen även en adress av span. Senaste pejlen visade på en park och där tror jag inte personen bor. Efter detta är det åter Krister och alla hans lakejer som har bollen. De här är världens apparat med jurister på arvsrätt och bolagsavtal. Räknenissar inom affärsjuridik och affärsavtal internationellt, samt penningtvätt.

– Nu gör vi patron ur för idag, som väl din härförare Will Knott, din bokfurir i Ardennerskogarna som väl var gruppchef för deras spaningsstyrkor under andra världskriget, har jag lärt mig med åren. Ni är lika som bär.

Amerikaner, tror jag att de var, samt vinter. Får jag låna den boken efter dig, Sigge?

– Absolut! Trevligt med intellektuella medarbetare.

– Okej, då kanske man kan föreslå, patron ur nu då?

– Föreslå? Det är en ta mig fan en order. Utgå, som Will Knott skulle sagt, den där driftiga bassen. Utgå!

46

Morgonen var tidig, trafiken var redan i full gång. Även solen hade vaknat och detta på rätt sida. Den här dagen kan bli hur bra som helst, tänkte Sigurd. Fru Svanstrand låg kvar när han steg upp, för hon hade jobbat natten på SöS så hon hade några behövliga timmar i John Blunds stjärnbeströdda värld och under hans paraply.

Han gick fram till fönstret i vardagsrummet och tittade ner på vändplanen utanför deras port. Jodå, Jönsson var redan på plats för att köra honom in till högkvarteret och Länskriminalpolisens port vid Kungsholmsgatan. Jönsson var på väg att flytta över till kriminologernas näste och våningsplan. Blir väl någon annan som kommer fungera som hans chaufför i så fall. Men han hade vant sig vid Jönsson, hans punktlighet, poetiska språk och han begåvning på fler plan. Han klev i sina skor och stängde försiktigt ytterdörren om sin Britta. Han tryckte upp hissen och tog ett djupt andetag. Ah, vilken strålande fin morgon och klev ut på Urvädersgränd och den väntande tjänstebilen med Jönsson vid ratten.

– God morgon chefen, hade han hälsat då Sigurd öppnat dörren och satte sig i baksätet.

– Morron Jönsson. Allt väl?

– Allt under kontroll, chefen!

– Så bra, sa Sigurd. Då kanske vi skulle kunna komma iväg?

– Absolut! Det finns dagsfärska tidningar i baksätet om chefen vill bläddra ett tag.

– Tack för de sa han och tänkte att han kommer sakna denne lite egna men utomordentliga chaufför.

Trafiken var tät, men Jönsson lotsade dem med van hand och strax bromsade han in utanför den stora väldiga porten. Vakten hade säkert redan sett bilen i sina monitorer och observerat vem som var på ingång. Övervakningskameror fanns det gott om runt hela kvarteret för att hålla kollen på vad som rörde sig utanför. Det var ett måste.

Nu blir det raka vägen till kaffet snurrade tankarna, men det får bli på finkan där kan man säkert få sig en frukostfralla också. Kollar med Sivert var han är, han lyfte mobilen…

– Ja, god morgon Sivert. Läget?

– Morning Sigurd. Jo det är okej. Du är på plats förstår jag.

– Ja jag sitter på finkan med en ostfralla. Ville inte starta dagen med automatfikat fastande.

– Då är jag där på tre röda. Pernilla är inte där, eller?

– Nej, du kan känna dig trygg. Hon är inte här.

– Bra! Jag ser dig nu, så det är klart slut!

Sivert kom med det långa benet före och styrde sig fram mot en ostfralla även han, samt en kaffe. Vände så stegen mot deras stambord och satte sig.

– Hallå chefen. Anar ugglor i mossen eller något liknande.

– Vi kanske ska stämma av en del och så tar du rodret medan jag drar till Kalmar.

– Jamen visst, har de hänt något?

– Bara att Ullman har rört på sig och talat med Kalmar i mobilen.

– Rört på sig?

– Ja, han uppehöll sig inte längre vid samma koordinater som han gjort tidigare då vi pejlat honom till hans adress i Köpenhamn han har flyttat sig söderut mot Vesterbro, som ligger söder om Köpenhamn.

– Så därför drar du och Britta till Kalmar?

– Jag gör så, utan krusiduller, var det så hon brukar säga hon Pernilla. Och jag lämnar som sagt över rodret till dig nu.

– Med förtroende, Sigurd.

– Då säger vi så. För övrigt har Krister meddelat att han vill att Ortega och Nesrin, ska plockas in utan förvarning. Det börjar röra på sig. Krister tänker i första hand på smitningen vid Rutger Fuchsgatan där man mejade ner Stefan, som vi har flera vittnen på samt teknisk bevisning att de befunnit sig i bilen både nu och tidigare.

– Då ska vi bara ha kollen på Ullman, alltså?

– Bara?

– Det är en vital farbror, den saken är klar. Har vi något på den han ringer i Kalmar då?

– Ja, det har vi. Det var då vi fann att han flyttat sig ifrån lägenheten och antagligen kör söderut för detta samtal gick just till Kalmar.

– Blir de här bara en dagsetapp, eller hur har du tänkt dig. Jag menar man kan ju inte bara åka för att bränna lyse?

– Jag tänker använda mig av den tid vi behöver. Jag ska lokalisera vem Ullman ringer till i första hand. Det blir ett högkvarter på Slottshotellet. Ja, lite ståndsmässigt får man väl ändå bo när man arbetar å tjänstens vägnar?

– Tycker jag också låter rimligt. Antar att Krister tycker detsamma?

– Han gör det, Sivert. Helt klart. Är vi klara med alla preludier nu så måste jag dra. Britta står hemma och trampar för att få åka iväg. Vi drar i morgon bitti till radions, Ring så spelar vi.

– Klart skepp söderöver chefen, sa Sivert lite teatraliskt och gjorde en medioker honnör.

47

Ifrån garaget vid Mosebacke, styrde Britta med van hand Sigurds privata fordon, en svart Volvo XC70 med specialutrustning genom någon tunnel vad den nu hette eller kallades. Något hon inte ansåg sig behöva veta namnet på heller, hon hade ingen aning just för tillfället, men hon visste var hon befann sig helt klart. Hon visste var den tunnel de färdades i skulle mynna ut någonstans och det var huvudsaken. Vad tunneln hette, var henne fullständigt likgiltigt och ett understatement i sammanhanget. Hade det intresserat henne, hade hon också vetat vad tunneln hette eller kallades. De susade nu vidare söder ut på Essingeleden, på väg mot Helsingborg, som det stod på skylten. Läsa kunde hon.

Sigurd satt bredvid sin nyblivna hustru och bläddrade i dagens morgonutgåva av Svenska Dagbladet. Han gillade bättre DN, men av olika anledningar blev det Svenskan som damp ner i brevlådan på morgonen. Britta hade knappat in Kalmar på bilens GPS apparatur, samt radiokanalen med, Ring så spelar vi! Här går det undan tänkte han.

Igår hade han stämt av med Sivert vid Bakfinkans morronfika och nu satt han i sin privata bil, nåja kanske den inte var så privat ändå med all den it-teknik den var fylld av upp till fönsterhissarna. Det var hans mobila tjänsterum, medan han följde trafiken runt sig.

De var inte någon rusningstrafik på E4:an så det såg ut att bli en avkopplande resa ner mot Kalmar. Men hon var klart medveten att det kommer bli lite mer trafik ju mer solen segade sig upp över grantopparna i öster. Hon sträckte ut sin högerhand för att stryka över Sigurds vänsterarm. Han tittade mot henne och log.

– Har du varit hos den där tennsmeden i Kalmar tidigare, undrade hon medan hon gasade förbi en långtradare som skulle ner till Malmö, som det verkade av texten på bilen?

– Det vet jag inte om jag berättat, men det är säkert en tjugofem – trettio år sedan. Man har säkert byggt om allt utefter vägen neråt.

– Men du har varit i Kalmar alltså?

– Jo, de som en gång var en liten landsortsby, är nu en residensstad utefter smålandskusten, ja det har jag. Där har den långa Ölandsbron sitt landfäste och där har tennsmeden sin butik och verkstad. Kalmar har, som allt annat, säkert växt både på längden och på brädden. Troligen även på höjden.

Klockan var bara strax efter åtta och bilens GPS berättade att de skulle vara i Kalmar om tre timmar och tjugofyra minuter. Genom bilradion, fick de lyssna och ta del av hur vädret var runt om i landet, av dem som ringde in till programmet.

– Vi kanske skulle ringa, sa Britta och log?

281

– Nej det är inte värt. Man vet inte hur man kanske avslöjas över radion då, sa Sigurd. Det kan finnas folk som lyssnar och som inte är till vår fördel. Vi kan nöja oss med att höra, men inte höras! Men helt klart en kul idé.

– Det handlade ju om att försöka vinna en skiva, eller två på den fråga man kunde få om man kom fram. Men programmet var bra för Britta och Sigurd som på det sättet fick den där kontinuerliga väderrapporten när de nu skulle besöka Kalmar och göra en övernattning.

– Jag är inte säker på att vi kommer hitta, sa Sigurd och såg faktiskt lite orolig ut.

– Men jobbar inte du med spaning och sådant och litar du inte på vår GPS?

– Men nej, lilla hustrun. Jag jobbar inte på SPAN.

– Nu går det riktigt fort, sa Britta. Kanske dags att kolla lite på hastighetsmätaren, vi har redan passerat Norrköping?

– Norrköping, redan? Ja, de är ju mest motorväg idag förstås. Tyckte väl det såg lite obekant ut. När jag åkte här senast passerade man förbi Stafsjö Wärdshus, som låg vid en mindre sjö och såg lite ut som någon gammal pilsnerfilm i exteriören, har jag för mig. Men det var innan motorvägen. Det har runnit lite vatten under bron vid Stafsjö sedan dess, märker jag. Utan GPS hade vi knappt hittat Mjölby, sanna mina ord.

– Kanske därför det bara ska ta runt två å en halvtimme, Sigurd. Ja till Mjölby alltså sa Britta, som hade tankarna åt den tätorten igen. Sigurds barndoms uppväxtplats. Mjölby!

– Då ska jag hålla utkik efter flygplan på vänster sida innan vi kommer till Linköping. Det blir som att räkna bussar, men betydligt trevligare. Det fanns tidigare Draken, Tunnan, Vigg-

282

en och allt vad de hette. Dom sitter på höga pelare som paraplydrinkar utefter vägen innan man kommer till Linköping och Saab verkstäderna, som byggde dem. Får man inte missa. Nu gäller full koncentration.

– Vad är det där gula för något, undrade Britta som satt närmast åt vänster i färdriktningen. En skördetröska eller vad det kan vara. Man ser att det är en propeller och då är det ett flygplan förstår jag?

– Ja, det gula du ser, är en Saab Safir. Ett flygplan som byggts på Saab i Linköping. Den har en beteckning hos flygvapnet som, SK50. Den användes som skolflygplan till en början, men det är relativt länge sedan nu.

– Och det där andra då, det grågröna som oliver, står på en pelare alldeles bredvid det gula flygplanet?

– Det är också ett skolflygplan, men av senare tid. Det är en kärra man har för utbildning än idag. Det är en Saab 105, med den militära beteckningen, SK60. Många timmars utbildning i en SK60 med instruktör innan du får sätta dig i en potent Saab 39 Gripen.

– Hur vet du allt sådant här som vanligt fotfolk, som jag anser mig vara, inte har den ringaste aning och vetskap eller kunskap, om?

– Flygintresse, kära hustru. Flygintresse! Precis som Sivert har sitt flygintresse för vanliga maskiner du vet som du lyfter med ifrån Arlanda. Trafikflygplan. Som vi flög med ner till Köpenhamn senast. Då hade Sivert full koll på allt runt den kärran vi flög med. Han skulle säkert kunna kliva fram till piloterna och landa åt dem om de ville. Han har också intresse av flygplatser och hur dom är utformade och varför.

Jag är raka motsatsen, kan man säga.

– Du gillar inte flyg, menar du? Britta passade på att fyra av ett bländande leende samtidigt.

– Jo, jag gillar flyg. Flygvapnets kärror. Det är därför jag håller ögonen öppna när vi far förbi. Jag har ju själv en gång i tiden gjort min militärtjänstgöring som hangarsopare, som man sa på den tiden. Då fick man dagligen kontakt med dessa maskiner. Nästan undantagslöst så var det Draken, den kommer nog snart på sin stolpe ska du se. En av de häftigaste kärrorna tycker jag.

– På tal om ingenting, som vanligt, vad annorlunda terrängen eller landskapet, är här. Plötsligt är den kuperade delen vi åkt igenom, borta. Nu är det utplanat. Det har jag aldrig tänkt på.

– Då kan du antagligen snart se vindkraftverk med sina sakta roterande propellrar, eller kanske det heter vingar. De roterar högt uppe på en mast eller vad de nu kallas. Men de där kan jag ingenting om. Det ramlar helt utanför min intressesfär. Men vi kan övergå från att räkna flygplan till att räkna vindkraftverk.

– Titta, ett vindkraftverk! Tre poäng, var det inte så du sa till den som först ser ett vindkraftverk?

– Var?

– Där åt vänster, på den där stolpen eller vad du kallar den.

– Det där Britta, de är en Saab 340 Fairchild och är ett konventionellt passagerarflygplan som idag går i reguljärtrafik. Den flyger exempelvis ofta, mellan Bromma och Visby. Nu är vi inne på Siverts avdelning, trafikflygplan. Men här står luftfarkosten på sin reklampelare för att visa att i Linköping, där ligger fabriken för Saab AB aeronautik.

Det är dessa som tagit fram flygvapnets flygplan och även tillverkar dem.

Den där flygfarkosten du ser nu, har två motorer med fyra propellerblad på varje motor. Ett vindkraftverk Britta, har tre rotorblad, eller vingar som man också kallar dem. Inga poäng alltså, men vaket helt klart och poäng för det.

Nu kommer vi alldeles strax passera Viggen och Draken på sina reklampelare. Därmed börjar det dra ihop sig till upploppet, gumman. Vi börjar närma oss den senaste kärran från SAAB och ingenjörernas ritbord, JAS Gripen.

– Jag ser det på vår GPS. Får en vanlig enkel narkossköterska ställa en fråga av gräsrotskaraktär?

– Absolut fru Svanstrand.

– Lova att inte skratta?

– Jag lovar, sa Sigurd men började redan dra på mungiporna.

– Jo, den där Gripen du tala om. Var det inte den som ramlade ner vid en uppvisning på Vattenfestivalen?

– Inget att skratta åt, sa Sigurd allvarligt. Du har så rätt så. Att det "ramlade" ner, kanske var lite i det burleskaste laget. Det störtade på Långholmen utan, konstigt nog, någon kom till fysisk skada.

– Jag läste om det vill jag minnas. Jag var ute på Vattenfestivalen tillsammans med säkert över femhundra tusen andra medborgare. Minns att det skulle vara söndagens stora grej det där att flygvapnet skulle visa upp sitt senaste stridsflygplan.

– Vad du kan?

– Jamen, jag var ju med ute på festivalområdet som ju täckte större delen av staden. Vet att man kunde köpa ett "Vatten-

285

pass" som var som en biljett på hela området. Jag var säkert och provåt en massa mat i Kungsträdgården som alla andra.

– Jo, piloten fick skjuta ut sig ur flygplanet med katapultstolen och singla ned i fallskärm. Gripen slog ner på en folktom plätt på Långholmen som tur var. Ett sådant stridsflygplan som JAS Gripen kostar runt en miljard svenska pengar. Så det känns lite cyniskt att placera den kärran i ett svart rökmoln som var flygvapnets senaste bevingade och dess stolthet. Idag kan man se ett monument på platsen för kraschen som är gjort av Ulf Qvarsebos storebror, du minns säkert Ulf som var skådespelare där du såg honom i bland annat Hem till byn och sedan även i tv-serien Svenska Hjärtan.

– Ja jag såg båda serierna. Jättebra minns jag. Tror han körde nån gräsklippare i snön på nyårsafton i Svenska Hjärtan och deras radhus. Det var lite tragikomiskt. Skulle nog inte varit mer där tror jag. Det var alltså hans storebror som ordnade en skulptur över det olycksaliga flygplanet. Vad skulle det vara bra för... egentligen?

– Ja se de är mer än vad jag vet eller har en susning om, sa Sigurd.

– Roxen, sa Britta och pekade ut på höger sida enligt GPS.

– Stämmer även med min minnesbild!

På radion hade Eldeman dragit igång veckans Melodikryss, vilket betydde att klockan nu hunnit fram till halv elva. Han spelade just en gammal goding med discogruppen Village People från 1978 och frågan vad låtens namn på fyra bokstäver, vågrätt fem, var.

– Britta, det måste vara "Y.M.C.A." tror jag.

– Ibland är det så lätt min lilla gubbe. Visst är det den.

286

De susade snabbt längs E4 ner över landet. Glasbruken ligger väl i Småland, tänkte Sigurd?

– Ljungby, sa han. Då ska vi ta väg 25 mot Växjö, rakt österut, tror jag.

Oj vad dom bygger ut vägnätet. Det som var igår, är inte idag, sa han för sig själv och såg förvånad ut över vad han nyss sagt. Var har jag hört de där tidigare, tänkte han? Eller, i alla fall något liknande. Gårdagen vet inte vad morgondagen har i sitt sköte... Jönsson, antagligen var nästa tanke.

Så måste det vara. Jönsson, med sina poetiska utsagor. Han är nog hos kriminologerna nu. Rätt man på rätt plats.

– Strålande, redan Växjö. Rakt igenom byn, skrockade Sigurd medan regnet föll plötsligt. Bara dra vidare på väg 25 till slutmålet, Slottshotellet. Undrar om det är något gammalt slott, Britta. Vad tror du?

– Jo men det måste de väl vara med de namnet. Bara de inte spökar.

– Kommer sitta fint med en liten sen lunch, gumman... ett ögonblick!

– Ja, Svanstrand sa Sigurd då han svarade i mobilen. Sedan grymtade han lite innan han stänge av.

– Man har en ny pejl på Ullman, sa han lakoniskt rakt ut.

– Jaha?

– Ja han har förflyttat sig igen. Han kör nu på E20 och kommer köra över den långa Öresundsbron och landar i Sverige strax syd/ost Malmö! Undrar om han ska till Kalmar, eller ända upp till Lidingö?

– Usch, det låter pirrigt, Sigurd?

– Usch! Vad menar du med de?

48

En civil polisbil hade parkerat på Stationsvägen en bit ifrån port 2B. Bakom ratten satt kriminalinspektör Jonna Edelman och vid hennes sida, kriminalinspektören Anton Franke. De satt och drog upp riktlinjerna för sista gången hur hämtningen skulle genomföras. Lugnt, tyst och diskret, var deras direktiv. De var övertygade om att det skulle ske på ett mycket bra sätt. Deras förundersökningsledare, överåklagaren Krister Wickström, hade gett dem direktiven om hur det skulle gå till. Diskret hämtning utan förvarning, var det som gällde.

– Ser du vad jag ser, sa Anton och nickade i färdriktningen av deras parkerade bil.

– Jag ser bara en lång, smal herre. Ser ut som en sådan där vandrande pinne, som kommer gående. Gör så att säga syn för sägen.

– Det är Pinnen, Jonna. Den pensionerade överläkaren inom diabetesforskningen som bor våningen under vårt brottsoffer. Vi låter honom ta hissen upp först så slipper vi trängas i den där smala tuben. Han kanske anar vilka vi är, i så fall.

Han skulle säkert kikat misstänksamt på oss och känna att det luktade mässing. Han är en sådan typ.

– Själv tror jag, om han nu är en sådan där kontrollfigur, att han skulle fråga vem vi skulle besöka?

– Ja kanske. Om vi bara skulle titta frågande på honom då?

– Ja, då skulle han säkert säga… "ja man undrar när man ser folk man inte känner igen. Det händer så mycket i husen numera."

– Ja, så kan det vara förstås. Men okej. Nu tar vi och raskar av detta så det blir lite verkstad också och inte bara en massa snack.

Jonna var ute ur bilen innan Anton hunnit öppna sin dörr. Hon tittade förvånat på honom…

– Skulle vi inte dra igång, undrade hon?

De begav sig mot porten. Mötte en äldre dam som tittade precis på dem som om även hon undrade vilka vi var. Här kanske det var så att alla kände alla, man märkte omedelbart när det plötsligt dök upp någon de inte sett tidigare. Vaksamheten var stor i Stuvsta med omnejd. I alla fall runt Stationsvägen. Kanske för att man kände till vad som hänt.

Jonna sköt upp porten och stegade fram mot hissen som var på väg ner.

De tryckte på hissknappen för översta våningen och visste att de sedan kunde gå ner en halvtrappa som inte ett dörröga kunde ha koll över med den vinkeln. De anade att där fanns ett så kallat "tittöga" i dörren hos Ortega, men visste inte innan. Anton trycke resolut på ringklockan.

Ingenting hände, de kanske kollades i dörrögat för att försöka bestämma vilka det var där ute i trapphuset.

Inga som de kände igen, antagligen. Till slut öppnades dörren och de skulle få vetskap.

– Hej, sa Anton och visade upp sin polislegitimation. Vi skulle vilja tala lite med er om det är okej. Kan vi komma in?

– Vad är det ni vill, undrade den de trodde var Ortega?

– Vi kan väl ta det innanför din dörr, menade Anton igen. Det tar inte lång tid.

De stod och väntade medan Ortega rådfrågade sig själv hur hon skulle bete sig. Jonna passade på att även hon plocka upp sin polislegitimation. Beslutsångesten verkade stor hos Ortega, men löstes då även Nesrin kom och undrade vad det var frågan om.

– Vi kan tala om det, om vi får komma in så vi slipper torg-föra det inför hela trapphuset, sa Anton igen och log den här gången. Han log trots att hans tålamod började ta slut.

– Hur ska vi göra, undrade Jonna och log även hon. Men då petade Ortega upp dörren och släppte in dem.

– Men vad bra, sa Anton. Jag kan nu gå rakt på sak. Vi kom-mer för att ta med er för förhör och det är min skyldighet att meddela er båda att ni är häktade. Skäligen misstänkta för inblandning i er granne, Gertrud Katarina Karlsson - Sören-sens död.

Så om ni vill ta på er ytterkläder så åker vi.

– Men vi… vi har ingenting…

– Ja ja, sa Anton. Det får ni i så fall förklara för förundersök-ningsledaren på häktet. Är ni klara, så rullar vi?

Både Ortega och Nesrin såg på varandra medan de tyst tog på sig skor och jackor. De protesterade inte ytterligare utan det blev en som det verkade, lugn hämtning för färden till häktet i Flemingsberg.

Jonna kände det som om de båda chilenarna var tacksamma över att polisen äntligen kom. Som om de väntat varje dag att det skulle ringa på dörren, att polisen skulle stå där med handfängsel, att allt äntligen skulle få ett slut på den ångest och förtvivlan de ändå bar på. Att narrspelet kanske skulle få, om inte ett happy end, så i alla fall att "the curtain goes down".

Jonna tittade i backspegeln och styrde ut från trottoarkanten i den svarta civila polisbilen med tonade rutor. I baksätet satt Ella Pineda Ortega och Ediz Nesrin med kriminalinspektör Anton Franke mellan sig.

Ortega och Nesrin bytte några ord på spanska. Vad dom sa till varandra, hade Anton ingen aning om även om han kunde en del spanska fraser.

– Skulle vi verkligen till Flempan, sa Jonna?

– Ja, de var direktivet från Krister i alla fall. Det kanske blir någon ändring senare. Allt beror på utgången.

Det var ju en kort bit att köra, så strax, i höjd med Karolinska universitetssjukhuset Huddinge, svängde Jonna vänster och ner över järnvägsbron. Det var här som tegeltravarna låg högt staplade på höger sida.

Hon rundade traven med namnet Åklagarmyndigheten, under polisens vapensköld med det tre kronorna i guldfärg på blå botten. Garageportarna vid intaget gled isär när de närmade sig och det röda stopplyset slog om till grönt, så ekipaget kunde rulla in.

49

Samtidigt som Jonna hade styrt ut från trottoaren på Stations-
vägen i Stuvsta, svängde Britta in vid trottoarkanten och par-
keringen vid Slottshotellet i Kalmar.

– Slottshotellet, sa Britta och såg sig om. Var ligger de?

– Där, sa Sigurd och pekade in mellan träden.

– Det där röda huset, undrade hon?

– Just det frun, sa han. Ser kanske mer ut som något gästgiveri
från den gamla goda tiden eller en gammal folkskola. De där
med slottshotell, kanske är lite övermaga och överdrivet upp-
blåst. I alla fall vad gäller exteriören. Låt oss ta och stiga på.
Kanske finns en vallgrav runt slottet också så personalen får
sänka ner vindbryggan åt oss för att vi skall kunna ta oss in-
omhus, log Sigurd åt sin egna lilla lustiga ironi.

– Falsk marknadsföring. Man tror ju inte att det varit ett slott
en gång, det har jag verkligen svårt att föreställa mig.

De tog sig innanför slottsmurarna utan någon vallgrav och
fann att man kanske inte alltid skall döma hunden efter håren.
De hade precis klivit in på sitt rum och stängt dörren.

Precis då, när de pustade ut, gjorde Sigurds mobiltelefon, väsen av sig för att påkalla hans uppmärksamhet.

– Ja Svanstrand, sa han medan han satte sig på sängen? Sedan blev det mest ett grymtande och nickande från hans sida. Och han hade sett koncentrerad ut.

Han klev fram till fönstret och tittade ut för att mötas av en grönskande syn när han såg den allé av skogslindar som kantade Slottsvägen framför hotellet. Han hade fortfarande telefonen för örat men lyssnade mest bara med små grymtanden ibland. Sedan tackade han och stängde av sin telefon.

– Det var span hos oss som berättade om Ullmans färd på väg upp mot oss. Dom har också pejlat vem han nu talat med under ett mycket kort samtal, berättade han för sin Britta.

– Vet du nu vem eller var den telefonen finns?

– Ja, jag har fått en adress.

– Och?

– Koordinaterna vid pejlingen visar att det är en revisorfirma som har denna telefon. Firman heter Navarone Revision AB, Västra Sjögatan 16 Kalmar Centrum.

– Men, jag blir stum…

– Måste ringa Sivert på stört.

– Men var befann sig nu den där Ullman, då?

– Jo han körde mot Kalmar på väg E22 och passerade senast öster om Fjälkinge.

– Jaha, öster om Fjälkinge säger du! Men det vet väl alla var Fjälkinge ligger, utom möjligen jag!

– Kristianstad då. Är den geografiska punkten närmare bekant för fru Svanstrand?

– Jamen vad bra, då är jag bättre med. Ring Sivert nu.

Sigurd satt och trummade med fingrarna mot nattygsbordet medan han väntade på att Sivert skulle svara på hans ringsignaler.

– Men svara då för fan sa han, medan han förgrymmad glodde på sin telefon.

– Han kanske har annat för sig, sa Britta medan hon packade upp den väska de hade haft med sig med lite hygienartiklar och lite ombyte av kläder. Du har väl inte glömt den där gamla devisen, "när katten är borta"?

– Vad fan sysslar du med, sa han plötsligt i telefon. Jag har ringt och låtit en massa signaler gå fram och den ende jag får tala med är din telefonsvarare? "Du har kommit till kriminalinspektör Sivert Fredriksson. Var vänlig lämna ditt meddelande efter signalen så återkopplar jag så fort jag får tid. Ha en bra dag!"

Nu hade Sigurd lämnat ett meddelande. Han slängde förtretad sin mobiltelefon på sängen så den studsade och föll ner på golvet på andra sidan. Då, gav den ett påkallande ljud ifrån sig. Han sprang runt till andra sidan sängen och plockade upp telefon för att svara.

– Ja, Svanstrand?

Han sneglade på Britta som stökade vidare för att installera dem på rummet. Öppnade dörren till hygienutrymmena och försvann in.

– Ja ja, men lyssna nu och babbla inte en massa skit. Jag vill att du på direkten kollar upp Navarone Revision AB i Kalmar. Rubbet om den firman samt såklart ägaren. Jag sitter nu här på hotellrummet för att invänta ditt sms med samtliga uppgifter.

– Det är så att säga, skarpt läge som gäller Sivert. Öka! Sa han innan han stängde av telefon.

Han kände hur stresshormonerna dansade snoa i hans kropp. Han hade svårt att tänka praktiskt, rationellt och logiskt. Adrenalinet porlade. Då ringde hans mobiltelefon igen.

– Svanstrand?

Nu utbröt det där mumlandet och grymtandet igen och så var samtalet avslutat. Han hade hoppats det var Sivert, men så snabbt kunde det bara inte gått. Naturligtvis var det span som lämnade nya pejlade koordinater var Ullman nu befann sig. Den som objektet hade talat med, befann sig på samma plats som tidigare. Sigurd kollade i sin mobil var på kartan han kunde befinna sig med de nya koordinaterna. Vedebylund, läste han och såg sig desorienterad ut. Vedebylund?

– Hade du fått nya uppgifter från spanarna, undrade Britta när hon klev in i rummet igen, fräsch som en nyduschad ros och i nya fjädrar.

– Ja, Ullman befinner sig i Vedebylund på väg 22. Men lugn, jag ska kolla var närmaste, för oss, kända stad kan vara.

Det blev en del knappande på hans telefon igen. Strax sken han upp som om han vunnit på Lotto.

– Karlskrona, Britta!

– Det lär fortfarande ta någon timma till, om han nu är på väg hit till byn, innan han parkerar hos sin revisor.

– Då hinner vi ta en promenad till Västra Sjögatan, kanske. Det är bara tusen meter tur och retur?

– Jo, det hinner vi. Jag har talat med Krister och han har skickat ett formellt gripande till Polismyndigheten i Kalmar av Ullman, när han befinner sig hos revisorn. Nu väntar jag bara på besked också från Sivert att han hittat något, vilket jag tror för min magkänsla säger mig det. Han har hittat något oegentligt på denna revisorfirma. Jag väntar även en signal från förhören med Ortega och Nesrin. Dessa förhör kan vara av stor vikt och avgörande för att plocka in Ullman.

– Då utgår vi mot Västra Sjögatan, sa Britta och pekade med hela handen.

– Vi ska ju till den där tennsmeden också, minns du kanske?

– Jodå, det minns jag. Men det tar vi på hemvägen. Blir mer praktiskt så för tennsmeden kommer vi hitta strax innan vi åter styr ut på E22 för färd mot hemmets härd.

– Du har gluttat i din mobiltelefon förstår jag?

– Right, men!

50

I häktets tegeltrave vid Södertörns stora komplex och myndighet med bland annat tingsrätt, hade man börjat med att hämta ner Ediz Nesrin till förhör från häktet.

Förhörsledaren drog alla personuppgifter med födelsetid och annat och Nesrin nickade.

– Stämmer detta, undrade förhörsledaren igen?

På nytt nickade Nesrin medan han stirrade aningen apatiskt ner i bordsskivan.

– Jag vill att du muntligen svarar på vad jag frågar eftersom förhöret spelas in på band, sa förundersökningsledaren igen. Kan du bekräfta att dina personuppgifter jag läste upp, är korrekta frågade han på nytt?

– Ja, sa Nesrin.

Krister Wickström nickade och såg nöjd ut. Han stod utanför förhörsrummet och iakttog Nesrins kroppsspråk. Vid sin sida hade han en kvinnlig kriminalinspektör och förhörsledare som nu var med som vittne utanför rummet.

– Jag tror detta kommer bli enkelt, sa han.

– Han är så ung och har väl ingen brottslig erfarenhet sedan tidigare att ta lärdom av, så det stämmer nog som du antydde. Han kommer snacka häcken av sig när tid kommer, vilket jag inte tror dröjer särskilt länge. Under dagens andra förhör med honom, har han nog redan ledsnat på oss.

– Ja, jag hör att du varit med förr, sa Krister.

– Jo, det har ju blivit ett och annat förhör med åren, sa hon och log. Men nu blir det lite kaffe för oss plus Gunnar och Maggan, som sköter förhöret. Vi brukar göra så. Vi frågar om den rannsakade vill ha kaffe när förhöret ska fortsätta. Elakt spel? Tja, så länge det helgar medlen så, Krister.

– Det är ju såklart ingen nöjespark han har kommit till.

– Nä, det är ju inte de… fan vad hett det var, sa hon när hon smuttade på kaffet.

Krister log och gick och satte sig i den lilla soffgruppen en bit ifrån. Ett stort akvarium stod vid ena kortväggen där ganska stora fiskar gled omkring. Samtidigt kom några andra brottsutredare och slog sig ner med en mugg kaffe. Inga poliser som Krister kände igen, så man hälsade bara lite flyktigt.

– Varför tror du han kommer snacka, undrade Krister?

– Han ger sådana signaler. Finns inget av det kaxiga attityderna som det grövre klientelet kör med. De sitter mest och blänger, skakar på huvudet åt frågor från förhörsledaren. Men den här lilla killen önskar sig hem till sin mamma. Finns ingen tuffhet, bara ånger och uppgivenhet. Ung utan erfarenhet.

Nu kom både Gunnar och Maggan också för att stämma av läget så långt med sin kollega.

– Vad tror ni, ja som sitter på parkett, så att säga. Hur verkar han?

– Verkar hyperstressad och nervös. Jag tror, eller rättare, vi tror han fått instruktioner av någon att inte säga någonting. Det här är för stort för honom. Han är inte så hårdhudad som han tror sig vara. Därför kommer han att berätta vad som hänt, så mycket han vet. Dom har säkert kommit överens om en historia som han nu försöker hålla sig vid. När vi kommer tillbaka till honom, kommer vi fråga om han vill ha något att dricka, vatten, kaffe, te… sådant får honom ur fattningen.

– Ja, då kanske vi ska fortsätta, han har grillats tillräckligt nu, mer än vad vi borde låta honom göra till och med.

Alla tågade iväg till sina tidigare platser. Krister hade nu skaffat sig en bild av den unge studenten Nesrin, så han skulle inte medverka mer under förhöret av honom. Han skulle invänta förhöret av Ortega så han kunde skaffa sig en bild av henne också.

– Vill du ha kaffe, te, vatten?

Nesrin tittade upp som ifrån någon annan stans. Han hade skakat på huvudet och försjunkit in i sig själv igen. Det såg ut som om han skulle bryta ihop.

– När och var träffade du Ella Ortega, undrade förhörsledaren?

Nesrin tittade upp och såg frågande ut?

– Vem, sa han?

– Den som du bodde tillsammans med?

– Jaha. De var nog för ett år sedan. Jag bodde på våningen ovanför då, inneboende. Eftersom jag var från samma land som hon i grunden kom ifrån, hennes mamma var ifrån Chile, och hon bodde ensam. Så frågade hon om jag inte ville dela hennes lägenhet med henne. Och så gjorde jag.

– Du besökte ofta din granne Gertrude Sörensen, var det inte så?

– Jo, det stämmer. Jag hjälpte henne med hennes tv, att ställa in kanaler och annat.

– Hur nära kände du henne?

– Inte så nära. Men hon var ganska efterhängsen då jag var där, ville kramas och så. Ibland kändes det som om hon hittade på saker som hon ville ha hjälp med för att jag skulle komma in till henne.

– Hade du något emot det då?

– Hur menar du?

– Hade du något emot att komma in till henne?

– Nej, det hade jag inte. Hon var snäll och visade mig runt i lägenheten på tavlor och annat dyrbart. Hon öppnade sin, garderob där det bara fanns flaskor från golvet ända upp till taket. Jag tror hon sa det var hennes man som samlat på whiskyflaskor. Hon frågade mig om jag ville ha. Men jag sa att jag inte dricker alkohol.

– Berättade hon någon gång om sin oro, att någon skulle försöka ta sig in till henne?

– Ja det gjorde hon. Hon visade hur hon brukar ställa en massa saker innanför sin dörr så ingen kunde ta sig in.

– Vet du om någon brukade besöka henne, har du sett någon hos henne?

– Jag vet bara att en son till hennes bror, brukar komma till henne, berättade hon. Tror han var någon missbrukare. Sedan var det en annan granne hos henne ganska ofta som bor i våningen under. Han kallas för Pinnen. En äldre gubbe.

– Hade du nyckel in till Gertrud?

300

– Nej, det hade jag inte. Hon brukade ringa mig för att jag skulle komma. Jag satt ju hemma och pluggade på grund av det här med pandemin.

– När var du inne hos henne senast?

Nu vände han sig bort och verkade inte hört frågan, eller ville inte svara.

– Ediz, när var du inne hos Gertrude senast?

Han satt nu bara och liksom vaggade med huvudet och ett tag såg det ut som han skulle ramla ihop. Han hade tydligen fått en obekväm fråga och den kriminalinspektör som följde förhöret på andra sidan glasrutan, kom in med ett glas vatten till honom och gick ut igen.

Han drack girigt vattnet i ett svep, pustade och skakade igen på huvudet som om det var något han inte ville vara med om.

– Orkar du fortsätta, Ediz?

Han tittade upp och nickade.

– Jag vill bli av med det här, sa han.

– Vad vill du bli av med?

– Det som hände!

– Ella hade bett mig spruta in insulin i Gertrude, en hel sådan där spruta.

– Varför då?

– Hon skulle somna då och någon timme senare vara död.

– Och då gjorde du, vad då?

– Jag gick till hennes dörr på kvällen och ringde på. Hon öppnade och släppte in mig. Sedan ställde hon för allt för dörren igen. Då såg jag att i hallen stod en korg med några golfklubbor i. Jag tog en stor klubba och följde efter henne in i badrummet för hon ville det. Men jag slog henne i skallen med klubban så hon ramlade. Sedan tog jag den där sprutan och stack henne vid axeln. Ella hade sagt att vi skulle få det så bra efteråt, vi skulle bli miljonärer.

– Miljonärer?

– Ja, hon berättade att hennes pappa som bodde i Danmark hade berättat detta för Ella och han förklarade hur vi skulle göra. Vi skulle få fem miljoner.

– Ellas pappa, sa du?

– Ja, han bodde i Köpenhamn. Han ägde något företag och hade flera hus, men han skulle bli riktigt förmögen om bara Gertrude skulle avlida. Det skulle vara enkelt berättade han. Han sa också att Ella hade ju nyckel till den lägenheten sedan gammalt. En nyckel som hon fått av Jens, Gertruds tidigare man och kompanjon till Ellas pappa.

– När du sedan hade gett Gertrude insulinet i sprutan, hur tog du dig därifrån då så det inte skulle märkas?

– Jag läser ju till byggnadsingenjör, så i den praktiska tillämpningen hade vi fått göra olika saker i skolan och där ingick ett rep och hävstång hur man kunde flytta saker på detta vis.

– Tror du att du skulle kunna visa oss vid en rekonstruktion, hur du då gjorde när du stängde dörren från utsidan?

– Ja.

– Hur är det, har du körkort?

– Näe!

– En sista fråga innan vi bryter för idag. Tycker du att det känns bättre nu när du berättat vad som hände och varför?

– Ja, det känns som en befrielse. Nu känner jag mig bara ledsen för vad som hände.

– Då avslutar vi förhöret med Ediz Nesrin.

51

– Bra sa Anton, i mobilen till Sigge. Man har avslagit Stefans
morsa, Berith Karlén - Karlssons överklagan enligt henne om
felaktig arvslott. Ja att endast Stefan hennes son, skulle få ärva
sin faster Gertrud Katarina Karlsson – Sörensen.

– Ja, det är ju onekligen lite märkligt att hon överhuvudtaget
komma på idén att överklaga. Hon var ju inte släkt med Ger-
trud Karlsson – Sörensen. Det var endast hennes framlidne
mans syster. Hon hade lämnat både man och barn på ett
mycket tidigt stadium för att bosätta sig på Palma de Mallorca.

– Redan då hade hon bränt skeppet i båda ändar, sa Sigurd.

– Jag minns ju vad hon sa om sin son då jag förhörde henne i
Palma. "Han är visst idag någon knarkare eller vad man säger.
Han är också ett avslutat kapitel liksom hela Sverige."

Hon är verkligen en kvinna med noll empati.

Hennes överklagan var ju mest komisk… "Jamen, han är ju
ändå min son, de är jag som fött honom."

Jag hade frågat henne när hon såg honom senast? Hon sva-
rade "Tror det var då han fyllde fem år och jag tog flyget till

Palma de Mallorca." Jag har de inspelat på band också för säkerhets skull.

– Vad fick hon för svar då på sin överklagan, undrade Svanstrand nerifrån Kalmar?

– Jo, det stod något typ "Din överklagan, enligt Dig felaktig fördelning av arvslott gällande Gertrud Katarina Karlsson – Sörensens 45-03-21 legat, lämnas härmed av kammarrätten utan åtgärd. Därmed kvarstår tidigare utmätt arvslott enligt jurisdiktion…"

– Ja, det låter ju bra och förnuftigt samt rättvist. Vad jag förstått sedan tidigare, så är inte Stefans mor din idol på något vis. Var de inte ömsesidigt också, för övrigt?

– Jo, det sista hon sa till mig var "Du kan fara åt helvete!"

– Ja, skrattade Sigurd. Hon hade inte talets gåva, den damen.

– Du har säkert hört att pusselbitarna börjar trilla på plats. Har du haft något mer förutsägbart fall, chefen?

– Nej Anton, jag tror faktiskt inte det. Vi ska bara fiska upp Ullman strax, sedan är vi i mål.

– Är ni ute och promenerar, undrade Anton, låter som trafik runt om er?

– Just nu kliver vi in på Västra Sjögatan, så over and out, Anton. Ha en fortsatt bra dag!

– Det samma till er, chefen!

Nu stegade Mads Ullman ut genom porten från Navarone Revisions byrå. Två civila poliser gled upp bredvid honom och man kunde på håll se att någon form av konversation utbröt. Så gick man vidare en liten bit till en mörkblå tjänstebil med tonade rutor. Ullman och en polis satte sig i baksätet.

Efter en kort stund rullade så bilen iväg. I samma stund, klev två andra civila poliser in till revisionsbyrån.

– Tja, sa Sigurd vänd mot sin Britta. Då styr vi vår kosa till vår tennsmed för införskaffandet av fyra stycken mycket snygga vinglas, på tenn fot.

– Visst, det gör vi via vårt slottshotell, sa Britta och kramade armen på sin egen Sigurd och kysste honom på kinden.

Sigurd stannade till vid Tullbron och de satte sig för en kort stund på en av bänkarna vid vattnet medan han skickade ett sms till Krister. "Ullman nyss hämtad" stopp "vänder kylaren mot Stockholm" stopp "syns i morgon" stopp! Pling.

Och så gick de vidare över bron och närmade sig sitt Slott. Då gav Sigurds mobil ifrån sig ett känt oväsen. Han hade fått ett sms ifrån just Krister. Han skrev, "jag vill ha Ullman levererad hit till Kungsholmen. Jag kontaktar polisen i Kalmar om den saken, så du kan somna om, Sigge!"

Tack för denna skopa, tänkte han och skrev tillbaka. "Tack det samma Krister. Själv sover jag redan."

– Känner du dig nöjd nu, min lilla gubbe, undrade Britta och tittade kärleksfullt på honom?

– Jag känner mig nöjd med att vi har gjort ett jäkla bra jobb och kommer hem med fyra nya vinglas, sa han och svarade henne med en öm kyss på munnen.

– Trodde ett tag du hade glömt hur man gör, sa hon.

– Det har varit lite mycket ett tag nu urskuldade han sig lite sirligt elegant.

– Vad blir ditt nästa steg nu då i denna härva?

– Ja, det blir väl mest Krister och hans drängar som får börja jobba. Jag ska mest försöka knyta samman detta.

52

– Sista mötet, eller?

– Ja, i varje fall vad gäller Gertrude Katarina Karlsson - Sö-
rensen, sa kriminalkommissarie Sigurd Svanstrand.

– Det som såg så trögt ut från början, sa Sivert. Även Emma
Winston snubblade ett tag på målsnöret. Ja, som hon hade
letat efter stickmärken då hon började fundera på någon form
av en giftinjektion. Nu är ju inte insulin något gift, de har ni
väl lärt er nu allihop.

– Hur är det med Stefan? Jag anar att Anton har kollen där, sa
Jonna?

– Han kommer snart bli utskriven, men det ska först bli en
rehab-vecka ute i Saltsjöbaden. Han är vid gott mod men har
inte fattat det där med sitt stora arv. Vendela Grense, beteen-
devetaren på Södertälje sjukhusområde, lämnar också positiva
vibbar om hans fortsatta liv. Han kommer att få hjälp med att
placera sin förmögenhet av en förvaltare, genom just Vendela
Grenses försorg. Hon är väldigt värdefull för Stefan, om jag
får vitsa till det, med hans psykiska rehabilitering.

– Och drogmissbruket han drogs med tidigare, blir mer och mer endast historia. Vi fann honom så att säga i grevens tid.

– Hur gick det med Mercan som körde på Stefan och skadade honom ganska svårt?

– Vid senare förhör med Nesrin och Ortega, framkom det att de var Ediz Nesrin som kört bilen och mejat ner Stefan Karlsson. Jag klassar det som mordförsök, för Stefan var ju en arvinge som måste röjas ur vägen för att Ullman skulle, enligt deras samarbetsavtal mellan Ullman och Sörensen, utfalla till Ullmans fördel.

– Hur mycket är Ediz Nesrin insyltad i detta egentligen, undrade Tessan som suttit tyst länge.

– Ja, sa Svanstrand. Han har använts så att säga som Ella Ortegas långa arm. Han har bara varit en springpojke åt Ortega. Det var han som puffades fram för att injicera den dödligt stora dosen insulin efter instruktionen av Ullman och sjuksköterskan Ella Pineda Ortega på Karolinska i Huddinge universitetssjukhus.

– Men, rätta mig om jag har fel sa Tessan. Ortega berättade ju att Nesrin hade diabetes?

– Det är riktigt att hon sa så. Men vi har kollat de, lite sent kanske. Han har inte diabetes och vet ingenting om insulin i stora drag. Ortega gav honom de instruktioner om injiceringen som han behövde för att kunna genomföra dådet.

– På samma sätt som han antagligen övertalades att köra Mercan ett kortare stycke vid övergångsstället. När bilen sedan hade parkerats på långtidsparkeringen på Arlanda, var det en mörkhyad kvinna vid ratten sa parkeringsvakten. Nesrin var bara en som fick hålla i de skitiga verktygen.

– Vad jag förstår, eller anar mig till sa Sivert, så handlar det väl om anstiftan vad gäller Mads Ullman, eller vad säger du?

– Ja, Krister och jag har talat om detta att det inte råder någon som helst tvekan om den saken. En anstiftare innebär ju att personen har förmått annan till utförande av brottet. Anstiftare till dråp kan inte bli aktuellt eftersom det inte rör sig om barmhärtighetsmord. För att man ska kunna dömas som anstiftare eller som medgärningsman krävs det att personen har främjat handlingen med råd eller dåd. Det får man väl ändå anse att Ullman har gjort med en belöning efter utfört arbete. Detta gäller även för Ortega då hon kan räknas som medgärningsperson vad gäller det överlagda mordförsöket på Stefan Karlsson. Men, de där kommer Krister och hans jurister på åklagarämbetet kolla upp. Skönt att vi slipper den biten.

– Alltså, sa Sivert, Mads Ullman kommer delgivas misstanke om anstiftan både vad gäller Gertrude Katarina Karlsson – Sörensens frånfälle, liksom även för stämpling vad gäller uppsåt av Stefan Claes Göran Karlsson där även Ella Pineda Ortega kommer räknas in.

– Och vad kommer Ediz Nesrin få för påföljd gällande mordet på Gertrud Katarina Karlsson – Sörensen, undrade Tessan igen?

– Troligen blir det 14 år bakom galler, sa Svanstrand. Medan Ullman som huvudman och hans dotter Ortega, får livstid.

– Någon som har något att tillägga? Annars sätter vi stopp här?

– Ja, Anton, låt höra?

– Äsch, jag tänkte bara säga "krya på dig Stefan, livet väntar där ute och tänk på, bred dina vida vingar, dagar… få leva"!

- SAMARBETSAVTAL -

ULLMAN & SÖRENSEN AB

Detta Samarbetsavtal har denna dag *25 mars 1970* ingåtts mellan Mads Anker Ullman 380310-2367 Vesterbrogade 28 Köpenhamn, Danmark och Jens Bo Sörensen 401104-5223 Stationsvägen 2B Huddinge, Sverige.

Parterna förbinder sig gentemot den andre att inte yppa företagets affärsidé och verksamhet för utomstående. Parterna skall 2 gånger per år gå igenom ekonomi och samarbetet av den enskilda egendomen. Om någon av Parterna vägrar, ses det som ett väsentligt avtalsbrott.

Om någon av Parterna avlider, övertar den andre Parten dennes ägarandel samt aktier även som företagets enskilda egendom, med särskild klausul, (se omståcndc sida) om den avlidne Parten saknar egna arvingar/arvinge.

Avtalet skall för att vara gällande, undertecknas i närvaro av båda Parterna inom företaget.
Samarbetsavtalet har upprättats i två exemplar varvid Parterna erhåller var sitt.
Stockholm som ovan

Mads Anker Ullman   *Jens B. Sörensen*

309

Persongalleri

Pierre Sigurd Svanstrand
Kriminalkommissarie grova brott ifrån Mjölby

Sivert Uno Fredriksson
Kommissarie och särskilt sakkunnig hos Pernilla Öste. Gillar mat, livet och trafikflyg men numera änkling.

Anton Franke
Kriminalinspektör grova brott, utredare

Janne Klinga
Kriminalinspektör grova brott, ungkarl 35 år, utredare

Gunvor "Gugge" Larsson
kriminalinspektör 40 år, utredare

Viktor Karlsson
Kriminaltekniker, ej släkt med Wilbur

Wilbur Karlsson
Kriminaltekniker, ej släkt med Viktor

Pernilla Öste
Tidigare gränspolischef på Arlanda Airport. Nu chef inne på Kungsholmen för samordning.

Tryggve Ekholm
Rättsläkare, Biby Eskilstuna

Emma Winston
Rättsläkare och patolog, Solna

Britta Elvira Gustavsson - Svanstrand
Narkossköterska SöS, gift med Pierre Sigurd Svanstrand

Annefrid Frida Fredriksson
Tidigare gift med Sivert Fredriksson, nu Pandemioffer.

Krister Wickström
Överåklagare, Vasastan

Annica Nielsen
Kriminalkommissarie SPAN

Jonna Edelman
Kriminalinspektör SPAN, 35 år och sambo med Tessan

Tessan Lövgren – Kneck
Kriminalinspektör SPAN, runt de trettio ogift, sambo

Gertrude Katarina Karlsson – Sörensen
Änka 76 år avliden å Stationsvägen i Stuvsta

Jens Bo Sörensen
Affärsidkare. Gertrudes framlidne make

Bo Göran Karlsson
Frånskild framliden bror till Gertrude och far till Stefan

Berith Karlén – Karlsson
Tidigare gift med Bo Göran och mor till Stefan. Berith är
sedan många år boende på Palma de Mallorca

Stefan Claes Göran Karlsson
Missbrukande son till Bo Göran och Berith. Har stöttats i
livet och sitt beroende av faster Gertrude

Mads Anker Ullman
Köpman bor på Lidingö eller i Köpenhamn, tidigare kollega
med Jens B. Sörensen under -70 talet

Alejandra Pérez
Är 32 år från Chile, hemtjänstpersonal på äldreomsorgen
Smörblomman, Stuvsta Torg

Ediz Nesrin
21 årig teknikstuderande. Chilenare sammanboende med Ella
Pineda Ortega på Stationsvägen 2B.

Ella Pineda Ortega
29 årig undersköterska på Karolinska från Chile. Samma vå-
ningsplan som Gertrude. Sambo med Ediz Nesrin.

René "Pinnen" Pinné
Är en viril pensionär som bor våningen under Gertrude

Eva Rantanen
78 årig Finländska, rullstolsbunden granne på Stationsvägen
bor på samma plan som Gertrude, en dörr åt vänster.

Bärsan Engström
Pilsnerpolare till Stefan Karlsson men som lättat på de tyngre
drogerna, har vuxit ifrån sånt, som han påstår.

Blomman Alsterhage
Kvinnlig bekant till Stefan Karlsson och Bärsan Engström.
Kör helst med vin, gärna med en blommig karaktär, som hon
säger.